Successor

ロッセリーニ家の息子

継承者　上

岩本 薫

18842

角川ルビー文庫

The son of the Rossellini family
SUCCESSOR

CONTENTS

口絵・本文イラスト／蓮川　愛

ロッセリーニ家の息子　継承者　上

レオナルド・ロッセリーニ×早瀬瑛

早瀬瑛《はやせあきら》がシチリアへ来て、二年目の年が暮れようとしている。

世界的コンツェルン——ロッセリーニ・グループのCEOである恋人《こいびと》レオナルド・ロッセリーニのブレーンとして、ウィークデーはパレルモで働き、週末はロッセリーニ家の本邸《ほんてい》である【パラッツォ・ロッセリーニ】に帰るという生活サイクルも、一年半余りが過ぎた現在、体に馴染《なじ》んだ日常となってきた。

昨年の五月には、箱根《はこね》の山の中腹の日本家屋に監禁《かんきん》され、自分を十四年も虎視眈々《こしたんたん》と狙《ねら》っていたやくざ——芝田《しばた》の慰《なぐさ》み者になる日を鬱々《うつうつ》と待っていたことを思うと、今の穏《おだ》やかな暮らしは夢のようだ。

もちろん、ここに至るまでには幾多《いくた》の困難を乗り越《こ》えなければならなかった。

レオとだって、はじめから上手《うま》くいっていたわけじゃない。

むしろ、祝宴《しゅくえん》の席から攫《さら》われるようにシチリアに連れてこられ、広大な敷地《しきち》を有する館《やかた》に軟《なん》禁《きん》されていた頃《ころ》は、その意図がわからずに戸惑《とまど》い、「自分勝手な暴君」「略奪者《りゃくだつ》」と憎《にく》しみを抱《いだ》いていた。

疎《うと》みながらもその存在にどうしようもなく惹《ひ》かれていく自分に惑《まど》い、一度は彼の掌中《しょうちゅう》から逃《に》げ出そうとした。脱走《だっそう》はあえなく失敗に終わり、すぐに連れ戻《もど》されてしまったが。

レオを心よく思わない従兄弟《いとこ》マリオの仕組んだ罠《わな》に落ち、ふたりで共に命の危険に晒《さら》される危機もあった。

だが……いや……だからこそ、銃弾《じゅうだん》によってレオを失うかもしれないと思ったあの時、彼を愛しているのだとはっきり自覚することができた。

お互《たが》いの協力でその最大の危機を脱《だっ》し、胸に秘《ひ》めた想《おも》いを余すところなく伝え合って、結ばれることができたのだ。

そうして──現在。

生涯《しょうがい》を誓《ちか》い合った恋人とやり甲斐《がい》のある仕事、さらに帰るべき家を持つ幸福を、日々しみじみと噛《か》み締《し》めている。

今の自分は幸せだ。

やくざの家柄《いえがら》に生まれた己《おのれ》に常に負い目を持ち、他人との積極的な関《かか》わりを避《さ》けて生きてきた二十九年間と比べるまでもなく……満ち足りている。

（……ただひとつの憂《うれ》いを除いて……）

──おまえとこの先の人生を共にしていく覚悟《かくご》をエドゥアールに告げるつもりだ。

Natale の朝に、レオの口から発せられた衝撃《しょうげき》的な宣言。

クリスマスに都合がつかなかった、今はミラノと東京を本拠地《ほんきょち》とするレオのふたりの弟──

エドゥアールとルカが、年明けの七日にシチリアへ戻ってくることとなった。

ローマ在住の父親も追って九日に来館を決め、実に一年半ぶりに、別々に暮らす家族が【パラッツォ・ロッセリーニ】に集結することが決定した。

この機会に、レオはすぐ下の弟であるエドゥアールに自分たちの関係を告げるというのだ。

──俺が子供を持たないと決まった以上、いずれエドゥアールかルカの子供がロッセリーニ家を継《つ》ぐ可能性が高い。それを思えば、できるだけ早いうちにエドゥアールには話しておいたほうがいい。

その決意を知った瑛の胸に、小さな不安が芽吹《めぶ》いた。

決してレオとの関係を恥《は》じてはいない。

世間に公表はできないけれど、レオを愛している自分の気持ちに正直でありたいと思っているし、必要以上に隠《かく》すつもりもない。普段《ふだん》の生活においても敢《あ》えて隠すことはしていないから、ダンテをはじめとした【パラッツォ・ロッセリーニ】のスタッフは、自分たちの関係に気がついているはずだ。しかしそれによって、彼らの態度が変わることはなかった。

（でも……）

それがエドゥアールにも当てはまるとは限らない。

もともと彼は、ロッセリーニ家が持つマフィアとしての一面をよく思っておらず、古くから続く『ファミリー』の絆《きずな》を大切にするレオとの仲が良好とは言えなかった。

真実を話すことで、ただでさえ微妙《びみょう》な兄弟の仲に新たな波風を立てることになるのではないだろうか。

もしも、家長としての自覚が足りないと真っ向から非難されたら？

その結果、レオとエドゥアールの仲が決定的に断絶してしまったら？

このところ、気がつくと答えの出ない堂々巡《どうどうめぐ》りの問いを繰《く》り返している自分がいる。

——大丈夫《だいじょうぶ》だ。心配するな。おそらくエドゥは反対しない。無論驚《おどろ》きはするだろうが、こちらの意志が固いと知れば最終的には受け入れるはずだ。あいつはそういうやつだし、もともと家の存続や血筋に執着《しゅうちゃく》がないからな。

——それに、もしエドゥアールが何かを言ったとしても関係ない。誰《だれ》が何を言おうが……たとえ親父《おやじ》が反対したとしても、俺たちの仲を引き裂《さ》くことはできない。

レオがそう断言してくれて、自分もまた、ふたりの生活を護《まも》るために強くなると決めた。

この幸せな日々を未来永劫《みらいえいごう》のものとするために一緒《いっしょ》に闘《たたか》う、と。

（そうだ。もう迷うことはない）

いつものように自分に言い聞かせることで思索《しさく》の堂々巡りに決着をつけ、髪《かみ》を乾《かわ》かしていたドライヤーをオフにする。

パウダールームの鏡に映り込んだ、バスローブ姿の自分につぶやいた。

「さて……支度《したく》をするか」

一年の最後の日も夕方の六時まで仕事をして、先程《さきほど》オフィスからパレルモの別邸《べってい》に戻り、シャワーを浴びた。今夜は外で食事をする予定になっているので、フォーマルスーツに着替《きが》えなければならない。

十二月三十一日、日本で言うところの大晦日《おおみそか》に、イタリア人は『チェノーネ』――大きな夕食――と呼ばれる晩餐《ばんさん》を食べる。年越し蕎麦《そば》で済ませる日本とは対照的だ。

三が日のご馳走《ちそう》を、三十一日に食べてしまうような感覚だろうか。

この日は、街中のリストランテが予約でいっぱいになり、料理はすべてフルコースになる(これは日本のクリスマスディナーのようなものか)。

大方の日本人とは逆に、イタリア人はNataleを家族と過ごし、新年は友人や恋人と迎《むか》えるのが定番のようだ。

昨年はどうしても外せない商談が入ってしまい、イブから新年の三日までをレオと一緒に旅先で過ごしたので、シチリアの年末年始を味わうことができなかった。

だが二年目の今年は、クリスマスフェスタを地元で過ごすために休日返上で働き、その甲斐《かい》あってイブから二十六日のサント・ステファノの休日までの三日間を【パラッツォ・ロッセリーニ】で過ごすことができた。

特にイブの夜は、ぶどう園の農夫や醸造所《カンティーナ》のスタッフなど、雇《やと》い人とその家族を集めて夕食会を開き、日頃《ひごろ》レオを支えてくれている人々を労《ねぎら》うことができた。

初めての試みだったが、結果的にとても賑《にぎ》やかなパーティとなり、ゲストもホスト役のレオも満足してくれたようだ。発案者としてはほっとした。

二十五、二十六日とのんびり過ごして、二十七日の朝にレオと一緒にパレルモに戻り、そこから今日までは連日シエスタの時間も返上して日付が変わるまで働いた。

明日にはふたたび【パラッツォ・ロッセリーニ】に帰館し、十日に亘《わた》る長い休暇《きゅうか》を取る予定になっているので、休み前に片付けておかなければならない仕事が山積みだったのだ。

十日間ものまとまった休みを取るのは、瑛がレオの仕事を手伝うようになって以降に初めてのことだ。

準備期間を含《ふく》め、ひさしぶりに本拠地に集結する家族を精一杯《せいいっぱい》もてなしたいという、家長レオの気合いが窺《うかが》い知れる。

自分だって、レオの家族に会えるのは楽しみだ。

とりわけレオの末弟のルカは、瑛にとっても同じ母を持つ異父弟にあたる。

今は日本に住んで東京の大学に通っているルカに、クリスマス前に腰《こし》を痛めて入院していた祖父の経過を聞きたいし、アルバイトや大学生活などの近況《きんきょう》についても聞きたい。定期的に電話はしているけれど、やはりちゃんと顔を見て話をするのとは違《ちが》う。

ルカとはお互いに成人してから初顔合わせを果たしたので、突然《とつぜん》できた「弟」にどう接すればいいのか、ひとりっ子として育った自分は正直戸惑《とまど》う部分もある。

ルカにしても、いきなり現れた自分を「兄」だと思うようにと望むのは、無理があることはわかっている。だがいつかはレオたちに対するのと同じように自分にも甘えてもらいたい……というのが、目下のひそかな望みだ。

そのルカは、七日の午前中に世話役のマクシミリアンと【パラッツォ・ロッセリーニ】に到《とう》着《ちゃく》する予定になっている。

東京からシチリアまでの直行便がないため、ローマでトランジットすることになるが、その際にローマ在住のマクシミリアンがルカをフィウミチーノ空港まで迎えに行き、一緒にカターニア行きの便に乗ってシチリアまで来るらしい。

成人を過ぎたルカにそのエスコートはいささか過保護な気がしなくもないが、重度のブラコンで、ルカに関しては見境のないレオは、「マクシミリアンが一緒なら安心」なようだ。

七日の午後には、エドゥアールがミラノから、日本人の部下を帯同して到着する予定になっている。

「エドゥアールがプライベートの集まりに身内以外を……それもビジネス関係のスタッフを同行させるとは驚きだ。よほどその日本人の部下がお気に入りらしい」

とはレオの弁だが、たしかに対人関係にドライなイメージのあるエドゥアールにしては、めずらしいことかもしれない。今回は極《きわ》めて身内の集まりなので、とりわけその感は強かった。

件《くだん》のエドゥアールお気に入りの部下は、ロッセリーニのホテル・アパレル部門の傘下《さんか》にあるホテル『カーサホテル東京』の総支配人《ジェネラルマネジャー》とのこと。とはいっても、今年の十月に就任したばかりだ。

三十そこそこで百人からのスタッフを束ねる重責に就《つ》いているからには、相当優秀《ゆうしゅう》な人物なのだろう。聞けば年齢《ねんれい》も近いし、エドゥアールにそこまで信頼《しんらい》されるのはどんな人物なのか、瑛も顔合わせを楽しみにしている。

そして三兄弟の父親ドン・カルロからは、年末年始を南仏で過ごし、バカンス先から直接九日の昼過ぎにシチリア入りするとの連絡《れんらく》があった。

ドン・カルロとは、今回初めてきちんと顔を合わせることになる。

一年半前、ルカの二十歳《はたち》の誕生日に一族が【パラッツォ・ロッセリーニ】に集結した際は、サロンの扉《とびら》の陰《かげ》からその姿を垣間見《かいまみ》るにとどまっていた。

改めて、亡《な》き母の再婚《さいこん》相手であり、レオの父親でもあるドン・カルロに紹介《しょうかい》されると思えば、今から緊張《きんちょう》が走る。

――誰が何を言おうが……たとえ親父が反対したとしても、俺たちの仲を引き裂くことはできない。

ドン・カルロのことを考えると、連動するようにクリスマスの朝のレオの台詞《せりふ》が蘇《よみがえ》ってくる。

もしも先代が、元妻が日本に残してきた息子《むすこ》と家督《かとく》を譲《ゆず》った長男が恋仲《こいなか》である事実を知ったとしたら……なんと言うだろうか。

息子が男を生涯《しょうがい》の伴侶《はんりょ》に選んだと知って、喜ぶ親などいない。

どう楽観的に考えても、祝福される可能性は、限りなくゼロに近い。

いずれ妻《めと》を娶り、子を生《な》して、家長としての役目を果たしてくれると考えていた息子が独身を貫《つらぬ》くと知れば、裏切られたと思うのが普通《ふつう》の反応だ。レオに期待する思いが大きかった分、失望も大きいに違いない。

家長失格のレッテルを貼《は》られて家督を取り上げられるか、最悪は親子の縁《えん》を切られるか……。

もしレオがドン・カルロに絶縁《ぜつえん》されて【パラッツォ・ロッセリーニ】を追われたら——。

「………」

郷土愛に満ち、自尊心が高く、頑固《がんこ》で、情に厚いシチリア人の例に漏《も》れず、生粋《きっすい》のシチリアーノであるレオもまた、自らの生まれ育った土地に並々ならぬ愛着と誇《ほこ》りを持っている。

生家である【パラッツォ・ロッセリーニ】を去ることになったら、レオの受けるダメージは計り知れないだろう。

瑛とて「帰る家」を失う衝撃《しょうげき》は大きい。

レオによって攫《さら》われるようにしてここ——地中海の十字路と呼ばれ、幾多《いくた》の文化が交差するシチリア島に連れてこられた当初は、自分で望んだ土地ではないという反発心もあり、生まれ育った日本に帰りたい気持ちが強かった。

だが、美しく豊かな自然と、忍耐《にんたい》強くて自然体な人々に囲まれて過ごすうちに、いつしか自分にも、この島から離《はな》れられないレオの心情が理解できるようになってきた。

瑛にとっても、いまやシチリアは第二の故郷であり、【パラッツォ・ロッセリーニ】での暮らしは人生と切り離せない大切なものだ。

（……駄目《だめ》だ）

さっきもう迷わないと決めたはずなのに、またもや揺《ゆ》らぎ始めている自分に、瑛は小さなため息を吐《つ》いた。

せっかくのディナーで暗い顔をしていてはレオを心配させる。

首を振《ふ》ってまとわりつくような気鬱《きうつ》を無理矢理《むりやり》に払《はら》った瑛は、レオが誂《あつら》えてくれたダークスーツを手に取った。

白のレギュラーカラーシャツを着て、光沢《こうたく》のあるサックスブルーのネクタイを締《し》める。最高級のカシミアドスキンを使用して一流のテーラーが仕上げた、サイドベンツの上着を羽織った。内羽根式の黒のプレーントウを履《は》き、仕上げに昨年のクリスマスにレオから贈《おく》られたトゥールビヨンを嵌《は》めていると、ドアがノックされる。続いて流暢《りゅうちょう》な日本語で問いかけられた。

「準備はできたか？」

返事を待たずにドアノブが回され、ドアが開かれる。

せっかちな男は、レオナルド・ロッセリーニ。

シチリアの名家・ロッセリーニ家の五代目当主兼《けん》ロッセリーニ・ファミリーのカポであり、

世界的コンツェルン、ロッセリーニ・グループの現CEO。

貴族の血とマフィアの血を引くハイブリッドで、いくつもの顔と肩書《かたが》きを持つ男。

永遠の愛を誓《ちか》い合ったそのパートナーは、身支度《みじたく》を終えたばかりの瑛の頭の天辺《てっぺん》から靴《くつ》の先までを視線で二往復したあと、肉感的な唇《くちびる》の片端《かたはし》を持ち上げた。

「悪くない」

満足げにひとりごちるレオこそ、隙《すき》のない着こなしが本来の美貌《びぼう》をより際《きわ》だたせている。

やわらかなカーブを描《えが》くラペルの立ち上がりから、ひと目で仕立ての良さが窺える黒のスリーピースの下に、上質な白シャツを着込み、シルバーグレイのネクタイを締め、胸にはやはり白のチーフを差している。

色合いそのものはシックなコーディネイトだが、ブラックスーツは、上背があって体幹に厚みのあるレオが着るとことさらに迫力《はくりょく》が出る。Vゾーンの白が鞣《なめ》し革《がわ》のような浅黒い肌《はだ》を引き立てる効果があるようだ。

秀《ひい》でた額にかかる艶《つや》やかな黒髪《くろかみ》。その黒髪を映し込んだような漆黒《しっこく》の瞳《ひとみ》。くっきりと濃《こ》い眉《まゆ》。貴族的なフォルムを刻む鼻梁《びりょう》。官能的な膨《ふく》らみを持つ唇。——気品と野趣《やしゅ》が混在する美しい男には、余計な彩《いろど》りは必要ないのだと改めて感じ入る。

ドレスアップした恋人《こいびと》の完成度の高さにぼんやり見惚《みと》れていると、近寄ってきたレオが胸元《むなもと》に手を伸《の》ばしてきた。

瑛のネクタイを摑《つか》み、ノットを調節する。上体を反らして様子を見、ふたたびノットを弄《いじ》る──という動作を繰《く》り返して、どうやらやっと納得《なっとく》がいったらしく、手を離した。

「これでいい」

「ありがとう」

「ああ、ちょっと待て」

そう言い置いて壁際《かべぎわ》のコンソールに歩み寄ったレオが、花瓶《かびん》からまだ三分咲《ぶざ》きの白薔薇《しろばら》を一本抜《ぬ》き取る。短めに茎《くき》を折った薔薇を手に戻《もど》ってきて、瑛のラペルのフラワーホールに差した。

「よく似合う」

二歩下がって全体像をチェックしたレオが、悦《えつ》に入ったような声を出してうなずく。

胸に花──それも薔薇をつけるなんて気恥《きは》ずかしかったが、レオのせっかくのコーディネイトだからと思い直し、瑛はもう一度「ありがとう」と言った。

「もっとも花の力を借りずとも、おまえは充分《じゅうぶん》に美しいが」

伊達男《だておとこ》の面目躍如《めんもくやくじょ》といった歯が浮《う》きそうな台詞を囁《ささや》き、瑛を赤面させてから、レオがつと視線を落とす。瑛の左手首に自身の贈りものであるパテックフィリップを認めて、嬉《うれ》しそうに双《そう》眸《ぼう》を細めた。

「してくれているんだな?」

「ちょっと緊張するけどな」

手首に美術品を嵌めているようなものだからそれも仕方がないだろう。だがそのせいで、ここぞという時にしかつけられない。レオは数千万する時計を日常使いにしろ、使ってこそ価値があると言うけれど、根っから庶民《しょみん》の自分には無理だ。

トゥールビヨンが飾《かざ》られた瑛の左手を掴み、持ち上げたレオが、甲《こう》に恭《うやうや》しくくちづける。小さく音を立てて唇を離しながら、視線の先の文字盤《ばん》を確かめた。

「そろそろ出よう。リストランテの予約は二十一時だ」

「『チェノーネ』が始まるのは二十一時と決まっている。まずは食前酒で乾杯《かんぱい》だ」

旧市街の大通りに面した老舗《しにせ》高級リストランテに着き、リバティ様式の装飾《そうしょく》が美しいフロアの、他《ほか》の客から程《ほど》よく隔離《かくり》されたテーブルで向かい合うと、ブラックスーツのカーポカメリエーレが、スプマンテのグラン・キュヴェをそれぞれのグラスに注いだ。

グラスを手に取ったレオが、正面の瑛を見つめる。

「今年一年、おまえのおかげで俺の仕事上のストレスは格段に減った。的確なサポート、そして助言に感謝している。ありがとう」

心からの労《ねぎら》いとわかる言葉に、胸が熱くなった。

「語学堪能《たんのう》でクレバー、タフでいて細やかなフォローもできる、最高のパートナーに」

「煽《おだ》てても何も出ないぞ」

「すまない。言い直させてくれ。――もとい、語学堪能でクレバー、タフでいて細やかなフォローもできる、しかも美しくベッドでは淫《みだ》らな……最高のパートナーに」

「余計な付け足しをするな」

レオを軽く睨《にら》みつけて、瑛もグラスを持ち上げる。

「乾杯」

「乾杯」

お互いのグラスを合わせ、無数の気泡《きほう》が煌《きら》めくスプマンテをひと口含《ふく》んだ。喉《のど》に染《し》み渡《わた》る炭酸とアルコールにふっと息を吐き、グラスを置くと、目の前のレオが茶目《ちゃめ》っ気《け》たっぷりの表情をする。

「さて、事前に言っておくが、ものすごい量だから覚悟《かくご》しておけよ」

その言葉は決して大げさではなかった。

まず、アンティパストミストが三皿。『トリッパのトマト煮《に》とひよこ豆のパネッレ』『いわしのベッカフィーコ』『牛モモ肉のカルパッチョ』。

プリモピアットは二皿で、『ウニのリングイネ』と『豚《ぶた》ラグーのカルボナーラ』。

メインのセコンドピアットは、『鴨《かも》胸肉のロースト　シチリア産マルサラソースがけ』と、年末の定番料理『ザンポーネ』。豚の足のソーセージだ。

ワインは、地場品種のロッソとビアンコを一本ずつ空ける。

最後の皿を食べ終わるまでに優に二時間半かかった。あまりのボリュームに途中《とちゅう》から食事というよりは「闘《たたか》い」に思えてきたほどだ。大食漢のイタリア人が「大きな夕食」と言うだけのことはある。

「美味《おい》しかったけれど、もう……ドルチェは無理だ」

「俺もだ」

本来甘いものはあまり得意ではないレオも瑛のギブアップにあっさりと乗っかり、カーポカメリエーレに『ドルチェは要《い》らない。チーズも結構だ。エスプレッソを頼《たの》む』と告げた。

漸《ようや》く周囲を見回す余裕《よゆう》のできた瑛は、運ばれてきたエスプレッソカップを口許《くちもと》に運びながら、地続きのフロアの他のテーブルを観察した。

夫婦《ふうふ》か、恋人同士か、とにかくカップルが多い。みんな気合いを入れてドレスアップをしているが、その顔は一様に苦しそうで、ドルチェまで辿《たど》り着けない客も何組かいるようだ。

闘いに敗れたのは自分たちだけじゃないと安心していると、黒服のカメリエーレ数人が各テーブルにスプマンテのボトルを配り始める。

コースが終わった今頃《いまごろ》？　と不思議に思い、レオに尋《たず》ねた。

「今から呑《の》み直すのか？」

首を捻《ひね》って瑛の視線の先を追ったレオが、「ああ」とうなずく。

「あと二十分ほどでカウントダウンだからな。新年と同時にスプマンテを開けて乾杯するんだ。だが、せっかくだ。俺たちは外に出よう」

会計を済ませたレオが席を立ち、瑛もテーブルを立った。クロークで受け取ったコートを羽織り、カーポカメリエーレに見送られてリストランテの外に出る。

大通りは深夜だというのに大変な人出だった。車の往来も多くて、まるでラッシュアワーのような賑《にぎ》わいだ。

普段《ふだん》ならばこんな時間には出歩かない子供も、保護者に連れられて歩いている。大人たちはすでにかなり呑んでいるのが、赤く上気した顔から察せられた。焼《や》き栗《ぐり》やパニーニを売る屋台もたくさん出ている。

「すごい人だな」

二十五日の深夜に、クリスマス仕様から正月バージョンに一変する日本と異なり、イタリアでは一月六日の『エピファニア』――救世主の御公現の日――までは、クリスマスデコレーションが取り外されることはない。そのため、まだショーウィンドウや街路樹にツリーやイルミネーションが見受けられた。ピカピカと光る電飾《でんしょく》が、一層の賑やかさを演出している。

「みんな、どこへ向かっているんだ？」

「プレトーリア広場だろう」

そぞろ歩く人々の流れに加わって、瑛とレオも歩き出した。

シチリアは典型的な地中海性気候で真冬でも零下《れいか》になることはないが、さすがにこの時期、零時《れいじ》近くともなれば冷え込みがきつい。瑛はコートのポケットから革《かわ》の手袋《てぶくろ》を取り出して嵌《は》めた。それに気がついたレオが「寒いか？」と尋ねてくる。

「いや、大丈夫《だいじょうぶ》だ」

そう言ったのに、レオは自分の首からマフラーを外して、瑛の首にふわりとかけた。

「これで少しはましだろう」

「……ありがとう」

カシミアのマフラーももちろんあたたかいが、レオのやさしさにより心が温《ぬく》もる。

この男を冷酷《れいこく》なマフィアだと思っていた頃《ころ》の自分は、自分を護《まも》るために殻《から》に閉じこもって、大切なものが見えていなかった……。

肩《かた》を並べてふたたび歩き始める。

街頭でバイオリンを弾《ひ》く大道芸人の周りに人だかりができていた。どこか悲哀《ひあい》を帯びたバイオリンの調べは、中世の街並みにしっくりと合う。

建物に刻まれたルネサンス彫刻《ちょうこく》、バロックの館《やかた》、イスラム時代に建てられた丸屋根《クーポラ》を戴《いただ》く教会などが混在するのが旧市街地の特徴《とくちょう》だ。

その時代時代の支配者たちが残した文化の遺産が、わずか半径百メートルほどのエリアに密集しており、細い路地裏に迷い込めば、古代の世界にタイムスリップしたかのような錯覚《さっかく》に囚《とら》われる。

華《はな》やかで洗練された新市街もいいが、瑛はこの旧市街の持つ、明るいだけでない濃厚《のうこう》な空気感が好きだった。

多彩《たさい》な文化と歴史が混沌《こんとん》と混ざり合って形作られている——それこそがシチリアであると感じるからだ。

巨大《きょだい》な噴水《ふんすい》を擁《よう》するプレトーリア広場は、すでに大勢の人でみっしりと埋《う》まっていた。こちらも屋台がたくさん出ており、特設の簡易ステージからバンドの演奏も聞こえてくる。それとは関係なく、肩を組み、大声で地元サッカーチームの応援歌《おうえんか》を歌っているグループもある。

興奮した市民が噴水の中に入ってしまわないように、制服の警官も多数巡回《じゅんかい》していた。

ざっと見るに比較的《ひかくてき》若者が多いだろうか。レオの説明によれば、ある程度年齢《ねんれい》がいくと広場で騒《さわ》ぐのを卒業して、スキー場の近くのホテルなどで静かに新年を迎《むか》えるカップルも多いらしい。

「……すごいな」

「うろうろするな。迷子になるぞ」

子供に言いきかせるみたいに注意を促《うなが》してから、レオが腕時計《うで》を見る。

「……始まるな」

そのつぶやきを肯定《こうてい》するように、どこからともなくカウントダウンが始まった。

『Dieci……Nove……Otto』

次第《しだい》に声が大きくなり、人々のテンションが上がっていくのがわかる。みんなの興奮が伝わってきて、瑛もひそかに心中で盛り上がっていると、不意に傍《かたわ》らのレオに腕《うで》を引かれた。

「気をつけろ。うかうかしているとスプマンテをかけられるぞ」

言われて周囲を見回せば、すぐ近くの十代と思《おぼ》しき青年が、思いっきりスプマンテのボトルを上下に振《ふ》っている。

（うわ……やばい！）

あわてて、その青年の側《そば》を離《はな》れた。

『Quattro!……Tre!……Due!……Uno!……』

カウントダウンは、最後には夜空に轟《とどろ》く大音響《だいおんきょう》となり、『Zero!!』の叫《さけ》びと同時にポン、ポンッとスプマンテの栓《せん》が抜《ぬ》かれる。

『Buon anno!』

『Buon anno!!』

新年を祝う大合唱が起こり、家族は抱《だ》き合い、恋人《こいびと》たちは新年のキスを交《か》わす。そこらじゅうでスプマンテの掛《か》け合いが始まり、悲鳴と歓声《かんせい》で広場はたちまち騒然《そうぜん》となった。

その熱狂《ねっきょう》の渦《うず》にしばし呑まれていた瑛を、レオが「アキラ」と呼んだ。振り向《む》くと、笑顔《えがお》で

『Felice anno nuovo』と言われる。

「ん。今年もよろしく」

やはり笑顔で返した瑛に、レオが「シチリアの年越《としこ》しは堪能《たんのう》したか？」と訊《き》いた。

「ああ……」

「じゃあ、そろそろ戻《もど》ろう。じきに荒《あ》れ始めるからな」

「荒れる？」

「スプマンテを呑み干したが最後、酔《よ》っぱらいたちは空のボトルを地面に叩《たた》きつけて割り始める。爆竹《ばくちく》を鳴らし、花火を打ち上げ……明け方近くまでこのあたり一帯が無法地帯と化す。今のうちに退散するが勝ちだ」

肩を竦《すく》めたレオが手を伸《の》ばしてきて、瑛の手を握《にぎ》る。

「おいで。帰ろう」

「レオ」

こんなに人が大勢いる外で……と抗議《こうぎ》の声をあげかけたが、「みんな酔っぱらいだ。誰《だれ》も見てやしないさ」と軽く受け流された。

「それより……」

レオが瑛を引き寄せ、耳許《みみもと》に口を近づけてくる。

「さっきからおまえにキスしたくてたまらない」

抗《あらが》い難《がた》く魅力《みりょく》的なテノールで囁《ささや》かれれば、その手を振り払《はら》うことなど到底《とうてい》できなかった。

ポリテアーマ劇場付近に位置するパレルモの別邸《べってい》に戻ると、スタッフの中では一番年嵩《としかさ》の使用人頭が『お帰りなさいませ』と出迎《でむか》えた。この別邸には執事《しつじ》はおらず、また住み込みが基本の【パラッツォ・ロッセリーニ】とは異なり、全員が通いだ。もっとも有事の際には即時《そくじ》駆《か》けつけられるよう、みな徒歩圏内《けんない》に住んでいる。

玄関《げんかん》ホールでふたり分のコートを受け取った彼が、レオに向かって『何かお呑みになりますか』と伺《うかが》いを立ててくる。

『いや……チェノーネで腹がいっぱいだ』

使用人頭が、次に瑛を窺《うかが》い見た。

『俺も、もう何も入らない』

腹ごなしを兼《か》ねて歩いたおかげで、食後すぐに比べれば苦しさは和《やわ》らいでいるが、それでも満腹には変わりない。

『バスを使って寝《ね》るから、今日はもう下がっていい』

『かしこまりました』

レオの言葉に一礼し、使用人頭が下がる。

瑛はレオと連れだって、二階にあるレオの部屋へ上がった。同じく二階に瑛の部屋もあるが、あまり使用頻度《ひんど》は高くない。瑛が自分のベッドで眠《ねむ》った回数は、この一年半で片手の指で数えられるほどだった。レオの寝室《しんしつ》で共に過ごす夜がほとんどだからだ。

本邸《ほんてい》のスタッフたちと同様に、ここのスタッフたちも瑛がレオのベッドで一緒《いっしょ》に眠っていることを知っているが、それについては見て見ぬふりをしてくれている。カソリック教徒である彼らが、内心どう思っているか本当のところはわからないが、少なくとも表立って非難や好奇《こうき》の視線を向けられたことはない。それに関しては、言葉に出さないまでも感謝していた。

だが、男同士であることに引け目を感じているのは瑛だけで、レオはまるで悪びれず、堂々としたものだ。

ビジネスの場でこそ「ボスと腹心の部下」という主従関係をキープしているが、プライベートではとてもナチュラルに瑛を同等のパートナーとして扱《あつか》うし、家の中においては瑛との関係を隠《かく》そうともしない。

レオいわく「隠したところでどうせわかる」のだそうだ。

たしかに、くつろぐべき自宅でまで周りの目を気にし続けることなど無理なので——そして無理を重ねればストレスが溜《た》まり、遠からず破綻《はたん》するのは目に見えているので——瑛もその点では、レオの意向に逆らうつもりはない（さすがにスタッフの前では、手を握る、肩《かた》を抱《だ》くまでのスキンシップにとどまらせているが)。

とはいえ、やはりふたりきりになるとほっとする。

誰の目も気にすることなく「素《す》」の自分になれる時間は貴重だ。スタッフが帰ったあとは自分で雑用をこなさなければならないが、日本にいた時はそれが当たり前だったのだから面倒《めんどう》でもなんでもない。

自分の身の回りの雑事のみならず、レオの世話をあれこれと焼くのも嫌《きら》いではなかった。

【パラッツォ・ロッセリーニ】では、スタッフの仕事を奪《うば》うことになるので絶対に許されないが、プライベートでレオの身辺をサポートするのは、恋人の特権でもある。

主室から寝室へ移った瑛は、今夜もいつものように、上着を脱《ぬ》がせるためにレオの背後に回り込んだ。手触《てざわ》りからして上質な上着を受け取り、ハンガーにかける。スチームアイロンなどの本格的な手入れはスタッフに任せることにして、とりあえずブラシをかけようとしたところ、レオに手を摑《つか》まれた。

「アキラ」

「なんだ？　今、ブラッシングを……」

「そんなことは明日ハウスメイドにやらせればいい。そのための使用人だ」

生まれついて他人に傅《かしず》かれる生活が当たり前のレオが少し苛立《いらだ》った口調で言い、瑛の手を引いて自分に向き直らせた。

「それより、おまえには大事な役目がある」

「大事な役目？」

訝《いぶか》しげに問うと、レオが真面目《まじめ》な顔で不服を申し立てる。

「俺たちはこの数日間、まともにキスもしていない」

「……………」

言われてみればそうだ。

何しろ、二十七日にパレルモに戻ってからは仕事が猛烈《もうれつ》に忙《いそが》しかった。分刻みに立て込んだスケジュールをクリアするだけで精一杯《せいいっぱい》の数日間は、日付が変わってから帰宅し、雑事を済ませ、風呂《ふろ》を使ったらすでに二時、三時、といった有り様。レオより体力のない自分は、一昨日《おととい》、昨日と連日髪《かみ》を乾《かわ》かしている途中《とちゅう》で意識が薄《うす》れ、いつ眠りについたのかもはっきり記憶《きおく》にないほどだった。

そんな調子であったので、挨拶《あいさつ》のキスはともかくとして、恋人同士に相応《ふさわ》しい熱の籠《こ》もったキスをする余裕《よゆう》もなかった。

抱き合ったのも、クリスマスイブの夜が最後だ。

思考の流れで、イブの夜の熱く激しかった情交を思い出し……じわりと頬《ほお》が火照《ほて》るのを意識する。

「……アキラ」

甘く掠《かす》れた声で呼ばれてゆるゆると視線を上げた。熱を帯びた漆黒《しっこく》の双眸《そうぼう》と目が合う。レオが自分だけに向ける情愛を孕《はら》んだ眼差《まなざ》しに、トクンと心臓が鼓動《こどう》を打った。

「ビジネスや生活のパートナーとしてのおまえも必要だが、俺にとってもっとも重要なのは、恋人としてのおまえだ」

「……レオ」

「おまえはどうだ？　恋人としての俺は必要ないか？」

じっと見つめてくる黒い瞳《ひとみ》を上目遣《うわめづか》いに見返し、「……馬鹿《ばか》」とつぶやく。

「そんなこと……答えを聞くまでもないだろ？」

美貌《びぼう》の男がふっと口許《くちもと》で笑った。

「おまえのキスで俺の餓《う》えを満たしてくれ」

片手で顎《あご》を持ち上げられ、美しい貌《かお》が近づいてくる。唇《くちびる》に吐息《といき》が触《ふ》れた直後、しっとりと熱いものに覆《おお》われた。

「………っ」

上唇《うわくちびる》、唇の端《はし》、そして下唇と、緊張《きんちょう》を解《ほぐ》すようにやさしく吸われたあとで、最後に唇の間を舌先でなぞられる。入ってもいいかと伺いを立てるように突《つつ》かれて、ぞくりと甘い戦慄《せんりつ》が背中を這《は》い上がった。

「んっ……ぅん」

ねだられるがままに唇をうっすら開く。薄い隙間《すきま》からするりと忍《しの》び込んできた肉厚の舌が、すかさず瑛の舌に絡《から》みついた。

「ん……ふ……」

くちゅくちゅと濡《ぬ》れた音を立てながら口腔《こうこう》内を扇情《せんじよう》的に掻《か》き混ぜられて、体温がじわじわと上がる。上顎《うわあご》を嬲《なぶ》られ、舌を甘噛《が》みされて、口の中のあらゆる性感帯を愛撫《あいぶ》される気持ちよさに、体の芯《しん》がとろとろと蕩《とろ》け始めた。

キスというよりも口接という表現がぴったりとくる——ひさしぶりの本気のくちづけに頭がぼぅっと白く霞《かす》む。眦《まなじり》に涙《なみだ》が滲《にじ》む。膝《ひざ》から力が抜《ぬ》けて足が震《ふる》える……。

気がつくと瑛は、縋《すが》りつくように、レオのウェストコートをきつく摑んでいた。

散々好き勝手に口腔内をまさぐり尽《つ》くした舌が、名残惜《なごりお》しげに出ていく。濡れた唇が離《はな》れ、瑛は「はぁ……はぁ」と胸を喘《あえ》がせた。

瑛をぎゅっと抱き締《だ》めたレオが、首筋に唇を這《は》わせてくる。やわらかい肌《はだ》をちゅっ、ちゅっと吸う一方で、大きな手が脇腹《わきばら》をゆっくりと撫《な》で下ろしていく。慈《いつく》しむみたいなソフトタッチに心地《ここち》よく身を委《ゆだ》ねていると、不意に尻《しり》の丸みを鷲摑《わしづか》みにされた。

「ちょ……ちょっと待て」

恋人《こいびと》がこのまま一気に情事に持ち込もうとする気配を察した瑛は、あわてて手を突っぱね、レオの体を引き離す。

「……アキラ？」

「駄目《だめ》だ……レオ」

　自分だってレオが欲しい。

　一週間近いブランクのあとだし、さっきのキスで焚《た》きつけられた欲情《よくじょう》の熾火《おきび》が、体の奥で燻《くすぶ》ってもいる。

　しかし明日——日付が変わったので今日——【パラッツォ・ロッセリーニ】に戻《もど》ったら、早《さっ》速《そく》ゲストを迎《むか》えるための準備に取りかからねばならない。ダンテたちスタッフも自分とレオの帰りを待ちわびているだろうし、午前中に帰館するためにも、できれば今夜は早めに体を休めたかった。睡眠《すいみん》不足が続き、体力的にもそろそろ限界だ。

　けれど瑛よりも若く、体力・精力共に勝ったレオは、このまま大人しく眠るつもりは毛頭ないらしい。

「何が駄目なんだ？」

　不服げに問い返され、言葉に窮《きゅう》する。

「いや……だって俺たち、まだ風呂にも入っていないだろ？」

　風呂に入っていったんインターバルを挟《はさ》めば、レオも落ち着くだろうと思い、宥《なだ》め賺《すか》すような口調で囁《ささや》くと、形のいい眉《まゆ》がひそめられた。

「食事に出る前にシャワーは浴びた」

「シャワーじゃ疲《つか》れが取れない」

これは本音だった。日本で培《つちか》った習性がいまだに抜けず、自分はきちんと湯に浸《つ》からないと疲れが取れない。

「レオ……お願いだから」

「……わかった」

懇願《こんがん》に渋々《しぶしぶ》といった了承《りょうしょう》が返り、ほっとする間もなく――。

「じゃあ一緒《いっしょ》に風呂に入ろう」

レオの予想外の反撃《はんげき》に、瑛は「えっ？」と両目を見開いた。

視線の先の黒い瞳は、新しい遊びを思いついた子供よろしくきらきらと輝《かがや》いている。

「一緒……に？」

二年近く共に暮らしているが、レオはほとんどシャワーで済ませてしまうので、一緒に入浴したことはなかった。

「俺の浴室は広いから、充分《じゅうぶん》ふたりで一緒に入れる。早速湯を溜《た》めよう」

一転して上機嫌《じょうきげん》のレオにそう言われれば、とっさに断る理由も思いつかず……瑛は仕方なく、浴槽《よくそう》にお湯を溜めるためにバスルームへ向かった。

なんだか思いがけない展開になってしまった。

パウダールームで衣類を脱《ぬ》ぎ、ひたひたに湯を張った浴槽に向かい合わせに沈《しず》む。大理石でできた楕円《だえん》形の浴槽は、たしかにレオの言葉どおり、成人男子ふたりが一緒に入っても悠々《ゆうゆう》と足が伸《の》ばせる広さだ。

湯の温度も熱過ぎも温過《ぬるす》ぎもしないちょうどいい加減で、胸まで沈んだとたんに覚えずふーっと吐息が口から漏《も》れた。

「……気持ちいい」

「ああ……ちょうどいい温度だ」

サウナは使っても、普段《ふだん》はあまり湯に浸からないレオも、心地よさそうに目を細めている。今夜は寒い中を長時間歩いて冷えたから、体をじっくりあたためて眠《ねむ》るのはレオのためにもいいはずだ。

大理石の縁《ふち》に背を凭《もた》せかけて仰向《あおむ》いた瑛は、体の芯までじわじわと温《ぬく》もっていく感覚に浸《ひた》った。

「アキラ」

「ん？」

呼びかけに顔を戻し、正面のレオを見る。

「こっちへ来い」

言うなり腕《うで》を摑《つか》まれ、ぐいっと引っ張られた。ざぶっと湯が波立つ。胸と胸が合わさると同時に、体をくるっと裏返された。レオの太股《ふともも》に後ろ向きに尻を着けた直後、胴《どう》の前に腕が回ってきて、大きな体にすっぽりと抱《だ》き込まれる。

大人が子供を抱っこするみたいな体勢に一瞬《いっしゅん》気恥《きは》ずかしさを覚えたが、重なり合った素肌《すはだ》から伝わるレオの体温によって、ゆっくりと抵抗《ていこう》感が溶《と》けていく。

背中に感じる、胸から腹筋にかけての張り詰《つ》めた筋肉。

密着した硬《かた》い体と適度な腕の締めつけが気持ちいい。

トク、トク、トク、トク。

お互《たが》いの少し速い鼓動もシンクロして……。

(気持ち……いい)

人肌の心地よさに意識がとろとろと白濁《はくだく》し、うとうととしかけた時、首筋に濡れた感触《かんしょく》が落ちてきた。ちゅっと耳の後ろのやわらかい肌を吸ったレオが、次に耳朶《じだ》に軽く歯を立てる。

「……あっ」

ぴりっと甘やかな刺激《しげき》に、喉《のど》から声が漏れた。その掠《かす》れた声が予想以上に浴室に反響《はんきょう》し、焦《あせ》って喉を締める。

すると、その動揺《どうよう》を知ってなお煽《あお》るかのように、耳殻《じかく》に舌を差し入れられた。舌先でちろちろと敏感《びんかん》な孔《あな》の中を刺激され、背筋がぞくぞくと震える。

耳殻を嬲りながら、レオの手が戯《たわむ》れのように首筋から胸のラインを撫で下ろし、やがて乳首《ちくび》に触《ふ》れた。触《さわ》るか触らないかの微妙《びみょう》なタッチにぴくんっと腰《こし》が浮《う》く。

せっかくリラックスして収まりかけていたのに――。

下腹のあたりに重たい熱が溜まってきたのを感じて、瑛は唇《くちびる》を嚙《か》み締めた。

顔が……熱い。

（まずい……このままじゃ……）

そう思えば思うほどに、尻の下の恋人の欲望《よくぼう》を意識してしまう。心なしか、その欲望が質量を増してきたような気がして、いよいよ焦燥《しょうそう》が募《つの》った。

「俺……そろそろ出るよ」

絡みつくレオの腕を胴体《どうたい》から引き剝《は》がし、瑛はざばっと湯の中で立ち上がった。

ひとり先に浴槽から出て、シャワーヘッドが設置されたスペースに向かう。カランに手を伸ばしてきゅっと捻《ひね》った。上空からザーッと水滴《すいてき》が降ってくる。下半身の熱を逃《に》がすために、少し温めのシャワーを浴びていると、背後にふと人の気配を感じた。

「……レオ？」

振《ふ》り返る寸前に肩《かた》を摑まれ、大理石の壁《かべ》に押しつけられる。

抗《あらが》う間もなく後ろからレオが覆《おお》い被《かぶ》さってきて、引き締《し》まった裸体《らたい》と体がぴったり重なり合った。身動きの取れない瑛の胸にレオが手を伸ばし、ふたつの尖《とが》りを指先で挟む。少しきつめにきゅっと摘《つ》まれた。

「アッ……」

高い声がシャワーブースに響《ひび》く。

「んっ……っ……ん」

降り注ぐシャワーの中で、乳首を擦《こす》り立てるように揉《も》まれたり、指の腹でクニクニと押し潰《つぶ》されたりしているうちに、どんどん先端《せんたん》が硬く凝《しこ》っていくのがわかった。

勃《た》ち上がった乳頭がジンジンと痺《しび》れ、そこで生まれた官能が伝播《でんぱ》したかのように、下腹部に血液が集中していく。

(駄目だ。……完全に昂《たか》ぶってしまった)

やや前屈《まえかが》みになって疼《うず》く股間《こかん》を持て余していると、レオがカランを捻ってシャワーを止める。

「………っ」

バックから尻《しり》の狭間《はざま》に恋人《こいびと》の猛々《たけだけ》しい欲望を押しつけられ、瑛は息を呑《の》んだ。

「……アキラ……欲しい」

欲情《よくじょう》の証《あかし》を押しつけられた状態で、そんな切なげな声で懇願されたら——最後の自制心も吹《ふ》き飛んでしまう。

「……いいか？」

もはや瑛自身も限界だった。こうなってしまった以上は、下腹部に溜まった「熱」を散らさない限り、辛《つら》いだけだ。

「……んっ」

両手を壁についた状態で、こくこくと首を縦に振る。

先程《さきほど》とは打って変わった嬉《うれ》しそうな声が「アキラ」と名を呼んだ。

胸を離《はな》れ、脇腹《わきばら》を伝い下りたレオの手が、愛《いと》おしむようにやさしく尻の丸みを撫《な》で、双丘《そうきゅう》を左右に割る。熱く潤《うる》んだ場所を指でつつかれて、腰がひくんっと跳《は》ねた。

「なぁ……ここで？　立ったまま？」

困惑《こんわく》の色を纏《まと》った瑛の問いに答えはない。

（こんな明るい場所で……立ったままなんて）

未知の体験への惑《まど》いと羞恥《しゅうち》が身を強《こわ》ばらせ、押し入ろうとするレオの指をスムーズに受け入れることができなかった。

「少し待っていろ」

焦《じ》れたレオがそう言って離れ、数秒で戻《もど》ってくる。

再度後孔に触れてきた指が、今度はつるっとなんの抵抗もなく入ってきて驚《おどろ》いた。立ち上る柑橘《かんきつ》系の香《かお》りから、どうやらボディソープを潤滑剤《じゅんかつざい》代わりに使ったらしいと気がついた時には、レオの指先がかなり奥深くまで到達していた。

「んっ……く、ぅんっ」

くちゅくちゅと水音を立てて体内で異物が蠢《うごめ》く違和感《いわかん》を、奥歯を食い締めてやり過ごす。何度経験しても、自分を傷つけないための行為だとわかっていても、すんなり馴染《なじ》むことはどうしてもできなかった。

探《さぐ》るように内壁《ないへき》をまさぐっていたレオの指が、やがて目指すポイントを捉《とら》える。

「あぁ……っ」

指先でぐっと押された刹那《せつな》、瑛は背中を淫蕩《いんとう》にうねらせた。そこを重点的に責められるに従い、欲望の先端に先走りの透明《とうめい》な蜜《みつ》が盛り上がり、腰の奥がねっとりと「熱」を孕《はら》んで疼く。明るい浴室で乱れる自分——淫《みだ》らな姿を晒《さら》す羞恥をも押し流してしまうほどの強い快感に、黒目がじわっと潤んだ。

「あ……ふっ……ん」

薄《うす》く開いた唇から甘ったるい嬌声《きょうせい》を零《こぼ》し、官能に浮かされたように腰を揺《ゆ》らしていた瑛は、レオの指が抜《ぬ》け出る気配に内股《うちもも》をおののかせた。喪失感《そうしつかん》にヒクつく後孔《こうこう》に、灼熱《しゃくねつ》の塊《かたまり》が押し当てられる。

「欲しいか？」

色めいて蠱惑《こわく》的なテノールが耳許《みみもと》で問うた。

「……レオ」

「俺が……欲しいか？」

口に出すまでもなく、指の愛撫《あいぶ》で潤んだ蕾《つぼみ》は、恋人の熱情を待ちわびてひくひくと蠕動《ぜんどう》している。それでも満足しない暴君に、「言え」と声に出して乞《こ》うよう求められ、羞恥と屈辱《くつじょく》を堪《こら》えて「……欲しい」と言った。

直後、レオが剛直《ごうちょく》の切っ先をねじ込んでくる。

「ひっ……あっ」

めりっと体を割られる衝撃《しょうげき》に、瑛は悲鳴じみた声を発して白い喉をのけ反らせた。

「く……っ」

眉根《まゆね》を寄せてうめく瑛の前にレオが手を回してきて、挿入《そうにゅう》のショックに萎《な》えた欲望を摑む。

「ふ……あ……」

蜜袋《みつぶくろ》ごとぬるぬると扱《しご》かれ、滲《にじ》み出す快感で体の強ばりがわずかに緩《ゆる》んだ。ボディソープのぬめりを借りてゆっくりと侵略《しんりゃく》を押し進めたレオが、最後は一気に片を付けようとするかのように貫《つらぬ》いてくる。

「あぁ……ッ」

上半身が大きく反り返った。

「……入ったぞ」

腰を揺すり上げて長大な欲望を根元まで押し込んだレオが、荒《あら》い息に紛《まぎ》れて囁《ささや》く。

はっ、はっと浅い呼吸を繰《く》り返し、瑛は腹の中の燃えるような脈動に体が馴染むのを待つ。

「……熱い……」

「おまえの中も……熱い」

首を伸《の》ばして瑛の眦《まなじり》の涙《なみだ》を唇で吸い取ったレオが、「動くぞ」と宣言し、腰を両手で支えて動き始めた。

あやすような緩慢《かんまん》な抽挿《ちゅうそう》に合わせて欲望をやさしく扱かれ、前と後ろの両方からじりじりと甘く追い上げられる。

「あっ……んっ、……う、ん」

狭《せま》い肉をこじ開け、反り返った硬《かた》い楔《くさび》が往《い》き来するたびに、全身の皮膚《ひふ》がざっと粟立《あわだ》った。逞《たくま》しいもので擦り上げられた粘膜《ねんまく》がとろとろと蕩《とろ》け出すのがわかる。

「んっ……ふ……ん」

尻上《しりあ》がりにピッチが上がっていく抽挿の波に翻弄《ほんろう》されて、頭の芯《しん》がじんじんと痺れ、背中が波打った。足ががくがくと震《ふる》え、立っていられずにタイルの壁にしがみつく。

明るい浴室で立ったままのセックスという特異なシチュエーションに対する抵抗感《ていこう》も、激しい快感の前に吹き飛んでしまっていた。

前と後ろを同時に責められながら、さらに耳殻《じかく》を舌で嬲《なぶ》られ、手で乳首《ちくび》まで弄られ……種類の違《ちが》う快感が混ぜ合わさり、絡《から》み合った複雑な官能が体の中いっぱいに膨《ふく》れあがる。

切迫《せっぱく》した射精感に圧《お》された瑛は、レオに解放を乞うた。

「も……もう……っ」

「……達《い》きたいのか？」

膨れあがった「熱」を放出したい一心でうなずく。

「達き……たい……達かせて……おねが……」

尻を突き出した恥《は》ずかしい格好で、すすり泣いて懇願《こんがん》すると、腰骨《こしぼね》を強く摑《つか》まれた。貪《むさぼ》るように猛々《たけだけ》しく突き上げられて腰《こし》が浮《う》き上がる。

骨と肉がぶつかるパンパンという生々しい音が浴室に響く。逞しいもので中をぐちゃぐちゃに掻《か》き回され、頭の芯がくらくらと眩《くら》んだ。

「レオ……レオッ」

思わず自分を苛《さいな》む男の名を呼ぶ。すると体内のレオがぐんっと嵩《かさ》を増す。視界がぶれるくらいに荒々《あらあら》しく揺さぶられ、嬌声が絶え間なく口から零《こぼ》れた。

「あっ……はっ……だ、め……っ……だ……もぅ……い……くぅ……ッ」

絶え入る声と同時に、大理石の壁《かべ》に白濁《はくだく》がぴちゃっと飛び散る。

「……く……っ」

絶頂時の締《し》めつけに背後のレオが低く呻《うめ》き、ほどなくあたたかい放埒《ほうらつ》が体内に染《し》み渡《わた》った。

「あ……あ……あ」

脱力《だつりょく》し、ずるずると頽《くずお》れかける瑛をレオがぎゅっと強く抱《だ》き締めてくる。

「アキラ……愛している」

耳許に掠《かす》れた声で囁かれた瑛は、うっとりと微笑《ほほえ》んだ。

このましゃがみ込んでしまいたいほどに疲労困憊《ひろうこんぱい》していたが、心と体は満ち足りて——この上なく幸せだった。

マクシミリアン・コンティ×ルカ・エルネスト・ロッセリーニ

十二時間四十分のフライトを経《へ》て、成田《なりた》発ローマ行きの直行便がフィウミチーノ空港に着陸したのは、現地時間の一月六日、十四時四十五分だった。

「本日はファーストクラスをご利用いただきまして、誠《まこと》にありがとうございました。またのご搭乗《とうじょう》を乗務員一同、心よりお待ち申し上げております」

焦《こ》げ茶色のダッフルコートの肩《かた》に革製《かわせい》のトートバッグを掛《か》け、前方のドアから機外へ出ようとしていたルカ・エルネスト・ロッセリーニは、ドアサイドに立っていた日本人の客室乗務員に深々と頭を下げられ、「あ……こちらこそ、いろいろとお世話になりました」とお辞儀《じぎ》をし返した。

「おかげさまで、とても快適な空の旅でした」

ルカの労《ねぎら》いの言葉に、ほぼつきっきりであれこれと面倒《めんどう》を見てくれたベテランのフライトアテンダントがにっこりと微笑む。

こちらが何か言う前に先回りして察してくれ、それでいてサービスが押しつけがましくない。さすがはファーストクラス担当者と言うべき、実にきめ細やかな応対だった。

だが、身に染みて「やっぱり違う」と感じるのは、前回のフライトがエコノミーだったからかもしれない。

生まれて初めて自分でエアチケットを買い（とは言っても、友人に手伝ってもらって、格安チケットをインターネットで購入《こうにゅう》したのだが）、人生初のエコノミーに乗るまでは、それこそ飛行機はファーストクラスが基本、さもなければプライベートジェットでの移動が普通だったから、ここまでサービスのクオリティの差を実感することもなかった。

シャワーや仮眠《かみん》室完備のラウンジ、専任グランドスタッフによる送迎《そうげい》、快適なフルフラットシート、有名シェフの監修《かんしゅう》による機内食などなど、レベルの高いサービスを受けるためにはそれに応じた対価が必要だと知ったのも、昨年の四月、亡《な》き母の故郷である日本の大学に通うために東京でひとり暮らしを始めてからだ。

現在やっているアルバイトのお給料を一年分貯《た》めたってファーストには乗れない——と知った時の衝撃は、今なお鮮明《せんめい》だ。本当にびっくりした。

自分で管理した経験がなかったせいで、生まれてこの方お金に関しては実に漠然《ばくぜん》としたイメージしか抱《いだ》いてこなかったのだが、働き出してからは、何事も時給に照らし合わせて推《お》し量る癖《くせ》がついた。ファーストに乗るためには時給換算《かんさん》で何千時間分……と考えると、そのすごさがリアリティを持って胸に迫《せま》ってくる。

だから今回イタリアへの里帰りに当たり、当然のごとく用意されたファーストクラスのチケットの受け取りを躊躇《ちゅうちょ》した。自分でお金を稼《かせ》ぐことの大変さを知ってしまったら、そう簡単に数百万するチケットを「ありがとう」とは受け取れない。

とはいえさすがにエコノミーは許されないと思ったので、「もったいないからビジネスでいいよ」と切り出してみたのだが、その申し出はやはり——あらかじめの予測どおりにマクシミリアンに言下に却下《きやっか》された。

『金銭の問題ではありません。ファーストクラスは乗客を選びます。すなわちファーストクラスの乗客は社会的地位が高く、身元のはっきりとした紳士《しんし》および淑女《しゅくじょ》が圧倒《あっとう》的多数ということです。この厳然たる事実は、ルカ様の身の安全の保証に繋《つな》がります』

「……でも」

『ルカ様、お願いですから駄々《だだ》をこねず、私のためにもどうかファーストクラスでいらしてください。そうでないとフライトの間じゅう心配で仕事に身が入りません。本来ならば、私が東京までお迎《むか》えに上がりたいところなのですから』

「そんな……大丈夫《だいじょうぶ》だって。マクシミリアンはただでさえ忙《いそが》しいんだから」

『ですから、せめて専任のスタッフがサポートにつくファーストクラスでいらしてくださいますよう、何卒《なにとぞ》よろしくお願い申し上げます』

恋人兼守護者《こいびとけんしゅごしゃ》であるマクシミリアンの懇願を脳裏《のうり》でリフレインしていると、「ミスター・ロッセリーニ」と声をかけられる。いつの間にかすぐ目の前に、濃紺《のうこん》のパンツスーツを着た日本人女性が立っていた。

「入国ゲートまでご案内いたします」

出迎《でむか》えのパーソナルアシスタントににっこりと微笑みかけられ、ぺこりと頭を下げる。

このお辞儀も、接客のアルバイトのせいもあってかすっかり癖になってしまった。日本に来る前は、何かにつけてすぐお辞儀をする日本人を不思議に思っていたのに。

「お気をつけていってらっしゃいませ、ミスター・ロッセリーニ。ローマでのご滞在《たいざい》が楽しく充実《じゅうじつ》したものでありますよう、お祈《いの》りしております」

一揖《いちゆう》したフライトアテンダントに見送られ、パーソナルアシスタントにエスコートされて、ルカはボーディングブリッジへと足を踏《ふ》み出した。

さらにボーディングブリッジからターミナルビルディングに移り、一階の到着《とうちゃく》ロビーまで移動する。並ぶ必要のないVIP専用のイミグレーションを通過したところで、「ただいまお荷物をお持ちいたしますので、おかけになって少々お待ちくださいませ」とソファを勧《すす》められた。

バゲージクレームのターンテーブルに流す前に、グランドスタッフがトランクをピックアップしてここまで持って来てくれるという——まさに至《いた》れり尽《つ》くせりのサービスだ。

前回エコノミーで来た際には、こんなふうに出迎えてくれるパーソナルアシスタントもいなかったから、出入国の一連の手続きを全部ひとりでやったことを懐《なつ》かしく思い出す。

もちろんラウンジもなくて、成田ではボーディングタイムまで展望デッキで時間を潰《つぶ》したっけ。

帰国するマクシミリアンを捕《つか》まえて告白したのもここだった……などと、記憶の箱を感慨《かんがい》深く掘《ほ》り返した。

——おまえが好きなんだ。ぼくだけのものにしたい。父様になんか負けない。ぼくのほうが絶対好きだ。だってもうずっと……生まれた時からずっと好きなんだから！

（今思えばよくあんな大胆《だいたん》なことが言えたよな）

でもあの時は、このままマクシミリアンを帰してしまったら、彼がもう本当に遠くへ行ってしまいそうで……必死だったから。

かつてロッセリーニ家の三兄弟の世話係だったマクシミリアン・コンティは、長じて父の片《かた》腕《うで》となり、昨年の四月には三男の日本留学に際して、父と兄たちにお目付け役を任じられた。母の故郷での憧《あこが》れのひとり暮らしを夢見ていた自分は、当時、思惑《おもわく》が外れてかなりがっかりした。

よりによって、あの堅物《かたぶつ》マクシミリアンと同居なんて、と。

悪い予感は的中し、マクシミリアンは何かにつけて口うるさく干渉《かんしょう》しては、ことごとく自立を阻《はば》んできた。

でも、彼と暮らしたひと月の間に起きた様々な事件を通して、自分は彼を誤解していたことに気がついた。過干渉に思えた彼の言動のすべてが、自分を護《まも》るためであったことも。

それをきっかけに、彼にずっと恋《こい》していた自分の気持ちにも気がついた。

展望デッキでの一世一代の告白が実り、晴れて恋人《こいびと》として結ばれたのが去年の五月。

以来、ローマに戻《もど》ったマクシミリアンと海を隔《へだ》てた遠距離《えんきょり》恋愛《れんあい》が続いている。

昨年の九月には、マクシミリアンの誕生日をサプライズで祝うために、ルカは初のひとり旅を敢行《かんこう》した。

狭《せま》いシートにぎゅうぎゅう詰《づ》めのフライトを経て、フィウミチーノに着いてからも、イミグレーションの列に三十分近く並んで順番を待ったり、切符《きっぷ》を買ってレオナルド・エクスプレスに乗ったりと、初体験のオンパレードで緊張《きんちょう》したけれど、あれはあれで楽しかった。

やればできるんだと、少なからず自信もついた。

（まぁ、でも今回はしょうがないよな）

前回だってエコノミーに乗ったことを知ったマクシミリアンに、あとでめちゃくちゃ怒《おこ》られたし……（誕生日祝い自体は喜んでくれたけど）。

長兄《ちょうけい》のレオナルドを筆頭に、成人している自分に対してみんな少し過保護過ぎるとは思うけれど、家族に余計な心配をかけないためには仕方がないことなのだ。

万が一を考えて、兄たちやマクシミリアンが慎重《しんちょう》になるのもわからなくはない。

イタリアでは、ロッセリーニ・グループ創業一族の血を引く自分が、営利誘拐《ゆうかい》のターゲットになる確率が低くないからだ。利害が相反する他《ほか》の『ファミリー』に狙《ねら》われる危険性もゼロじゃない。

それでも、二十四時間態勢で警護スタッフがついていた頃《ころ》に比べれば、今はずいぶんと自由にさせてくれている。

世界で一番安全な国――日本限定ではあるけれど、麻布《あざぶ》のマンションでのひとり暮らしやカフェでのアルバイトを許されているし、こんなふうにひとりで飛行機に乗ることも（渋々《しぶしぶ》にせよ）許可してもらえている。

これ以上の自立を望むためには、自分がもっともっと成長して、社会性を身につけ、ひとりの人間として家族や周囲の信頼《しんらい》を勝ち得るしかない。

ただでさえ、賢《かしこ》くて美しい兄たちに、これといった取り柄《え》もなく平凡《へいぼん》な自分は大きく水をあけられているのだ。

「ロッセリーニの三男はミソッカス」と陰口《かげぐち》を叩《たた》かれることのないよう、人一倍努力して……。

いつかはマクシミリアンにも一人前と認めてもらえるように。

クレバーで大人で、なんでもできる恋人とは、ただでさえひと回り以上も年が離れている。

（今はまるで釣《つ》り合っていないけど、いつの日かきっと……）

一番の野望を胸の中でつぶやいていると、男性のグランドスタッフが革《かわ》のトランクを提《さ》げて歩み寄ってきた。

『ミスター・ロッセリーニ、お荷物はこちらでお間違《まちが》いございませんでしょうか？』

ソファから立ち上がり、トランクを確認《かくにん》して『間違いないです』と答える。そのままトランクを受け取ろうとしたら、男性が『入国ゲートまでお運びいたします』と言ってくれた。数年前に父から譲《ゆず》り受けたトランクにはキャスターが付いていないので、正直なところ助かった。

パーソナルアシスタントとグランドスタッフの二名に挟《はさ》まれ、VIP専用の税関を通過する。その先には、天井《てんじょう》の高い高級ホテルのロビーのような整然とした空間が広がっていた。ここもファーストクラスのビジター専用で一般客《いっぱんきゃく》は利用できない。

「えぇっと……」

出迎えの人間を探して、人影《ひとかげ》もまばらなロビーをきょろきょろと見回していたら、奥のボックス型のソファからひとりの男性が立ち上がった。

ぴしりと背筋を伸ばしたまま、こちらにまっすぐ向かってくる男性は、均整の取れた長身をダークグレイの三《み》つ揃《ぞろ》いのスーツに包んでいる。

きっちりとストイックに締《し》め上げられた臙脂《えんじ》色のネクタイと、一筋の乱れもなく撫《な》でつけられたアッシュブラウンの髪《かみ》。首許《くびもと》には白のマフラーが巻かれていた。

秀《ひい》でた額と理知的な眉《まゆ》。鋭利《えいり》な鼻梁《びりょう》。冬の薄曇《うすぐも》りの空のような青灰色《ブルーグレイ》の瞳《ひとみ》。ノーブルな唇《くちびる》。

魅入《みい》られたようにフリーズし、その場に立ち尽くしていたルカは、シャープな面差《おもざ》しを間近に捉《とら》えてゆっくりと瞠目《どうもく》した。

「マクシミリアン⁉」

虚《きょ》を衝《つ》かれ、裏返った声を発すると、左腕《ひだりうで》にキャメル色のコートを掛《か》けたマクシミリアンが、シルバーフレームの眼鏡《めがね》の奥の双眸《そうぼう》を細める。ルカの全身にすばやく視線を走らせてから、安堵《あんど》の面持《おもも》ちで「長旅お疲《つか》れ様でした、ルカ様」と言った。

「フライトはいかがでしたか？」

その問いかけに答える余裕もなく、ルカは面食《めんく》らった様子で「ど、どうして？」と問い返す。

「仕事だったんじゃないの？」

空港までお迎《むか》えに上がるのは無理そうです——昨夜、そうマクシミリアン本人から連絡《れんらく》があったので、てっきり彼の部下が来るものだと思い込んでいたのだ。

ロッセリーニ・グループのCEOである長兄レオナルドの片腕として、グループ全体のマネジメント業務を担《にな》うマクシミリアンの多忙《たぼう》は誰《だれ》よりわかっているし、飛行機が着くのが昼間だからそれも仕方がないと諦《あきら》めていた。

「その予定でしたが、なんとか調整がつきましたのでお迎えに上がりました」

答えを耳にして、自分の顔がぱーっと明るくなったのがわかる。

夜まではマクシミリアンに会えないと思っていたから、嬉《うれ》しいサプライズだった。

嬉しい気持ちが込み上げてくるのと同時に、忙《いそが》しい仕事の合間を縫《ぬ》ってわざわざ迎えに来てくれた恋人への感謝の念で、胸の奥がじわっと熱くなる。

今すぐ抱《だ》きつきたい衝動を、人目を考えてぐっと堪《こら》えた。代わりに喜びを眼差《まなざ》しに込め、じっとその端整《たんせい》な貌《かお》を見つめる。

ルカの眼差しを受け止めたマクシミリアンも、レンズ越《ご》しにやさしい目で見つめ返してきた。視線と視線が絡《から》み合う。

「…………」

大好きな青灰色の瞳を直接見るのは、昨年のクリスマスに訪日したマクシミリアンが、二十六日にローマに戻って以来だから——約二週間ぶりだ。

比較的《ひかくてき》短いブランクだったし、その間毎日のように電話で話もしていた。

それでもやっぱり本人を目の前にすると、自分がいかにマクシミリアン欠乏症《けつぼうしょう》にかかっていたかを実感する。クリスマスで充分《じゅうぶん》に補給したつもりだったけれど、どうやら全然足りていなかったみたいだ。

だが、慢性的《まんせいてき》なマクシミリアン欠乏症も、もうじき解消される。

この四月には、マクシミリアンが東京ブランチ『Rossellini Giappone《ロッセリーニ・ジャポン》』の責任者として再来日するからだ。

(そうしたら……また一緒《いっしょ》に暮らせる)

じわじわと込み上げてきた歓喜《かんき》に顔を紅潮させるルカから、すっと視線を外したマクシミリアンが、後方に控《ひか》えるグランドスタッフに声をかけた。

『トランクをありがとう。ここからは私が持ちます』

そう告げて革のトランクを受け取る。ルカも、ここまで案内してくれたパーソナルアシスタントに礼を言い、マクシミリアンと肩《かた》を並べて歩き出した。

トランクを片手に提げたマクシミリアンの歩幅《ほはば》に合わせて少し急ぎ足で歩きながら、ちらっと横目で恋人を窺《うかが》う。まっすぐ前を見据《みす》えた彫像《ちょうぞう》のような横顔を盗《ぬす》み見て、ふっと息を吐《は》いた。

今日から十一日までの六日間、ずっと一緒にいられるなんて夢みたいだ。

明日には恋人に会える——という興奮と期待で、昨日の夜は寝《ね》つきが悪かったし、飛行機の中でもずっとそわそわして腰が定まらなかった。今だって足許《あしもと》がなんだかふわふわしている。

（もう子供じゃないんだから、落ち着かないと）

自分に言い聞かせ、意識して表情を引き締めているうちに、自動ドアに辿《たど》り着いた。ドアを抜《ぬ》けた先の車寄せに、黒塗《くろぬ》りのタクシーが停《と》まっているのが見える。

「あのタクシーで私のアパートメントへ向かいましょう」

マクシミリアンの言葉に、ルカは首を傾《かし》げた。

「あれ？　会社に戻《もど》らなくていいの？」

仕事をいったん抜けて迎えに来てくれたのだと思っていたので、訝《いぶか》しげな声が出る。マクシミリアンがゆっくりと首を横に振《ふ》った。

「いいえ、戻る必要はありません。仕事はすべて午前中に片付けました」

「……………っ」

「本日から十一日までは完全オフです」

「やった！」

とっさに大きな声が口から飛び出す。喜びの感情が一気に高まり、気がつくとルカはマクシミリアンに抱きついていた。

ぎゅっとその逞《たくま》しい胴体《どうたい》にしがみつき、ひさしぶりの恋人《こいびと》の匂《にお》いを胸いっぱいに吸い込んでいると、頭上から「……ルカ様」と呼ばれた。

少し困ったような声音《こわね》を耳にして、はっと我に返る。

（馬鹿《ばか》！　人前で……っ）

失態にカーッと顔を紅潮させ、あわててマクシミリアンから離《はな》れた。

「ご、ごめんっ」

「大丈夫《だいじょうぶ》ですよ」

叱《しか》られるかと思ったが、上目遣《うわめづか》いに窺い見たマクシミリアンはやさしく微笑《ほほえ》んでいる。幸いにも周りに人がいなかったようで、ほっと胸を撫で下ろした。

「乗りましょう」

促《うなが》されてタクシーに乗り込む。トランクスペースに荷物を積み込んだマクシミリアンも、後部座席に乗り込んできた。

「昨年の九月にいらした時は慌《あわ》ただしくてどこも観《み》られませんでしたから、立ち寄りたい場所がおありでしたらおっしゃってください」

「別にない」

ルカの素《そ》っ気ない返答に、マクシミリアンが意外そうに片方の眉を持ち上げる。

「ローマの街はひさしぶりでしょう？　まだ時間が早いですし、今ならまだどこでも開いています。どうか遠慮《えんりょ》なさらずに」

「遠慮なんかしてないよ」

「そうですか？……お腹《なか》は空いていませんか？　夕食には早いですが、スペイン広場の近くに新しくできたジェラテリアが評判がいいようです。もしよろしければ……」

「お腹は空いていない」

マクシミリアンが一生懸命《いっしょうけんめい》自分をもてなそうとしてくれているのはわかったし、その心遣《こころづか》いはものすごく嬉しかったけれど。

（街をぶらぶらする時間がもったいない）

だってせっかく一日早くローマに来たのに。

もどかしい気分で、ルカはマクシミリアンのコートの袖口《そでぐち》を指で摘《つ》まみ、つんつんと下に引いた。そうしてから恋人に体を摺《す》り寄せ、耳許《みみもと》に口を近づける。

「……早くふたりきりになりたい」

内緒話《ないしょばなし》みたいな小声でひそっと囁《ささや》くと、密着した硬《かた》い体がぴくりと震《ふる》えた。

「……ルカ様？」

マクシミリアンが顔を覗《のぞ》き込んでくる。

ほどなくルカの熱っぽく潤《うる》んだ瞳から目下の一番の望みを読み取ったらしく——口許に小さな笑《え》みを浮《う》かべてうなずいた。

「わかりました。まっすぐ戻りましょう」

運転手に住所を告げたマクシミリアンの手が、こっそりルカの手を握《にぎ》ってくる。大きくてあたたかいその手を、ルカはぎゅっと握り返した。


高級住宅街の一角に建つマクシミリアンのアパートメントは、どっしりとした石造りの七階建ての建物だ。優に築五十年は経《た》っていると思われるが、それでもこの界隈《かいわい》の建築物としては比較的新しいに違《ちが》いない。ローマには築数百年の建物がごろごろある。

父はマクシミリアンに一戸建ての購入《こうにゅう》を勧《すす》めたらしいが、それだと維持《いじ》するのに使用人が必要となるため、ひとり暮らしがしやすいアパートメントを敢《あ》えて選んだようだ。昨年の九月に初めて訪れた際に、マクシミリアンの口からそう聞いていた。

「ひとりが気楽ですから。出張で家を空けることも多いですし」

料理をはじめとして家事全般《ぜんぱん》、なんでも自分で完璧《かんぺき》にこなせるマクシミリアンは、他人のフォローを必要としない。執事《しつじ》やハウスメイドに傅《かしず》かれる生活も性に合わないと言っていた。【パラッツォ・ロッセリーニ】の子供たちの遊び相手から人生をスタートさせたという出自もあり、本来自分が人に仕えるほうが好きで、落ち着くらしい。

そうは言っても、現在はたくさんの部下を持つ身なので、人を使うことにも長《た》けているのだろうけど。

「どうぞお入りください」

建物の最上階フロアの半分を占《し》めるマクシミリアンの住居に通されたルカは、昨年の九月以来、四ヶ月ぶりの室内をぐるりと見回した。天井《てんじょう》の高い広々とした空間は、相変わらず整然と片付いている。

カーテンやソファなどのファブリック類はベージュからブラウンのグラデーションで品良くまとめられ、壁《かべ》に掛《か》けられている絵画や写真もシックな色合いに統一されている。リビングの壁の一面を埋《うず》める書架《しょか》が一番の装飾であり、他《ほか》に余分なものはひとつもない。

機能性に優《すぐ》れた現代的な家具とアンティークの調度品が程《ほど》よくマッチしたインテリアが、大人の男性の部屋という印象を与《あた》える。

まだ二度目の訪問なのに、不思議とくつろいだ気分になれるのは、ほのかにマクシミリアンの匂いがするからかもしれない。

トランクを別の部屋に置きに行き、リビングに戻ってきたマクシミリアンが、ルカの背後に立った。「コートをお脱《ぬ》ぎください」と促す。マクシミリアン自身はすでにコートとジャケットを脱ぎ、ウェストコートとシャツ、そしてトラウザーズという格好になっている。

ルカから受け取ったダッフルコートとマフラーを腕にかけ、マクシミリアンが「使っていただけているようで嬉《うれ》しいです」と微笑んだ。

サックスブルーのカシミアのマフラーは、去年のクリスマスプレゼントだ。

「毎日使ってるよ。あたたかくてすごく重宝してる」

偶然《ぐうぜん》にも、ルカの贈《おく》りものもカシミアのマフラーだった。こちらは色が白。マクシミリアンが今日ちゃんと首に巻いてくれているのを見て、ひそかに嬉しく思っていたのだ。

「……ルカ様」

青灰色の双眸《そうぼう》を細めたマクシミリアンがゆっくりと身を屈《かが》め、ルカの額に唇《くちびる》でやさしく触《ふ》れた。小さく音を立てて唇が離れる。

（……もっと）

額じゃない場所にもキスが欲しくて「……マクシミリアン」と、ねだるような声を出した。秀麗《しゅうれい》な眉《まゆ》がついと寄る。

「今、コートとマフラーを仕舞《しま》って参りますので……」

何事もきちんとしないと気が済まない性分《しょうぶん》なのはわかるけど、先にキスくらいしてくれてもいいと思う。二週間ぶりなんだから。

融通《ゆうずう》の利《き》かない恋人に焦《じ》れ、その硬い首筋に両腕《りょううで》を回して絡《から》ませる。少し背伸《せの》びをして、唇に唇でちゅっと触れた。

「…………」

しかし反応がない。

（マクシミリアンのケチ）

意地になったルカは、つれない恋人《こいびと》をなんとかその気にさせようと、啄《ついば》むようなキスを繰《く》り返した。それでも応じない頑《かたく》なな唇をぺろっと舐《な》める。上唇《うわくちびる》に舌先でちろちろと触れ、下唇を吸い、最後に唇と唇の間をつーっと横になぞった。

密着した体がぴくっと身じろいだかと思うと、不意に大きな手で頭の後ろを強く摑《つか》まれる。そのまま後頭部に強い圧力が加わった。

乱暴に引き寄せられ、嚙《か》みつくようにくちづけられて喉《のど》を鳴らす。

「……んっ……う、んっ」

歯列を割って荒々《あらあら》しく口腔《こうこう》内に侵入《しんにゅう》してきたマクシミリアンの舌が、突然《とつぜん》の豹変《ひょうへん》に惑《まど》うルカの舌に絡みつき、搦《から》め捕《と》る。舌をねぶられ、口腔内を掻《か》き混ぜられて——飲み下しきれない唾《だ》液《えき》が口《くち》の端《はし》から滴《したた》った。

「ふっ……んっ……ぅ」

体温が急激に上がって息が苦しい。心臓が早鐘《はやがね》を打ち、足が震える。眦《まなじり》が熱を孕《はら》んで、瞳《ひとみ》がじわっと濡《ぬ》れるのがわかった。

抗《あらが》う術《すべ》もなく恋人の激しさに翻弄《ほんろう》されているうちに、自力で立っているのが辛《つら》くなってきて、マクシミリアンのウェストコートをぎゅっと摑む。

「んくっ……っ……ぅむ……」

酸欠も相まって頭がぼーっと霞《かす》み始め、うっすら気が遠くなってきた頃《ころ》、後頭部を押さえつけていた手の力が漸《よう》く緩《ゆる》んだ。ちゅくっと音を立てて口接を解かれる。銀の糸を引いて唇が離《はな》れた。

「はぁ……はぁ……」

胸を喘《あえ》がせ、震える手でしがみつくルカを、マクシミリアンがぎゅっと抱《だ》きすくめる。頭の天辺《てっぺん》のつむじに口をつけて、熱い息を吹《ふ》き込んできた。

「……ルカ様」

「……う……ん……なぁに？」

情熱的なキスの余韻《よいん》に半ば陶然《とうぜん》とした心持ちで問い返す。

「あんな真似《まね》をどこで覚えたのですか？」

「あんな……真似？」

ぼんやりと鸚鵡《おうむ》返《がえ》しにした。

「先程の、男を誘《さそ》うような真似です」

「男を誘う……？」

そんなこととしてない――と反論するために顔を振《ふ》り上げたルカは、直後にマクシミリアンと目が合って息を呑《の》んだ。

平素はクールな青灰色の双眸が「熱」を孕んで、強い暉《ひかり》を放っている。

「あ……」

熱を帯びた視線に囚《とら》われ、魅入《みい》られたようにフリーズしていると、形のいい唇が低音を落とした。

「お仕置きをしなければなりませんね」

（きた……っ）

もはやお約束と言ってもいい展開に、条件反射よろしく背筋をぞくぞくと甘いおののきが這《は》い上がる。

「どちらがよろしいですか？」

腰《こし》に響《ひび》くような甘くて昏《くら》い声。

「今すぐに？　それともお食事のあとで？」

選択を迫られたルカは、恋人の艶《つや》めいた美貌《びぼう》を見つめてうっとりとため息をついた。

「……今すぐ……」

「……そう……その調子です……ゆっくりで大丈夫《だいじょうぶ》ですから……」

光量を絞《しぼ》ったオレンジ色の間接照明の中、マクシミリアンの寝室《しんしつ》のベッドで彼の膝《ひざ》の上に跨《また》がったルカは、耳許《みみもと》の恋人の誘導《ゆうどう》に導かれて、そろそろと腰を沈《しず》めた。

やがて尻《しり》の狭間《はざま》に感じた猛々《たけだけ》しい雄《おす》に、びくんっと体を震《ふる》わせる。

（すごい……硬《かた》い）

マクシミリアンの逞《たくま》しい漲《みなぎ》りに触れた孔《あな》がひくんとヒクつき、緊張《きんちょう》に畏縮《いしゅく》していた欲望《よくぼう》もぴくりと反応する。

触《さわ》られてもいないのに……。

そんな自分が恥《は》ずかしかった。

――お仕置きをしなければなりませんね。

二十分前――マクシミリアンの甘くて昏い声にイケナイ期待が高まり、そのまま手を引かれて寝室に入った。その後の流れから推測するに、どうやら今日の「お仕置き」は、エッチに自主性を持たせるというコンセプトらしかった。

いつもなら、最初から最後まで何もかもマクシミリアンがやってくれて、自分はほとんどされるがまま……終始一貫《しゅうしいっかん》して受け身であるのが常。甘いキスや巧《たく》みな愛撫《あいぶ》に体の隅々《すみずみ》まで蕩《とろ》かされ、我を忘れて感じまくっているうちに、気がつくと絶頂の高みへ連れ去られている……といった流れだ。まさに前戯《ぜんぎ》から事後の後始末まで、至《いた》れり尽《つ》くせり。

ところが今日は――「準備はご自分でなさってください」と、まず服を脱ぐところから教育的指導が入った。

甘やかされることに慣れきってしまっていたので、そう言われて戸惑《とまど》いもあったが、たしかに何もかもマクシミリアン任せの姿勢はいただけない。どんなことでも、自分でできるようになったほうがいいに決まっている。

この先、恋人に飽《あ》きられないためにも……。

そう思ったルカは、腕組《うでぐ》みをしたマクシミリアンの、吟味《ぎんみ》するような眼差《まなざ》しに顔が火照《ほて》るのを意識しながら一枚ずつ服を脱《ぬ》いだ。誰《だれ》もいないところで脱ぐのはなんともないのに、マクシミリアンに見られていると思うと、ものすごく恥ずかしくて手が震える。

震える手でなんとか羞恥《しゅうち》を堪《こら》えて衣類を脱ぎ、最後にえいっと思い切って下着も取り去る。するとレンズの奥の目をじわりと細めたマクシミリアンから、「よくできましたね」と労《ねぎら》いの言葉がかかった。

それにほっとする間もなく、次なるミッションが下される。

「今度は私を脱がせてください」

「マクシミリアンを？」

誰かを脱がせるなんて、生まれて初めてだ。

ベッドの縁《ふち》に腰を下ろしたマクシミリアンの前に膝立ちになり、覚束《おぼつか》ない手つきでネクタイを解《ほど》いて、ウェストコートを取り去った。シャツのボタンを外し、現れた引き締《し》まった肉体にこくっと喉を鳴らす。

「…………」

「どうなさいました？」

見事に割れた腹筋と綺麗《きれい》に盛り上がった胸筋に見惚《みと》れていたルカは、その問いかけではっと我に返り、あわててベルトに手をかけた。前をくつろげ、トラウザーズと下着を下ろし、脚《あし》から抜《ぬ》き取って――ミッションを完了した時には、慣れない行為《こうい》にぐったりと疲《つか》れ果てていた。

ぺたんとラグの上に座り込むルカの前で、マクシミリアンがナイトテーブルに手を伸《の》ばし、抽斗《ひきだし》の中からチューブ状の何かを取り出した。

「これをお使いください」

「……え？」

手渡《てわた》されたピンク色のラミネートチューブを数秒見つめて、顔を上げる。

「これ何？」

訝《いぶか》しげな問いかけに、「ジェルです」という答えが返った。

「このジェルをご自分で後ろに塗《ぬ》ってください」

「後ろ？」

「ルカ様と私が繋《つな》がる場所です」

「………っ」

そこまで言われてようやっとマクシミリアンの意図するところが理解でき、カッと顔が紅潮する。

（あそこにコレを自分で塗れってこと？）

女性と違《ちが》って自然には濡《ぬ》れないから仕方がないのはわかっているけれど……。

「で……できないよ」

弱々しく拒絶《きょぜつ》してしばらくもじもじしていたが、マクシミリアンは黙《だま》って見つめ返すばかりで、いっこうに手を貸してくれる気配はない。

「ルカ様？　どうなさいましたか？」

それどころか冷ややかな声で促《うなが》されてしまい、仕方なくキャップを開けた。押し出した透明《とうめい》のジェルを指先に取る。もう一度膝立ちになって、その指を後ろに持っていき、おそるおそる尻の間に近づけた。

ぬるっとした感触が気持ち悪くて顔をしかめると、「もっとたくさん塗ってください」と催《さい》促《そく》された。

捻《ひね》り出したジェルを指に取って後孔《こうこう》に塗りつける動作を何度か繰《く》り返す。もういいだろうと思ったら、さらに「中にも塗り込んでください」と注文をつけられた。

「な、中に？」

動揺《どうよう》して上擦《うわず》った声が漏《も》れる。

「そうでないと潤滑剤《じゅんかつざい》の意味がありません」

「……うー」

クールな瞳《ひとみ》をひと睨《にら》みしたルカは、ジェルのついた指を思い切って体内にずぷっと押し込んだ。

「う……くっ……」

「もっとたっぷりと……奥まで塗り込んで……」

指導を受け、ぎゅっと目を瞑《つぶ》ってぬぷぬぷと指を出し入れする。普段マクシミリアンがしてくれる時と違って違和感《いわかん》しかない。

前に一度、電話エッチした際にも「お仕置き」の一環《いっかん》で自分で指を入れたことがあるけれど、あの時のマクシミリアンは遠く離《はな》れたローマにいたし、こんなふうに目の前でするのとは、恥ずかしさの度合いが全然違う。

「………っ」

奥歯を噛《か》み締め、恥辱《ちじょく》を堪えて指を動かしていると、「よろしい」とやっとお許しが出た。

ほっと脱力《だつりょく》したルカの頭にマクシミリアンが手を伸ばしてきて、「よくできましたね。お上手でしたよ」と撫《な》でてくれる。

やさしい眼差しと手の感触に胸がきゅんっと甘く疼《うず》いた。

マクシミリアンに誉《ほ》められると、子供時代を思い出して甘酸《ず》っぱい気持ちになる。マクシミリアンが誉めてくれることが何より嬉《うれ》しかったあの頃《ころ》――。

(……ひょっとしてこれって飴《あめ》と鞭《むち》?)

そんな疑いを抱いている間にマクシミリアンが眼鏡《めがね》を外し、ナイトテーブルにカチッと置いた。ベッドの上に乗り上げて胡座《あぐら》を掻《か》き、ルカを呼ぶ。

「こちらにいらしてください」

低い声に誘《さそ》われるがままにルカもベッドに上がり、四《よ》つん這《ば》いでマクシミリアンに近づいた。脚まで辿《たど》り着いたところで二の腕《うで》を摑《つか》まれ、くるりと体を裏返される。

「私の上に跨ってください」

指示のとおり、脚を開いて跨った。

「こ、こう?」

「そうです。そのまま静かに腰《こし》を下ろして」

誘導に従って素直《すなお》に腰を下ろしかけ――途中《とちゅう》でハタと気がつく。

「マクシミリアン……これってもしかして……ぼくが自分で?」

「ええ。ご自分で入れていただきます」

（やっぱり！）

次から次へと与《あた》えられる過酷《かこく》な試練に頭がくらっとした。思わず大きな声が出る。

「そんなの無理だよっ」

指だって辛《つら》いのに、マクシミリアンを自力で受け入れるなんて絶対無理。

「できない」

「やる前からできないなどと諦《あきら》めてはいけません。やってみて、どうしても駄目《だめ》だったら、その時は私が力をお貸ししますから」

「……でも」

「ルカ様はやればできる子なはずです。昔からそうでした」

宥《なだ》め賺《すか》す声に抗《あらが》い、しばらくごねてみたけれど、鬼《おに》教官と化した恋人《こいびと》は譲歩《じょうほ》してくれそうにない。仕方なくルカは、強《こわ》ばった表情でそろそろと腰を沈《しず》めた。

「……そう……その調子です……ゆっくりで大丈夫《だいじょうぶ》ですから……」

だがほどなく、尻《しり》の狭間《はざま》に猛々《たけだけ》しい雄《おす》を感じてびくっと体を震《ふる》わせる。

（すごい……硬《かた》い）

逞《たくま》しい漲《みなぎ》りに触《ふ》れた孔《あな》がひくんとヒクつき、緊張《きんちょう》に畏縮《いしゅく》していた欲望《よくぼう》もぴくりと反応する。

触《さわ》られてもいないのに……そんな自分に羞恥を覚えるのと同時に、気後《きおく》れが湧《わ》いてくる。

やっぱり無理。とても入りそうにない。

「……無理」

ついに泣き言が口をついた。

「ルカ様」

「だってマクシミリアンの大きすぎるもん」

「…………」

不可思議な沈黙《ちんもく》の直後、尻の間の昂《たか》ぶりがさらにぐんっと膨張《ぼうちょう》したのを察知する。

「嘘《うそ》……また大きくなっ……」

「……今のは自業自得《じごう》ですよ」

ため息混じりの低音を落としたマクシミリアンが、気を取り直すように、「たしかにいきなりは難しいですね」と言った。

「では、ご自分でお口を広げてみてください」

「広げる？」

「二本の指で……下のお口を開くんです」

アドバイスをもらって手を後ろに持っていき、人差し指と中指で窄《すぼ》まりを開いてみる。

「……開いたよ」

「ではそのまま腰を落としてください」

くちゅんっと水音を立て、張り詰《つ》めた欲望の先端《せんたん》が突《つ》き刺《さ》さってきた。

「あぁっ」

剛直《ごうちょく》がめりめりと身を割る衝撃《しょうげき》に、仰《の》け反った喉《のど》から悲鳴が飛び出す。ぶわっと涙《なみだ》が盛り上がる。

（……苦しっ）

苦しくて息が止まりそうだった。反射的に腰を浮《う》かして逃《に》げようとする体をマクシミリアンに摑まれ、逆に引き落とされる。

「ひぁっ……くっ……んん」

「……お上手ですよ……とてもお上手に私を呑《の》み込んでいらっしゃる」

官能を堪《こら》えるような艶《つや》めいた囁《ささや》きに励《はげ》まされ、懸命《けんめい》に身をくねらせた。無我夢中でマクシミリアンを呑み込んでいる最中《さなか》に体を支えていた膝《ひざ》が萎《な》え、自らの体重でずぶずぶと串刺《くしざ》しになったルカは、声にならない悲鳴をあげる。

「……っ……ッ……」

「………くっ」

背後のマクシミリアンも苦しそうだ。

「あっ……入っ……入っちゃうっ」

「力まないで……できるだけ力を抜《ぬ》いて……私を受け入れてください」

「んっ……んっ」

最後は結局マクシミリアンのサポートを借りて、どうにかこうにか恋人のすべてを受け入れることができた。

「はぁ……はぁ」

「よくがんばりましたね」

マクシミリアンが汗《あせ》で濡《ぬ》れた首筋に甘いキスをくれる。

（……お腹《なか》の中……マクシミリアンでいっぱいになってる）

苦行が終わった解放感に浸《ひた》りつつ、大きな体に凭《もた》れかかる。熱くて硬い体に包まれ、隙《すき》なくみっちりと体内を占拠《せんきょ》したマクシミリアンが馴染《なじ》むのを待っていると、次第《しだい》にそこがジンジンと痺《しび》れてくる。

そろそろ動いて欲しくて、「マクシミリアン」と名前を呼んだ。

「……う、動いて」

「駄目です」

「えっ」

「今日はご自分で動いて達《い》ってください。ルカ様の自主性を促《うなが》すお仕置きだと申し上げたでしょう？」

「って、お仕置き、まだ続いているの？」

「当然です」

（えええーっ）

終わったと思っていた試練がふたたび目の前に立ちはだかり、泣きそうになる。しかも、これまでで一番高いハードルだ。

「やっ……できないよ。無理だってば」

「よろしいのですか？　ご自分で動かないとずっとこのままですよ？」

「マクシミリアンの意地悪っ……ひさしぶりなのに、馬鹿馬鹿《ばかばか》っ」

キレて憤《いきどお》りをぶつけても、背後の恋人はどこ吹《ふ》く風だ。

「さっきもできたでしょう？　今度もちゃんとできます」

軽くあしらわれ、途方に暮れる。

待てど暮らせどマクシミリアンが動く気配はなく、このままでは本当に埒《らち》が明かないと覚《さと》るに至って、ルカは泣く泣く脚《あし》に力を入れ、のろのろと腰を持ち上げた。体内をずるっと擦《こす》られる感覚に眉《まゆ》をひそめる。抜けそうなギリギリで、今度は腰を下ろした。

「んっ……ふ……」

自分なりに精一杯《せいいっぱい》腰を上下したり、前後に揺《ゆ》すってみたりと、なんとか自力で快感を高めようと試みてみたが上手《うま》くいかない。

硬い屹立《きつりつ》で中を擦られれば、それなりに気持ちいいけれど……。

（なんか……違《ちが》う）

自分で動くことに神経が集中してしまって、快感を追えないのだ。

中途半端《ちゅうとはんぱ》な「熱」が体の奥で燻《くすぶ》っている。ねっとりと籠《こ》もったその「熱」を放出したいのに……弾《はじ》けられなくて苦しい。

こんな調子ではとても達けそうにない。

切羽詰《せっぱつ》まったルカは、マクシミリアンの腕《うで》をぎゅっと握《にぎ》った。涙声《なみだごえ》で訴《うった》える。

「マクシミリアン……お願い……一生のお願いっ」

耳許《みみもと》にふっと吐息《といき》がかかった。

「仕方がありませんね。……今回は特別ですよ?」

言うなり、ずんっと下から穿《うが》たれた。

「ひゃ、んっ」

視界がぶれて背骨が大きくしなる。

一度リミッターが外れてしまえば、マクシミリアンの求めは激しかった。今までの抑制《よくせい》をかなぐり捨てて獰猛《どうもう》に責め立ててくる。

「あっ……あ、んっ……んっ」

立て続けに強靭《きょうじん》な腰遣《こしづか》いで突き上げられ、中からの刺激《しげき》で欲望がふるふると勃《た》ち上がった。

ずっ、ずっと重い抽挿《ちゅうそう》を送り込まれるたびに、先端の切れ込みからとぷっ、とぷっと蜜《みつ》が溢《あふ》れ、軸《じく》を伝って滴《したた》り落ちる。ジェルと先走りが混ざり合い、結合部分でぬちゅっ、じゅぷっと淫《みだ》らな水音を立てた。

「気持ちいいですか？」

「ん、んっ……気持ちいいっ……マクシミリアンの……気持ちいいっ」

「私も……いいです。あなたの中はひどく狭《せま》くて……たまらなく気持ちがいい」

耳許の吐息混じりの低音にも感じて、覚えず体内のマクシミリアンをきゅうっと締《し》めつけてしまう。

食い締めたことによってさらに官能が膨《ふく》らみ、濃厚《のうこう》な快感に体全体を支配されていく。

それでも……まだ足りない。

まだ……マクシミリアンが足りない。

「お願い……もっと」

ルカは腰《こし》をくねらせ、ミルクを欲しがる子猫《こねこ》のように甘くすすり泣いた。

「……もっと……ちょうだい」

「そんなおねだりをいつ覚えたのですか？」

掠《かす》れた低声が耳殻《じかく》をかすめたかと思うやいなや、乳首《ちくび》をきゅうっと抓《つね》られ、びくんっと腰が浮いた。乳首を揉《も》み立てられながら、首筋のやわらかい肌《はだ》を強く吸われる。

「あぁっ」

三箇所《かしょ》をいっぺんに責められ、射精感が一気に高まった。両脚《りょうあし》をやや開き気味に固定されて、一番いいところを狙《ねら》い澄《す》ましたようにパンッと突き上げられる。

「あっ……あぁっ——」

ビリビリと電流が走り、嬌声《きょうせい》が迸《ほとばし》った。

ずぷっ、ずぷっと一挿《ひとさ》しごとに水音も大きくなっていく。マクシミリアンの膝の上で、ルカの小柄《こがら》な体がリバウンドした。

「マクシミリアン……いくっ……いっちゃう！」

高い声を放ち、絶頂への、最後の階《きざはし》を駆《か》け上がる。

「はっ……あぁんっ……っ」

達した瞬間《しゅんかん》、マクシミリアンもまた、低い唸《うな》り声をあげて弾けた。

ひくひくと震《ふる》えるルカを押さえつけるようにして、二度、三度と腰を打ちつけ、おびただしい量の精液を中に送り込んでくる。熱い放埒《ほうらつ》が、結合部分からじゅぷっと溢れ、シーツを濡らした。

「はぁ……はぁ……っ」

胸を上下させて息を整えていると、後ろからマクシミリアンがぎゅっと抱《だ》き締めてくる。密着した体から伝わる恋人《こいびと》の鼓動《こどう》と自分の鼓動がシンクロするのを意識したルカは、込み上げてくる想《おも》いを口にした。

「マクシミリアン……好き」

「ルカ様……」

首を捻《ひね》って背後の恋人にキスをせがむ。ちゅっ、ちゅっと後戯《こうぎ》のようなキスを交《か》わしたあと、ルカは間近の青灰色の双眸《そうぼう》を覗《のぞ》き込んだ。

「ねぇ……お仕置きはもう終わり？」

甘え声の問いかけに、ゆっくりと瞠目《どうもく》したマクシミリアンが、やがてふっと口許《くちもと》で笑った。

「まったく……あなたには敵《かな》わない」

「マクシミリアン？」

「大好きですよ」

蕩《とろ》けるような声で甘く囁《ささや》き、恋人が三度《みたび》くちづけてきた。


二週間分のブランクをお互いの熱で補い合う一夜を過ごした翌日——。

七日の朝早くにルカとマクシミリアンはフィウミチーノ空港を発《た》ち、ドメスティックエアラインで一路シチリアへ向かった。

水平飛行になると、マクシミリアンは早速《さっそく》ノートパソコンを開いてキーボードを打ち始めた。

隣《となり》のシートから聞こえてくる高速タッチタイプの音を耳に、そういえば昨晩も夜中にうっすら目を開けたら、マクシミリアンの姿がベッドになかったことを思い出す。

おそらくは自分が寝入《ねい》ってからベッドを抜《ぬ》け出し、書斎《しょさい》で仕事をしていたんだろう。午前中に仕事は片付けたと言っていたが、世界市場を相手にしている以上、刻一刻と変化する情勢に対応することを求められるのは想像に難《かた》くない。

大学生の自分と違って、グループの重職にあるマクシミリアンが六日間の完全オフをもぎ取るのは、それだけ大変なことなのだ。

（それでも……一緒《いっしょ》に来てくれた）

可能な限り自分と一緒に過ごそうと努力してくれる恋人の気持ちに、胸があたたかく温《ぬく》もるのを感じながら、広々としたフルフラットシートに身を委《ゆだ》ねる。

シチリアまでは一時間強のフライト。

生まれ育った【パラッツォ・ロッセリーニ】に戻《もど》るのは昨年の二月以来だから、約一年ぶりだ。

今回、新年早々にルカが里帰りするのには理由がある。

もともとは、大学が冬休みに入ったらシチリアに戻り、クリスマス休暇《きゅうか》を【パラッツォ・ロッセリーニ】で過ごす予定になっていた。だが十二月の第二週に入ったところで、母方の祖父が転んで怪我《けが》をしてしまった。

妻とひとり娘《むすめ》に先立たれた杉崎《すぎさき》の祖父には、ふたりの孫以外に肉親がいない。そしてもうひとりの孫であり、ルカにとって異父兄《いふけい》にあたる早瀬瑛は、現在長兄《ちょうけい》レオナルドのブレーンとしてシチリア在住だ。

入院して心細いであろう――お祖父様《じいさま》は決してそんな弱音を吐《は》かないけれど――祖父を残して帰国するのは心苦しく、ルカは里帰りを断念して日本に居残ることを決めた。

レオナルドに電話でその意向を告げると、非常に残念ではあるがそういう事情ならば仕方がないと言ってくれた。

恋人とも離《はな》ればなれのクリスマスを覚悟《かくご》していたのだが、まさに不意打ちのサプライズでマクシミリアンがローマから訪ねてきてくれて、東京で一緒のクリスマスを過ごすことができた。おかげでマクシミリアンを祖父に紹介《しょうかい》することもできた。

その祖父も年内で退院した。退院後は自宅で療養《りょうよう》しているが経過も良好なので、こうして年が明けてから、レオナルドとの約束を果たすために帰国したというわけだ。

ルカの里帰りを受けて、本邸《ほんてい》である【パラッツォ・ロッセリーニ】には、一年半ぶりに家族が集結することになっている。

ミラノ在住の次兄《じけい》エドゥアールとは昨年の暮れに東京で会ったが、父と会うのはずいぶんとひさしぶりだ。

父はファミリーのカポの座を長男に譲《ゆず》り、自らの才覚で大きく発展させた事業経営から勇退したのちは、自由気ままなリタイア生活を謳歌《おうか》している。昨年の暮れから南仏を旅行中で、息《むす》子《こ》たちに少し遅《おく》れて九日の昼過ぎにシチリア入りするらしい。

エドゥアールは本日の午後着予定。

エドゥアールは今回、部下の成宮《なるみや》を同行しての帰郷になると、レオナルドから電話で聞いた。プライベートに部下を帯同するなんて、どちらかといえば人間関係にクールなエドゥアールにしてはめずらしいことだ。電話で伝えてくれた際の口調から推測するに、レオナルドも弟の行動を意外に思っているらしい。

(よっぽど成宮さんを気に入っているんだな)

だがそれもすんなり納得《なっとく》がいくほどに、暮れにグループ傘下《さんか》の『カーサホテル東京』で紹介された総支配人《ジェネラルマネジャー》の成宮は、聡明《そうめい》で、かつはっとするような美貌《びぼう》の持ち主だった。

東洋的な美質に優《すぐ》れた「オリエンタルビューティ」とでも言えばいいのか。肌の色が抜けるように白くて、喩《たと》えれば、清楚《せいそ》な百合《ゆり》の花のような美しさだ。

しかも、ただ綺麗《きれい》なだけじゃない。

あの若さで仕事に厳しいエドゥアールの信頼《しんらい》を勝ち得て総支配人のポストを任されるからには、ホテルマンとして相当な実力があるに違《ちが》いない。

いずれにせよエドゥアールに、公私ともに信頼を置き、心を許せる存在ができたのは、弟としても嬉《うれ》しかった。グループが大きくなり、COOという立場にかかる責任が重くなるにつれ、腹蔵なく話ができる腹心の部下を持つことは難しくなる一方だと思うから。

（その点、レオナルドにも瑛さんという側近ができて本当によかった）

ことあるごとに「すまない、ルカ。祖父のことはきみに任せきりで」と言うけれど、彼がレオナルドの側《そば》にいてくれるから、自分も安心して日本にいられるのだ。

ロッセリーニ家当主として誰《だれ》もが認めるカリスマ性を備えながら、その実ナイーブで寂《さび》しがりやの一面を持つレオナルドを、彼がしっかりと支えてくれているから――。

（瑛さんに会うのも、ひさしぶりだ）

伝説の博徒《ばくと》の血を引き、亡《な》き母の面影《おもかげ》をその容貌《ようぼう》に色濃《いろこ》く宿す、日本人の異父兄。

彼にもうすぐ会えるのだと思うと、気持ちが静かに盛り上がってくる。

ルカ自身は表向き、本日早朝にローマに着き、トランジットのフィウミチーノ空港でマクシミリアンと合流して、シチリアに向かうことになっている。

実際には予定の一日前にローマに着いていて、マクシミリアンと彼の部屋で一夜を過ごしたことはふたりだけの秘密だ。

（このことがレオやエドゥアールにばれたら大変……）

この件に関しては家族の前でうかつなことを言ったり、うっかり口を滑《すべ》らしたりしないようによくよく気をつけないと。

完全無欠のマクシミリアンに「ついうっかり」などあり得ないので、危ないのは自分だと改めて肝《きも》に銘《めい》じる。

自分とマクシミリアンの関係は、父や兄たちに絶対に知られてはならない。

自分たちが恋仲《こいなか》であることを知ったら、たぶん三人とも卒倒《そっとう》してしまう。

まず男同士というのもあるし、父や兄はマクシミリアンを信頼して息子および弟の留学の世話役を任じ、その身柄を託《たく》したわけで……そのぶん「裏切られた」と感じる気持ちも強いんじゃないかと思うのだ。

怒髪《どはつ》天を衝《つ》く勢いで憤《いきどお》る三人の顔がリアルに眼裏《まなうら》に浮《う》かび、ルカは小さくため息を吐《つ》いた。

できればいつかは、本当のことを家族に話したいけれど。

自分がどんなにマクシミリアンを必要としているか、大切に想《おも》っているかを、いつの日か家族に伝えたい。認めてくれとは言わないまでも……。

自分たちの関係を護《まも》るためとはいえ、親兄弟に嘘《うそ》をつき続けるのは心苦しい。

だけど、晴れて恋人《こいびと》宣言するまでには、高いハードルをいくつも越《こ》えなくてはならないこともわかっている。

そしてもしかしたら一番の難関は、父よりも兄よりも、マクシミリアン本人かもしれないと最近思う。

孤児《こじ》だった自分を引き取り、成人まで面倒《めんどう》を見て、長じて重用してくれた父への、マクシミリアンの忠誠心は揺《ゆ》るぎなく強固だ。その父の信頼を裏切っている（とマクシミリアンは思っている）罪悪感は根深く……そう簡単には覆《くつがえ》せそうにない。

一方の父もまた、マクシミリアンの深い忠義心をわかっているからこそ、ロッセリーニのためにプライベートを犠牲《ぎせい》にした（と父は思っている）彼の先行きを案じて縁談《えんだん》を持ちかけたのだろう。

暮れにレオナルドからマクシミリアンの縁談話を聞いた時の衝撃《しょうげき》は、いまだに忘れられない。ショックが大きすぎて、せっかくクリスマスに日本に来てくれた恋人の顔を、しばらくまともに見られなかった。

マクシミリアンは、父の意向に逆らえないんじゃないかと思ったから。

——その件に関しましてはドン・カルロにはっきりとお断り申し上げました。私の忠誠は生《しょう》涯《がい》ロッセリーニ家にあり、家族を持つつもりはない、と。

——私が生涯を誓《ちか》った主人《パドローネ》はあなただけです。わかっておいででしょう？

結局、マクシミリアンの口から縁談を断ったことを聞いて、当座の不安は消えたけれど。

（でももし……）

もしもこのシチリア滞在《たいざい》中に、マクシミリアンと顔を合わせた父様が、縁談話を蒸《む》し返してきたら……？

マクシミリアンはきっぱり断ったと言っていたけれど、何しろ父は暇《ひま》を持て余《あま》している。マクシミリアンの顔を見て、またぞろ仲人《なこうど》熱が再燃する可能性は大だ。

マクシミリアンは、恩人である父と相見《あいまみ》えてなお、縁談攻勢《こうせい》を拒《こば》み続けることができるんだろうか？

「………」

憂鬱《ゆううつ》な気分に支配され、ルカはちらりと隣《となり》のシートを窺《うかが》い見た。

彫像《ちょうぞう》めいた横顔をじっと見つめていると、その視線に気がついたらしいマクシミリアンがタッチタイプの手を止めてこちらを振《ふ》り返る。

「どうかなさいましたか？　どこか具合でも？」

つと眉《まゆ》をひそめたマクシミリアンに心配そうに尋《たず》ねられ、あわてて首を振った。

「ううん……なんでもない。ちょっと喉《のど》が渇《かわ》いちゃって」

「お水をもらいましょうか？」

「うん」

マクシミリアンがフライトアテンダントを呼び、「お水をいただけますか」と頼《たの》む。ほどなく運ばれてきたグラスを手に取り、冷たいミネラルウォーターを喉に流し込みながら、ルカは、恋人の縁談を知った暮れからややもすれば気鬱《きうつ》に囚《とら》われがちな自分を反省した。

起きるかどうかもわからないことを先回りでくよくよと思い悩《なや》み、マクシミリアンに心配かけるなんて意味がない。それこそ杞憂《きゆう》ってやつだ。

（そうだ）

せっかくの里帰りなんだから、余計な心配事は持ち込まず、ひさしぶりの故郷《シチリア》を堪能《たんのう》しなくては。

飛行機は予定時刻どおりにカターニアのフォンタナロッサ空港に着き、そこでヘリコプターに乗り換《か》えた。

ヘリコプターから望むターコイズブルーの海岸線や起伏《きふく》に富んだ地形に、飽《あ》きることなく見入っていたルカは、やがて前方に見えてきた大きなシルエットに身を乗り出す。

「エトナだ！」

「ああ……今日は空気が澄《す》んでいるせいか、はっきりと見えますね」

マクシミリアンも、ルカの肩越《かたご》しにサイドウィンドウを覗《のぞ》き込み、つぶやいた。

複数の山頂と広大な裾野《すその》を持つシチリアの象徴《しょうちょう》エトナ山は、欧州《ヨーロッパ》でもっとも標高の高い活火山だ。頻繁《ひんぱん》に噴火《ふんか》を繰《く》り返すが、その際に地表に出た火山灰が、時を経《へ》て豊かなミネラルを含《ふく》んだ耕土と化し、裾野に芳醇《ほうじゅん》なオレンジやレモン、芳《かぐわ》しい胡桃《くるみ》やピスタチオを実らせる。

子供の頃《ころ》から見馴《みな》れた冬景色——真っ白な雪化粧《ゆきげしょう》を纏《まと》ったエトナの雄大《ゆうだい》な姿に、ひときわ故郷に帰ってきた感慨《かんがい》が強くなった。昨年の二月の帰省の折は、兄たちに留学を許可してもらえるか否《うな》かの瀬戸際《せとぎわ》で精神的に切羽詰《せっぱつ》まっていたせいもあり、感慨に浸《ひた》る余裕《よゆう》もなかったので、今回は余計にそう感じるのかもしれなかった。

少し前まで住んでいたフィレンツェは、ルネサンス様式の宝庫でもある古い街並みに独特な雰囲気《ふんいき》があったし、今暮《ま》らしている日本も四季が豊かで大好きだけれど、こうしてシチリアのダイナミックな自然を目の当たりにすると、やっぱり生まれ育った故郷は特別なのだと実感する。

約十五分のフライトで、ヘリコプターは【パラッツォ・ロッセリーニ】の領地内にある場外離着陸場《りちゃくりく》の滑走路《かっそうろ》に降りた。

そこでさらに出迎《でむか》えのリムジンに乗り換え、広大なぶどう畑を十分ほど走り、漸《よう》く正門に到《とう》着《ちゃく》する。

門衛が鉄の扉《とびら》を開くと、リムジンはまっすぐな一本道をコーラルピンクの領主館に向かって走り出した。森を背後に擁《よう》した築五百年弱の歴史を持つ建物が近づくにつれ、オン！　オン！という犬の鳴き声が大きくなる。

「ファーゴだ」

大きな黒い塊《かたまり》が噴水《ふんすい》の周りをぐるぐると走り回っているのが見えた。どうやらレオナルドの愛犬ファーゴが、自分たちの来館を歓迎《かんげい》してくれているらしい。

「オンッ！　オンオンッ！」

興奮して吠《ほ》えまくるファーゴの歓待《かんたい》に出迎えられて、今の時期は刈《か》り込んだ常緑樹が目立つフロントヤードを進み、噴水を半周したのちに、リムジンが車寄せに停《と》まった。

すでに玄関《げんかん》前には、執事《しつじ》のダンテを筆頭とした邸内《ていない》の主なスタッフがずらりと顔を揃《そろ》えている。

運転席から降りた運転手が、車体をぐるりと回り込んで、後部座席のドアを開けた。先にルカが降り立ち、マクシミリアンもあとに続く。

執事の正装に身を包んだダンテが、石造りの外階段を下りてきて一礼した。

「ルカ様、お帰りなさいませ」

敢《あ》えてその言葉を選び、皺深《しわぶか》い顔に、慈愛《じあい》に満ちた笑《え》みを浮かべる。

生まれ育った【パラッツォ・ロッセリーニ】を出てもう何年も経つが、ルカが生まれる以前からこの屋敷《やしき》に仕えるダンテにとっては、自分はいまだに「お屋敷の子供」のままなのかもしれない。

「ただいま、ダンテ」

「長旅、お疲《つか》れ様でございました」

そう長途《ちょうと》の旅を労《ねぎら》ったあとで、次にダンテはルカの後ろに立つマクシミリアンに微笑《ほほえ》みかけた。

「ようこそお越しくださいました、マクシミリアン様」

「ご無沙汰《ぶさた》しておりました。このたびはお世話になります」

かつては、当時の当主のドン・カルロに仕える使用人として同僚《どうりょう》であったふたりだが、現在ダンテの中でマクシミリアンは、主人筋とほぼ同格のＶＩＰとしてランクづけされているようだ。

若い男性スタッフにトランクを運ぶように指示を出してから、ダンテがふたりを振り返る。

「レオナルド様とアキラ様は応接室でお待ちです」

ダンテに促《うなが》され、ルカとマクシミリアンは外階段を上がった。先に立ったダンテがロッセリーニの紋章《もんしょう》が刻まれた大扉を開き、館内へと導き入れる。

キリストのモザイクが色鮮《いろあざ》やかな玄関ホールを抜《ぬ》けて、天井《てんじょう》の高い大広間へと進む間、ルカは少し懐《なつ》かしい心持ちで館内を見回していたが、穹窿《きゅうりゅう》型の天井一面に描《えが》かれたフレスコ画も、ギリシアやアラブの影響《えいきょう》の色濃《いろこ》い柱や装飾《そうしょく》も、様々な様式が混在する調度品も――約一年前の記憶《きおく》と寸分の違《ちが》いもなかった。正確に言えば、物心ついた時分から変わっていない。

石の床《ゆか》は隅々《すみずみ》まで磨《みが》き抜かれ、カーテンや絨毯《じゅうたん》も褪《あ》せることなくきちんと本来の色合いをキープしている。

歴史的価値の高さに比例して取り扱《あつか》いが難しいであろう、これだけの屋敷を清潔《せいけつ》かつ美しく維持《いじ》するには、大変な手間暇《てまひま》と費用がかかるに違いない。――といった実感を持つようになったのはひとり暮らしを始めてからで、ここで暮らしていた子供の頃は、自分たち家族が快適に過ごすために陰《かげ》でたくさんの人間が労を尽《つ》くしていることに考えが及《およ》ばなかった。

住みやすくて綺麗《きれい》で当たり前だと思っていて……。

(それがわかっただけでも、ちょっとは進歩したのかな)

そんなことをつらつら思い巡《めぐ》らせていると、前を行くダンテが足を止めた。前方に透《す》かし彫《ぼ》りが施《ほどこ》された二枚扉を認め、いつしか目的の応接室に着いていたことに気がつく。

「レオナルド様、ルカ様とマクシミリアン様がお着きです」

「──入れ」

「失礼いたします」

中からのいらえに応じて、ダンテが扉を押し開けた。

まず目に入るのは、精巧《せいこう》なレリーフが刻まれた天井から重たげに垂れ下がる巨大《きょだい》なイタリアンガラスのシャンデリア。縦長の部屋の正面に大理石の暖炉《だんろ》があり、その暖炉を挟《はさ》み込むように二本のギリシア式円柱が立っている。暖炉の上には、ロッセリーニ家初代当主の肖像画《しょうぞうが》が飾《かざ》られ、出入り口から向かって左手にはグランドピアノが置かれていた。

亡《な》き母のお気に入りだったスタインウェイのグランドピアノだ。子供の頃、ピアノを弾《ひ》く母の周りを、兄弟三人で取り囲んだことを思い出す。

今は誰《だれ》も使わないそのグランドピアノの上には所狭《ところせま》しと、家族の写真が収まったたくさんのフォトフレームが並べられていた。

「お入りください」

片側のドアを押さえたダンテに促され、ルカは応接室に足を踏《ふ》み入れた。色違《いろちが》いの石を組み合わせた市松模様の床を踏み締《し》めて進むと、右手に設《しつら》えられたソファスペースから、男性がふたり立ち上がる。

「ひさしぶりだな、ルカ」

まずは長身の男性が両手を広げて近づいてきた。

濃《こ》い茶色のジャケットの中にサックスブルーのシャツを着て、ネクタイはせずに、首許《くびもと》から濃紺《のうこん》のネックチーフを覗かせている。

ひさしぶりに顔を合わせる長兄《ちょうけい》は、相変わらず惚《ほ》れ惚《ぼ》れするほど男性的な魅力《みりょく》に溢《あふ》れていた。

「レオナルド兄さん！」

思わず駆《か》け寄ったルカを、レオナルドがひしと抱《だ》き止める。再会の喜びを互いに抱擁《ほうよう》で示し合ってから、ゆっくりと腕《うで》の力を緩《ゆる》めたレオナルドが、ルカの顔を覗き込んできた。

「いつぶりだ？」

「最後に会ったのが去年の二月だから……一年ぶりくらい？」

「そうか……そんなに会っていなかったか。電話で声は聞いていたが」

黒い瞳《ひとみ》でしげしげとルカの顔を眺《なが》めたレオナルドが、ほどなく感慨深げな声を落とす。

「少し大人びたな」

暮れにエドゥアールに言われたのと同じ印象を言葉にされ、くすぐったい気分になった。自分ではわからないけれど、実の兄がふたりとも口を揃《そろ》えるのなら、そうなのかもしれない。

「ほんと？」

「ああ……成人したとはいえまだまだ甘ったれの子犬だと思っていたが……顔つきがずいぶん引き締まってきた。……可愛《かわい》い子には旅をさせろという格言もあながち的外れではないということか」

いささか残念そうな口ぶりでつぶやいたレオナルドが、ルカの肩《かた》に手をかけて背後を振《ふ》り向《む》かせる。

「アキラも朝からおまえに会えるのを楽しみにしていたんだぞ？」

華奢《きゃしゃ》な体軀《たいく》を細身のシングルブレステッドスーツに包んだ日本人男性と顔を合わせたルカは、ぺこりと頭を下げた。

「瑛さん、おひさしぶりです」

「ルカ、ひさしぶり」

凛《りん》と涼《すず》やかな声でそう言って、瑛が右手を差し出してくる。そのスタイル同様にすらっとして形のいい白い手を握《にぎ》ると、ぎゅっと握り返された。

「元気そうでよかった。どうやら日本での大学生活は充実《じゅうじつ》しているようだな」

「おかげさまで友人もできて、楽しく勉強させてもらっています」

「そうか……よかった」

母によく似た切れ長の双眸《そうぼう》を細められ、胸がちょっぴり熱くなった。

（本当に母様に似ている）

改めて、目の前の人が同じ母を持つ兄弟なのだという想《おも》いを噛《か》み締める。

「そうだ。杉崎のお祖父様《じいさま》ですけど、お医者様が経過は順調だとおっしゃっていました。腰《こし》の骨はもうほとんどもとの状態に戻《もど》っているようです。あとは無理さえしなければ大丈夫《だいじょうぶ》ですって」

瑛が安堵《あんど》の表情を浮《う》かべた。

「ありがとう。ルカが毎日欠かさず見舞《みま》いに行ってくれたから、お祖父様も早く元気になられたのだと思う」

「そんなことありませんが、ぼくと瑛さんというふたりの孫の存在がお祖父様の気持ちの支えになっているのだと、長年お祖父様のお世話をしてくださっている石田《いしだ》さんがおっしゃっていました。お祖父様は、ぼくが瑛さんの話をすると、すごく嬉《うれ》しそうなお顔で聞き入っていらっしゃいます。今度瑛さんが日本に帰られる際には、ぜひお祖父様のところにご一緒《いっしょ》しましょう」

「そうだな。必ずそうしよう」

瑛の同意の言葉を引き取り、レオナルドが「その時は俺も挨拶《あいさつ》にうかがおう」と言った。

「うん、そうしてくれると嬉しい。そうだ、昨年のクリスマスにはマクシミリアンもお祖父様に会ったんだよ」

　ルカの台詞《せりふ》でその存在を思い出したかのように、レオナルドが少し離《はな》れた位置に控《ひか》えるマクシミリアンを振り返った。兄弟の再会を無言で見守っていた忠実な側近に労《ねぎら》いの言葉をかける。

「ルカの引率《いんそつ》、ご苦労だった。わざわざシチリアまで悪かったな。おまえも仕事が忙《いそが》しいのに」

　マクシミリアンが神妙《しんみょう》な面持《おもも》ちで首を横に振った。

「こういう機会でもなければ、私もなかなかシチリアに戻れませんので」

　レオナルドが「たしかにな」とうなずく。

「別々に離れて暮らす今となっては、家族《ファミリー》が顔を揃《そろ》えるのも容易ではない」

　男らしい美貌《びぼう》に憂《うれ》いを滲《にじ》ませたレオナルドが、だがすぐ気を取り直したように顔を上向かせ、明るい声を出した。

「滅多《めった》にない機会だと、ダンテを筆頭に使用人たちも張り切っている。おまえたちもひさしぶりの【パラッツォ・ロッセリーニ】を満喫《まんきつ》していってくれ」

エドゥアール・ロッセリーニ×成宮礼人

成宮礼人《あやと》にとって、人生を根本から変えるような激動の年が暮れた。

変革の第一波はまず夏に訪《おとず》れ、礼人が勤める『カーサホテル東京』が外資系企業《きぎょう》の傘下《さんか》に入った。

新しいオーナー企業は、欧米《おうべい》を中心に世界各国でレストラン経営、アパレル・ホテル経営など幅広《はばひろ》い事業を展開するロッセリーニ・グループ。本拠地《ほんきょち》はイタリアのシチリア、司令塔《しれいとう》にあたる本社はローマにある。

見知らぬイタリア人によるカーサ買収劇は、創業以降創始者であるワンマン社長の下で働いてきた従業員たちにとって、まさに青天《せいてん》の霹靂《へきれき》と言ってもいい出来事だった。

もちろんそれは、ホテルマン人生をカーサで始めた生《は》え抜《ぬ》きのスタッフである礼人にとっても同様だ。

だが、突然《とつぜん》の交代劇にも増して礼人に大きな衝撃《しょうげき》を与《あた》えたのは、新しくカーサの経営権を握ったオーナーその人だった。

九月の頭にミラノからカーサを視察に訪れた新オーナー——ロッセリーニ・グループを率いるCEOレオナルド・ロッセリーニの実弟《じってい》であり、COOでもある彼——エドゥアール・ロッセリーニを見た瞬間《しゅんかん》に体を貫《つらぬ》いた電流は、今思い出しても鮮明《せんめい》だ。

流れるようなプラチナブロンド、知性的な額と秀麗《しゅうれい》な眉《まゆ》、クールな輝《かがや》きを放つアイスブルーの瞳《ひとみ》、貴族的な鼻梁《びりょう》、艶《つや》めいていながら気品の漂《ただよ》う口許《くちもと》。——彼の洗練された美貌《びぼう》は、漏《も》れなく見る者の感嘆《かんたん》を誘《さそ》ったが、礼人の驚《おどろ》きはそこにはなかった。

礼人は、初対面であるはずの『彼』を知っていた。

十年前のニューヨークの夜、当時コーネル大学のインターンシップの一環《いっかん》として、アロマホテルで働いていた礼人は、有名映画プロデューサー主宰《しゅさい》のパーティ会場で、ゲストであった『彼』と出会った。

そしてその夜、『彼』の情熱的な求めに抗《あらが》えず、ゲストとホテルマンという禁忌《きんき》を犯《おか》して関係を持った。

当時十九歳だった礼人にとって『彼』は、「初めてのひと」でもあった。

一目で惹《ひ》かれ、まさに転がり落ちるように恋《こい》をして……そして一夜のあやまちの翌朝、連絡《れんらく》先も知らされずにあっさりと捨てられた。

もとより身分違《ちが》いとわかっていても、失恋《しつれん》の痛手は深く、礼人の心に長きに亘《わた》って暗い影《かげ》を落とし続けた。

実に十年に及《およ》ぶトラウマの元凶《げんきょう》とも言えるその『彼』が。

十年間、仕事に打ち込むことで忘れようとして、どうしても忘れられなかった相手が。

新しいボスとして目の前に現れたあの再会の瞬間こそが、今にして思えばおそらく人生最大のターニングポイントだったのだ。

その後、誤解が生んだ気持ちのすれ違いから敵対し、一時はエドゥアールを、カーサを破壊《はかい》する敵と見定めたこともあった。

しかし、紆余曲折《うよきょくせつ》の末に、お互《たが》いの事情が複雑に絡《から》み合った十年前のすれ違いの真相を知り、誤解が解けて本当の気持ちを知るに至り、礼人は長い間押し殺してきた『彼』への深い愛情を詳《つまび》らかにすることができたのだ。

――私たちはずいぶんと遠回りをしたな。だけど、もう放さない。愛している……アヤト。

――あなたには……二度捕《つか》まってしまった。十年前のあの夜と、そして今夜です。

それだけでも充分《じゅうぶん》、夢のように幸せだったが、さらにエドゥアールは礼人に大きなプレゼントを贈《おく》ってくれた。

――きみをカーサの新しい総支配人に任命したい。

思いも寄らなかった大抜擢《だいばってき》に驚き、若輩《じゃくはい》者の自分にそんな大役が務まるのかと、嬉《うれ》しい気持ちよりも気後《きおく》れが先に立った。

だが、エドゥアールの瞳《ひとみ》には微塵《みじん》の揺《ゆ》らぎもなかった。

――きみほどカーサを愛し、情熱を傾《かたむ》け、理解しているホテルマンは他《ほか》にいない。

そう力強く背中を押され……礼人は未知なる挑戦《ちょうせん》への一歩を踏《ふ》み出した。

それが、この秋のことだ。

総支配人に就任してからの日々は、まさしく多忙《たぼう》を極《きわ》めた。

最高責任者として、カーサの中で起こる様々な問題や課題に立ち向かい、決断を下す日々。

自分よりもひとつ年下という若さで、重責と二十四時間闘《たたか》う、こんなハードな日常をエドゥアールはもう何年も送ってきたのかと思うと、彼のすごさが身に染《し》みてわかるようになった。

むろんストレスばかりではない。

自分たちの新しいカーサを作るという目標のもと、スタッフと力を合わせ、ゲストのためにより質の高いサービスを模索《もさく》するのは非常にやり甲斐《がい》がある仕事だし、毎日が充実《じゅうじつ》している。

まだまだ力の足りない自分に落ち込むこともあるが……。

そんな時でもミラノにいる恋人《こいびと》の声を聞けば、必ずと言っていいほど浮上《ふじょう》できた。的確なアドバイスや励《はげ》ましの言葉に、どれだけ支えてもらったかわからない。

就任後、一番の試金石と言えるクリスマスシーズンも、スタッフとエドゥアールのフォローのおかげで、無事に乗り越《こ》えることができた。

そのエドゥアールが、クリスマスに日本を離れられない礼人のために、ミラノから訪日してくれた。忙しい彼に移動の手間を取らせて申し訳ない気持ちでいっぱいになったが、同時にとても嬉しかった。

なんといっても二ヶ月ぶりの逢瀬《おうせ》だ。

またその夜のディナーの席で思いがけず、エドゥアールの日本留学中の弟ルカと、ロッセリーニ・グループ全体のマネジメント業務を担《にな》っているミスター・マクシミリアン・コンティに紹介《しょうかい》してもらえるという僥倖《ぎょうこう》を得た。

エドゥアールの身内に会うのは初めてのことで緊張《きんちょう》したが、さすがに血が繋《つな》がっているだけあって、ルカは大変に魅力《みりょく》的な青年だった。

――エドゥアールのこと、今後もよろしくお願いします。

素直《すなお》で、無垢《むく》で、まっすぐで……。

彼と言葉を交《か》わして、その人柄《ひとがら》に惹かれない人間などいないだろう。

かつて三兄弟の世話役だったというマクシミリアンには、見るからに「切れ者」といった印象を抱《いだ》いた。ルカの背後にそっと寄り添《そ》う姿勢や彼のストイックな佇《たたず》まいに、どこか自分と相通じるものを感じたのも事実だ。

礼人自身、ふたりと話ができたことは非常に有意義だったが、どうやらそれはエドゥアールも同じだったらしい。

ニューイヤーバージョンのディスプレイの完成を見届けたあと、エドゥアールの部屋でやっとふたりきりになり、お互いに用意してきたプレゼントを交換《こうかん》した。そののち、ひさしぶりにたっぷりと愛し合った。

身も心も満ち足りて、エドゥアールの胸の中で目が覚めた明け方、恋人から近々シチリアに帰郷する意志を告げられた。

母を亡《な》くした確執《かくしつ》から、エドゥアールが故郷に複雑な想《おも》いを抱いているのは知っていたので少し意外な気はしたが、生まれ育ったシチリアに戻《もど》って肉親と顔を合わせるのは、彼にとって喜ばしいことのように思えた。

家族には、会えるうちにできるだけたくさん会っておいたほうがいい。

すでに肉親を失ってしまった身の上だから、余計にそう思うのかもしれないが。

彼の変心をひそかに喜んでいると、エドゥアールが思いもかけない誘いをかけてきた。

――アヤト、ちょうどいい機会だ。一緒《いっしょ》にシチリアへ行かないか。きみを家族に紹介したい。

ロッセリーニの三兄弟とマクシミリアンを育《はぐく》んだシチリアの地。兄弟たちが生まれ育った【パラッツォ・ロッセリーニ】を訪れてみたい気持ちはある。

しかし果たして、家族の集まりに自分のような部外者がお邪魔《じゃま》してもいいものなのだろうか……。

気後れから尻込《しりご》みする礼人を、エドゥアールは熱心に掻《か》き口説いた。

――自分が愛している人を家族に見せたいんだ。お願いだ。アヤト。

そんなふうに懇願《こんがん》されれば、とても断れない。

――わかりました。お供いたします。

――アヤト……よかった。嬉《うれ》しいよ。

そういった経緯《けいい》を経《へ》て——迎《むか》えた新年。

一月六日。

朝のミーティングを終えた礼人は、カーサから直接成田へ向かい、十二時三十分発のアリタリア直行便でミラノへ飛んだ。

年末年始も無休で働いた礼人にとって、これからの一週間は実に総支配人《ジェネラルマネジャー》就任以来——いや、下手をするとホテルマンになって初の長期休暇《きゅうか》となる。

出発の間際《まぎわ》、後ろ髪《がみ》を引かれる気分に駆《か》られて落ち着かない礼人に、副支配人の橋口《はしぐち》が「心配しなくても大丈夫《だいじょうぶ》だよ。仕事のことは忘れてリフレッシュしてきてくれ」と言ってくれた。

若手スタッフの北川《きたがわ》と久保田《くぼた》も「留守の間のことはぼくらに任せてください。成宮GMが不在の間もちゃんとしっかりやりますから」と胸をどんと叩《たた》き、「楽しいバカンスを！」と明るく送り出してくれた。

今回シチリアを訪《おとず》れるに当たって、エドゥアールからも『仕事は置いてくるように。携帯《けいたい》やパソコンも持ってきては駄目《だめ》だよ』と釘《くぎ》を刺《さ》されていた。

『きみはワーカホリックのきらいがある。一年を通してタフに働くためには、要所要所で完全なるオフを取ることが必要だ。オンとオフを切り替《か》える能力も、トップに立つ人間にとって重要なスキルのひとつなんだ。それに、たまには自分たちで対処する機会を与《あた》えないと部下は育たない』

年齢《ねんれい》はひとつ下だがホテリエとしては先輩《せんぱい》であるエドゥアールの、電話口の声を脳裏《のうり》でリフレインしているうちに、機体がゆっくりと下降し始める。

シートベルト着用サインが点《つ》き、ビジネスクラス担当のフライトアテンダントが「当機はあと十分ほどでマルペンサ空港に到着《とうちゃく》します」と知らせてくれた。

十二時間のフライト中、映画を三本観《み》て、文庫本を一冊読んだ。睡眠《すいみん》は取らなかったが疲《つか》れはない。

就任以来、趣味《しゅみ》の映画鑑賞《かんしょう》や読書に割《さ》く時間を取れずにいたが、ひさしぶりにフィクションの世界に没頭《ぼっとう》して、いい気分転換《てんかん》になった。

エドゥアールのアドバイスに従ってパソコンを持って来なかったのはやはり正解だった。あれば絶対に仕事をしてしまっていただろうから。

（あと十分……）

もう少しでエドゥアールに会える。

しかも一週間、一緒にバカンスを過ごせる。

じわじわと込み上げてくる歓喜《かんき》を胸に、礼人は手許《てもと》の文庫本を静かに閉じた。

現地時間の五時半、予定時刻どおりに飛行機はマルペンサ空港に着陸した。

機内から降りたところで、スーツを着たグランドスタッフに『ミスター・ナルミヤ？』と英語で声をかけられる。『はい』と応じると、『ミスター・ロッセリーニがお待ちです。ご案内いたしますのでどうぞこちらへ』と招かれた。

イタリア人であろう彼に導かれ、ターミナルビルディングへ向かう。

通路を歩くこと五分弱で到着したそこは、VIP専用の特別ラウンジだった。

グランドスタッフが個室の前に立ち、オーク材の二枚扉《とびら》をノックする。

『ミスター・ナルミヤをお連れいたしました』

『入りなさい』

中からのイタリア語のいらえを待って、彼が二枚扉を開けた。

『どうぞお入りください』

礼人を部屋に通すと、彼自身は中に入らずにドアを閉め、立ち去る。

通されたその部屋は、一瞬《いっしゅん》空港の中ということを忘れてしまいそうな豪奢《ごうしゃ》な空間だった。大理石の暖炉《だんろ》の他《ほか》に部屋の一角をバーカウンターが占《し》め、中央には総革《かわ》張りのソファセットが置かれている。

そのソファから長身の男性が立ち上がった。

輝《かがや》く白金の髪《かみ》と九頭身の見事なプロポーション。今日もクラシコイタリアのスーツを隙《すき》なく着こなした美丈夫《びじょうふ》を、礼人は万感《ばんかん》の想いを込めて見つめる。

「アヤト！」

ベルベットの質感を持つテノールが、自分の名前を呼んだ。

「……エドゥアール」

大きなストライドで距離《きょり》を詰《つ》めてきたエドゥアールが、一歩手前で足を止め、アイスブルーの瞳《ひとみ》でじっと見下ろしてくる。

一見してクールな、その実熱を孕《はら》んだ青い瞳を見上げ、約二週間ぶりの恋人《こいびと》と見つめ合った。視線が絡《から》み合い、エドゥアールが双眸《そうぼう》をじわりと細める。

シチリアへ赴くに当たり、ローマのフィウミチーノ空港ではなくマルペンサでトランジットしたのは、ミラノ在住のエドゥアールと落ち合うためだった。

ここからは、一緒にシチリアのタオルミーナへ飛ぶ手はずになっている。

そのタオルミーナに一泊《ぱく》し、翌日車で【パラッツォ・ロッセリーニ】へ向かうプランをエドゥアールから聞かされたのは一週間前のこと。その際のドライブでは、エドゥアール自らハンドルを握《にぎ》るらしい。

【パラッツォ・ロッセリーニ】には七日午後から十日の午前中まで滞在《たいざい》し、十日の午後、十一、十二日は、エドゥアールとふたりでシラクーサやラグーサ、アグリジェントなどの観光名所を車で回る予定になっている。

十三日にはパレルモ空港を発《た》ち、帰国《きこく》の途《と》につくが、その間、シチリア初心者の礼人のために、エドゥアールはツアーコンダクター役を担《にな》ってくれるつもりのようだ。

（なんだか夢のようだ）

彼の本拠地《ほんきょち》であるミラノで、今こうしてエドゥアールを目の前にしているなんて。

普段《ふだん》はエドゥアールとの逢瀬《おうせ》は、仕事の合間を縫《ぬ》ってカーサの中か、もしくは礼人の自宅が定番だったので、こうして異国で恋人と会うといったシチュエーションはすごく新鮮《しんせん》だった。

高まる鼓動《こどう》を意識しながら、礼人は口を開く。

「……すみません。お待ちになりましたか？」

「いいや……」

その問いで我に返ったかのように、エドゥアールがゆっくりと瞬《まばた》きをし、「十五分ほどだ」と答えた。

「きみこそフライトはどうだった？」

「おかげさまでとても快適でした」

「そうか。きみがどうしてもビジネスでいいと言い張るから、心配していたんだが」

数日前のやりとりを思い出したのか、やや不服そうなエドゥアールの顔を見て、礼人は「フライトアテンダントの皆《みな》さんにも大変よくしていただきました」と微笑《ほほえ》む。

実は今回、ミラノまでのフライトに際し、ファーストクラスのチケットを手配するというエドゥアールの申し出を「お気持ちだけで充分《じゅうぶん》です」と辞退した経緯があった。

実際にビジネスクラスでも充分にシートは広かったし、ベテランのフライトアテンダントが付きっきりでサービスしてくれて（おそらく、エドゥアールから航空会社に一言あったのだと思うが）非常に快適だった。

そのビジネスクラスも本当は自分で手配したかったのだが、「私が誘《さそ》ったのだから、せめてチケットは用意させてくれ。そうでないと気が収まらない」とエドゥアールに重ね重ね求められ、結局押し負けてしまったのだ。

「……まぁいい」

肩《かた》を竦《すく》めたエドゥアールが、礼人の腰《こし》に手を回してきた。そのまま引き寄せるように、片手できゅっと抱《だ》き締《し》めてくる。

「……っ……エドゥアール」

恋人の香《かお》りに包まれて息を詰めた。エドゥアールが礼人の耳許《みみもと》に唇《くちびる》を寄せて囁《ささや》く。

「二週間ぶりのきみを味わいたいけれど……少しでも触《ふ》れたら止まらなくなりそうだ」

ふっと息を吐《は》き、恋人が腕《うで》の力を抜《ぬ》いた。

「残念ながらプライベートジェットを待たせている。急ごう」

一時間後、ふたりを乗せたプライベートジェットはタオルミーナの場外離着陸《りちゃくりく》場に降りた。

生まれて初めてのPJ体験にフライトの間じゅう緊張《きんちょう》気味だった礼人は、タラップを降りた瞬間《しゅんかん》、鼻孔《びこう》を擽《くすぐ》る甘い芳香《ほうこう》に、シチリアの風土を強く感じた。

(ここがシチリア……)

人気《ひとけ》のない滑走路《かっそうろ》に佇《たたず》み、柑橘類《かんきつるい》や花々の馥郁《ふくいく》たる香りを含《ふく》んだ夜風を胸いっぱいに吸い込む。

すでに周囲は暗闇《くらやみ》に覆《おお》われているが、朝になって陽《ひ》が昇《のぼ》れば、紺碧《こんぺき》のイオニア海と霊峰《れいほう》エトナ山をこの目で見ることができるに違《ちが》いない。

そのイオニア海を舞台《ぶたい》に、幼なじみであり、親友であり、ライバルでもあったふたりの天才ダイバーの友情と軋轢《あつれき》を描《えが》く映画――『グラン・ブルー』。

海の事故で父を亡《な》くし、孤独《こどく》な子供時代を過ごした主人公のジャック・マイヨールに、己《おのれ》の境遇《きょうぐう》を重ね合わせたのが、この映画に魅《み》せられるきっかけだったのか。今となっては定《さだ》かではないが、礼人はこの映画が大好きだった。

寡聞《かぶん》にして自分は、光の届かない深海の闇《やみ》を、これほど美しく描いた作品を他《ほか》に知らない。

暗闇にトラウマを持つ自分ですら、魅入《みい》られるほどのGRAND BLEU《雄大な青》……。

シチリアは、『グラン・ブルー』の撮影《さつえい》が行われたロケ地であると同時に、大切な恋人の故郷でもある。礼人にとって二重の意味で思い入れの強い土地だった。

映画の中でもジャン・レノ扮《ふん》するエンゾが「世界で一番美しい島」と評している。

いつかは訪《おとず》れてみたかった憧《あこが》れの地に、ついに足を踏《ふ》み入れた。

（本当に……来たんだ）

芳香に包まれて感慨《かんがい》に耽《ふけ》っていると、先に滑走路を歩き出したエドゥアールが振《ふ》り向《む》いて、「アヤト？」と声をかけてくる。

「あ……すみません」

あわてて足を進め、恋人の横に並んだ。

「これからどちらへ向かわれますか？」

今夜はタオルミーナに一泊するということだけしか聞かされていない。一週間の休暇《きゅうか》を取るために、出発の間際《まぎわ》まで普段の三割増しの仕事量をこなしていたせいもあり、申し訳ないと思いつつも今回の旅に関してはホスト役のエドゥアールにアレンジを任せきりだった。

「車でホテルへ向かう」

「ホテル……」

仕事柄《しごとがら》、宿泊施設《しゅくはくしせつ》には一方《ひとかた》ならぬ興味がある。またエドゥアールが選んだ宿ならば、きっと素晴《すば》らしいホテルに違いないという期待もあって、「どちらのホテルですか？」と尋《たず》ねた。

だが、エドゥアールから返ってきたのは「内緒《ないしょ》」というつれない返事。

思わず傍《かたわ》らの顔を窺《うかが》い見ると、それに気がついた恋人が軽くウィンクを寄越《よこ》した。

「それは着いてのお楽しみだ」

場外離着陸場の駐車場《ちゅうしゃじょう》に停《と》めてあったブラックボディのマセラティ・グラントゥーリズモに乗り込み、夜の幹線道路を走り出す。

助手席の真っ赤な革《かわ》シートに体を落ち着かせた礼人は、運転席のエドゥアールをちらりと視界の片隅《かたすみ》で捉《とら》えた。

ステアリングを握る姿は初めて見るが、駐車場から車を出して幹線道路に乗る――そのわずか数分の間だけで、彼が大変に運転巧者《こうしゃ》であることがわかった。

普段は運転手付きのリムジンで移動しているので、自らステアリングを握るエドゥアールはなんだかすごく新鮮で……。

これからの一週間、恋人の新しい顔をいくつ知ることができるのだろうかと想像すると、心がどうしようもなく浮《う》き立つのを抑《おさ》えられない。我ながらいい年をして子供のようだと思ったが……。

「日中のドライブならば、美しい海岸線が見られたのに残念だ」

礼人の視線を感じたのか、横顔のエドゥアールが口を開く。

「そうだ。明日【パラッツォ・ロッセリーニ】に向かいがてら『ギリシア劇場』に立ち寄ろう」

「『ギリシア劇場』ですか？」

「紀元前三世紀の円形劇場の遺跡《いせき》が残っているんだ。ローマに侵攻《しんこう》されたのちには、闘剣士《とうけんし》たちの闘《たたか》いの場である円形闘技場《とうぎじょう》としても活用されたらしい」

ギリシア人は劇場を「聴《き》くため」に造り、ローマ人は「観《み》るため」に造ったと、いつか何かの文献《ぶんけん》で読んだのを思い出した。

「古代ギリシア人がもっとも劇場に適したロケーションとして選んだだけあって、遺跡から望むイオニア海、そしてエトナ山は素晴らしいの一言だ。ぜひきみにもあの絶景を見せたい」

「はい、楽しみです」

今後のプランを語るエドゥアールの横顔も、心なしかリラックスして見える。

双肩《そうけん》にかかる重責を一時下ろした解放感からか、それとも、懐《なつ》かしい故郷の空気がそうさせるのか。

過去の確執《かくしつ》はあったにせよ、エドゥアールにとってここは生まれ育った土地だ。

今回の帰省が、彼にとってもいい思い出に彩《いろど》られたものになると嬉《うれ》しいけれど。

そんなことを考えているうちに、車はつづら折りの細い道を上がり始める。どうやらエトナ山の裾野《すその》と地続きのタウロ山を上っているらしい。

蛇行《だこう》しながら坂道を上ってしばらくすると、タウロ山の中腹に張り付いたような小さな町に辿《たど》り着いた。

「タオルミーナだよ」

「ここが、タオルミーナ」

石造りの城砦都市《じょうさいとし》タオルミーナは、中世の趣《おもむき》をいまだ色濃《いろこ》く残している。

中世期の壮麗《そうれい》な建物が多く残る石畳《いしだたみ》の市街地を走り抜けたマセラティは、噴水《ふんすい》のある町の中心広場——四月九日広場から二ブロックほど下ったひっそりとした場所でいったん停車した。

「……ここは？」

無数のイルミネーションに照らされて、煉瓦《れんが》造りのどっしりとした建物が暗闇にぼぅっと浮かび上がる光景を前にして、その幻想的《げんそうてき》な美しさに礼人は小さく息を吞《の》んだ。

「このクリスマスイルミネーションも今日が見納めだ。『エピファニア』の終わり……つまり今夜零時《れいじ》には取り外される。ぎりぎりだがクリスマスシーズンに間に合ってよかったよ」

エドゥアールの説明を耳に、礼人は、建物の一角から突《つ》き出ている鐘楼《しょうろう》を見上げた。

（……教会？）

宗教施設《しせつ》なのだろうかと思っていると、白い外壁《がいへき》をアーチ形にくり貫《ぬ》いた鉄のゲートが内側から開く。

開かれたゲートをくぐり、石畳のアプローチをまっすぐ進んだマセラティが、白壁《しらかべ》の前の車寄せで停まった。

するとライトアップされたアーチ形のエントランスから、制服姿の男性二名が現れる。駆《か》け寄ってきて、ひとりが車のドアを開けて降車を促《うなが》し、もうひとりは車の後方に回り込んでトランクから荷物を運び出し始めた。

彼らのきびきびとした動きを見るにつけ、教会ではなくホテルかもしれないと考え直す。よく訓練された機敏《きびん》な動作からは、ある一定以上の星を持つホテルであろうという推測が導き出された。

つい職業病を発動して彼らを観察していると、先にマセラティを降りたエドゥアールがキーを制服の男性のひとりに渡《わた》し、礼人を振り返って「行こう」と誘《さそ》う。

先に立って歩き出したエドゥアールに付き従い、玄関《げんかん》から館内に入った。

（……ん？）

パブリックスペースに足を踏み入れて間もなく、デジャ・ビュを覚える。

生まれて初めて訪れたのに、なぜか知っている場所のような気がして……。

白壁の廊下《ろうか》に並ぶ、黒檀《こくたん》の家具や調度品にも見覚えがある。

どこからか流れてくる、バイオリン、チェロ、ヴィオラが奏《かな》でるカルテットの調べ――。

（ここを……知っている）

その不可思議な感覚に強く囚《とら》われている間に、右手にパティオが見えてきた。回廊《かいろう》に張り巡《めぐ》らされたガラス越《ご》しに中庭を望み、「あっ」と声が漏《も》れる。

石の壁《かべ》を覆《おお》うグリーンの植栽《しょくさい》。それら深い緑に彩りを添《そ》えるブーゲンビリアの花やブラッドオレンジの実。南国情緒《じょうちょ》を誘うナツメヤシの木とテラコッタの鉢《はち》。四角い庭の中心に設《しつら》えられた石造りの丸い井戸《いど》。

クリスマス仕様にライトアップされた美しいパティオに魅入られたように立ち尽《つ》くしていると、耳許《みみもと》で深いテノールが囁《ささや》いた。

「サン・ドメニコ・パレス・ホテルだよ」

「サン・ドメニコ・パレス……」

鸚鵡返《おうむがえ》ししつつ視線を上げ、エドゥアールと目が合う。自分の中の朧気《おぼろげ》な記憶《きおく》と、その名前が合致《がっち》した瞬間《しゅんかん》、礼人はゆっくりと瞠目《どうもく》した。

「もしかして……『グラン・ブルー』の？」

「そうだ」

エドゥアールが肯定《こうてい》する。

映画の前半部分のロケ地となった修道院ホテル。

十五世紀に建てられた修道院を改築したもので、百十七室の部屋を有し、五つ星のステータスを誇《ほこ》る。

イタリアを含《ふく》めた欧州《ヨーロッパ》では、歴史的建造物を修復・改築して現代的な設備を持つ施設に再生するレスタウロ手法が数多くとられているが、ここもそのひとつだ。

「きみがあの映画のファンだと言っていたからね」

「覚えていてくださったんですか？」

たしか雑談の折に一言、二言触《ふ》れただけのはずだ。

「きみのことに関しては、私の記憶力は著《いちじる》しい威力《いりょく》を発揮するんだ」

少し得意そうな顔つきをじっと見つめる。

「それでわざわざタオルミーナを……」

国際空港があるカターニアではなく、プライベートジェットを使ってまでタオルミーナを宿《しゅく》泊《はく》地に選んだ理由が今わかった。

「きみとカーサ以外のホテルに泊《と》まるならば、特別なホテルにしたいと思っていた」

「……エドゥアール」

ロッセリーニ・グループのホテル部門とアパレル部門を統括《とうかつ》するエドゥアールの多忙《たぼう》さは、自分などの比ではないはずだ。

おそらくは分刻みのスケジュールの合間を縫《ぬ》って、今回の旅行をより充実《じゅうじつ》させるためのプランを練り上げてくれた——。

その心尽《こころづ》くしの配慮《はいりょ》に胸がじわっと熱くなり、礼人はうっすら紅潮した顔で謝辞を述べた。

「ありがとうございます……お心遣《こころづか》い……とても嬉しいです」

感謝の気持ちを告げる声が微妙《びみょう》に震《ふる》える。

表情と声から心からの言葉だと伝わったのか、エドゥアールがその美貌《びぼう》に蕩《とろ》けるような微笑《ほほえ》みを浮かべた。礼人の頬《ほお》にそっと指でやさしく触れる。

「気に入ってもらえたみたいでよかった」

チェックインを終え、男性アテンダントスタッフの誘導《ゆうどう》で、今夜泊まる部屋へと向かった。エドゥアールの傍《かたわ》らを歩きながら、礼人は穹窿《きゅうりゅう》型天井《てんじょう》を抱《いだ》く廊下の四方八方に視線を忙《いそが》しく動かす。

ゆったりとした幅《はば》の廊下には、ロングギャラリーさながら、歴史的価値の高い絵画や調度品が飾《かざ》られており、向かって左手に並ぶ客室のドア上部の壁には、それぞれ円形のフレスコ画が描《えが》かれていた。

丁寧《ていねい》な筆致《ひっち》が美しいフレスコ画は、ひとつひとつ描かれているモチーフが違《ちが》う。どうやらイエス・キリストの生誕に始まる、聖書に記されたエピソードが描かれているらしい。

ここがかつて修道院であったのなら、この部屋も、本来は修道士たちが寝起《ねお》きする修室であったはずだ。どこか静謐《せいひつ》な佇まいであるのはそのせいかもしれなかった。

隣接《りんせつ》するサン・ドメニコ教会は、第二次世界大戦時に空爆《くうばく》され、現在はバロック様式の鐘楼を残すのみだと、先程《さきほど》フロントでコンシェルジュに話を聞いていた。

（そういえば、この廊下も映画に出てきた）

まさに映画の登場人物にでもなった心持ちでいると、先を歩いていたアテンダントスタッフが足を止める。廊下の突き当たりのレリーフが刻まれた二枚扉《とびら》の前に立ち、解錠《かいじょう》してドアを開けた。

『どうぞ、お入りください』

英語で促され、まずはエドゥアールが中に入り、礼人もあとに続く。室内に足を踏《ふ》み入れたとたんに濃厚《のうこう》な花の香《かお》りに包まれた。見れば、主室のラウンドテーブルの上に、両手で抱《かか》えきれないほどのボリュームの花が生けられている。

ラウンドテーブルの上には、他《ほか》にもウェルカムフルーツの盛られた大鉢と血のような真っ赤なオレンジジュースの入ったバカラの水差し、タンブラーグラスが置かれていた。

『お荷物はウォークインクロゼットにお運びいたしました。荷解《にほど》きが必要な場合はお申しつけください』

『自分でできますから大丈夫《だいじょうぶ》です』

『かしこまりました。ではよろしければ今から、各お部屋をご案内させていただきます』

『よろしくお願いいたします』

部屋は、サロンを兼《か》ねた主室と応接室、寝室《しんしつ》がふたつと書斎《しょさい》という五つの部屋から成るスイートで、主室にはテーブルとチェアが置かれたバルコニーがついている。

贅沢《ぜいたく》な間取り、豪奢《ごうしゃ》な設《しつら》え、ゴージャスな調度品――どれをとっても、このホテルにおける最上級の部屋であることは間違《まちが》いがなかった。

（……すごい。美術品と言ってもいいアンティークが惜《お》しげもなく調度品として使われている）

しかも、中世の趣《おもむき》をしっかりと残しつつも、設備はきちんと機能的でゲストが使いやすい仕様となっている。これは、レスタウロ手法の成功例だろう。

アテンダントスタッフの案内に従い、礼人がすっかりホテルマンの顔で各部屋を探索《たんさく》している間、エドゥアールは主室のソファに腰掛《こしか》け、優美に脚《あし》を組んで待っていた。

ひととおりの説明を聞き終わって主室に戻《もど》ると、アテンダントスタッフがエドゥアールに伺《うかが》いを立てる。

『本日のディナーのご予約ですが、承《うけたまわ》りました八時で変更《へんこう》はございませんでしょうか』

『ああ……今、何時だ？』

ジャケットの袖口《そでぐち》を指で軽く押さえたエドゥアールが、トゥールビヨンの文字盤《ばん》を読んだ。

『……七時半か。八時にここのリストランテに予約を入れてあるんだが……地中海料理を食べようと思ってね。三十分で用意できる？』

顔を振《ふ》り向《む》けたエドゥアールに問われ、ソファの背後に控《ひか》えていた礼人は『はい』と答えた。

一泊《ぱく》なので荷解きする必要はないし、女性と違ってお化粧直《けしょうなお》しをする時間も要《い》らない。

視線をふたたびアテンダントスタッフに戻したエドゥアールが、『予定どおり八時で頼《たの》む』と言った。

『かしこまりました。何か御用《ごよう》向きがございましたら、コンソールテーブルの上にございます電話をお使いください。０番がフロント直通でございます』

一礼した彼が退室したあと、エドゥアールが立ち上がった。ソファを回り込んで礼人の前に立ち、顔を覗《のぞ》き込む。

「部屋は気に入った？」

「はい、とても素敵《すてき》です」

礼人はこっくりとうなずいた。

「ゲストとしてこんなに素晴《すば》らしいお部屋に泊まるのは、生まれて初めてです。……なんだか夢のようです」

エドゥアールがほっと安堵《あんど》の表情で「よかった」とつぶやく。

「実は……初手で躓《つまず》いたらどうしようかと今日一日ずっとドキドキしていたんだ」

思いがけない告白に、礼人は息を呑《の》んだ。

(ずっとドキドキしていた？　クールで自分より全然大人なエドゥアールが？)

「初日からきみをがっかりさせたらどうしようかと気がかりで、昨夜も眠りが浅かった」

「がっかりなんてあり得ません！」

あまりにびっくりして少し大きな声が出る。

「もちろん、選んでくださったホテルもお部屋も素晴らしくてとても嬉《うれ》しいですけれど……私は」

「アヤト？」

「本当にあなたとこうして一緒《いっしょ》にいられるだけで充分《じゅうぶん》なんです。他にはもう……何もいらないくらいです」

アイスブルーの瞳《ひとみ》を見つめて切々と訴《うった》えると、エドゥアールがじわりと双眸《そうぼう》を細めた。

「きみという人は……本当にかわいらしいことを言うね」

掠《かす》れた声を落とし、礼人の顎《あご》を指で摘《つ》まむ。非の打ち所のない美貌がゆっくりと近づいてきて、唇《くちびる》にそっと触れた。上唇《うわくちびる》を吸い、下唇《したくちびる》を啄《ついば》んで離《はな》れる。

三度目で、深く唇を合わせてきた。

礼人も唇を開き、熱い舌を受け入れる。

「……んっ……んんっ……」

少し性急に押し入ってきたエドゥアールの舌が口腔《こうこう》内をねっとりと愛撫《あいぶ》する。ぴちゃぴちゃと濡《ぬ》れた音が鼓膜《こまく》に響《ひび》き、目頭《めがしら》がじわっと熱くなった。絡《から》めた舌を甘噛《が》みされて、ジンと背筋が痺《しび》れる。

二週間ぶりのくちづけに夢中で応《こた》えているうちに、気がつくと礼人は、エドゥアールの背中に腕《うで》を回し、その体にしがみついていた。

「……う、ん……ふっ」

足が震え出し、息が苦しくなってきた頃《ころ》、エドゥアールが名残惜《なごりお》しげに口接を解く。

ぎゅっと礼人を抱《だ》き締《し》め、耳許《みみもと》に切ない声音《こわね》で「少し……待っていて」と囁《ささや》いてから、拘束《こうそく》を緩《ゆる》めた。

キスの余韻《よいん》に放心する礼人を置いて壁際《かべぎわ》のコンソールテーブルまで歩み寄り、電話の受話器を持ち上げる。

『ロッセリーニだ。ディナーの予約時間を変更して欲しい。……そうだな、八時半……』

思案の面《おも》持ちでこちらを顧《かえり》みたエドゥアールが、電話口に言い直した。

『いや……やはり九時に。よろしく頼む』

受話器を戻して振り返った恋人《こいびと》の、欲情《よくじょう》を帯びた青い瞳と目が合い、礼人はこくっと小さく喉《のど》を鳴らす。

「……九時ではお腹《なか》が空いてしまいませんか？」

その問いかけに答えはなく、無言で引き返してきたエドゥアールに二の腕を掴《つか》まれた。

「空腹を満たす前に二週間分のきみを補給しないと……」

「エドゥア……」

引っ立てるようにぐいっと腕を引かれる。

「もう一刻も我慢《がまん》できない」

ふたつある寝室のうち、広いほうの主寝室《しゅしんしつ》に攫《さら》うように連れ去られ、手早くすべての衣類を取り除かれたあと、天蓋《てんがい》付きのベッドに押し倒《たお》される。

背中が純白のリネンに沈《しず》むと同時に、覆《おお》い被《かぶ》さってきたエドゥアールの手で両脚《りょうあし》を大きく割り広げられた。

「……………っ」

キスだけで欲望《よくぼう》を昂《たか》ぶらせ、先端《せんたん》の切れ込みから蜜《みつ》を溢《あふ》れさせた恥《は》ずかしい姿を、熱を孕《はら》んだ眼差《まなざ》しで見下ろされ――全身がカッと火に包まれたみたいに熱くなる。浅ましい自分を視線で嬲《なぶ》られる羞恥《しゅうち》に、内股《うちもも》の皮膚《ひふ》がひくひくと震《ふる》えた。

指先で鈴口《すずぐち》をぬるっと擦《こす》られ、ぴくっと腰《こし》を浮《う》かせる。

「……濡れている」

敢《あ》えて口に出して知らしめられると、羞恥心《しゅうちしん》がいや増した。

「さっきのキスで感じてしまったの？」

「……………」

証拠《しょうこ》を押さえられてしまっている状況《じょうきょう》で違《ちが》うとは否定できず、唇を嚙《か》む。

居たたまれなかった。

いくら二週間ぶりだとはいえ、まだ触《ふ》れられてもいないのに、こんなふうに発情している自分が。

自分ひとりが……昂ぶって……欲情している。

そんな自分は、エドゥアールの目に、どんなふうに映っているのだろう。

熱っぽい双眸から目を逸《そ》らし、礼人はじわじわと俯《うつむ》いた。

「お願いです……見ないでくださ……」

震える声で懇願《こんがん》した直後にいきなり熱い粘膜《ねんまく》に包まれて「ひっ」と喉が鳴る。顔を振り戻し、自分の欲望が恋人の口の中に半分ほど収まっていることを知った。

「エドゥアール……ッ」

狼狽《ろうばい》する礼人をよそに、エドゥアールは寸分の躊躇《ちゅうちょ》もなく、一気に欲望のすべてを喉の奥まで含《ふく》んだ。根元まで咥《くわ》え込んでから軸《じく》を手で固定し、口全体を使って愛撫し始める。

「あ、……あぁっ」

シャフトの敏感《びんかん》な裏筋を舌で舐《な》め上げられ、悲鳴のような嬌声《きょうせい》が喉から迸《ほとばし》った。輪にした指で根元を引き絞《しぼ》るように締めながら擦られ、ぞくぞくっと背筋に快感が走る。

「んっ……ふっ……う」

エドゥアールの愛撫は残酷《ざんこく》なほどに巧《たく》みだった。

舌や粘膜を使ってねっとりと口淫《こういん》する一方で、双球《そうきゅう》を大きな手で転がすように揉《も》みしだき、相乗効果で快感を高めていく。

先端から溢れた蜜を尖《とが》らせた舌先で舐め取り、さらに尿道《にょうどう》口をこじ開けるようにぐりぐりと刺激《しげき》されて、びくびくと腰が震えた。口の中を出入りさせるたびに聞こえる、じゅぷっ、じゅぷっという生々しい音にも煽《あお》られ、黒目が濡れる。

「ぅ、んっ……」

甘い責め苦に身悶《みもだ》えた礼人は、恋人の美しい髪《かみ》に手を伸《の》ばした。

ただひとつの寄る辺のようにプラチナブロンドに指を絡め、悩《なや》ましげに掻《か》き混ぜる。

何かに縋《すが》っていないと、快感の波に呑み込まれ、今にも押し流されてしまいそうだった。

(……駄目《だめ》だ)

達《い》っては駄目だ。エドゥアールの口の中に出すなんて……駄目。

一秒ごとに切実になっていく射精感と必死に闘《たたか》っていると、双球から手を離したエドゥアールが、欲望の奥にある窄《すぼ》まりに指を入れてきた。

「……っ」

後ろまで滴《したた》った蜜のぬめりを借りて、長い指がずぶずぶと入り込んでくる。

「あぁっ……」

礼人は衝撃《しょうげき》に白い喉を仰《の》け反らせた。狭《せま》い肉を押し広げつつ付け根まで押し込むやいなや、抜《ぬ》き差しが始まる。

ぬぷっ、ぬぷっと音を立てて体内を掻き混ぜられ、奥歯を噛み締めた。声を押し殺して強烈《きょうれつ》な違和感《いわかん》に耐《た》える。

「っ……んっ……くっ」

だがやがて、エドゥアールの指先がスイートスポットを探《さぐ》り当て、そこを集中的に責め立て始めると、一転して嬌声が止まらなくなった。

「あっ……んっ……、んっ」

前立腺《ぜんりつせん》を指の腹で擦られるたびによがり声をあげ、エドゥアールの指をきつく咥え込み、疼《うず》いてたまらない腰をうずうずと揺《ゆ》らす。背中がシーツから浮き上がり、ぴんと張り詰《つ》めた内股の皮膚がぶるぶると痙攣《けいれん》した。

足の指を折り曲げ、手許《てもと》のシーツをきつく握《にぎ》り締める。

（……いい）

気持ちいい。すごく……いい。

「……気持ち……いい？」

掠《かす》れた声の問いかけに、こくこくと首を縦に振《ふ》った。もはや、自分がどんな痴態《ちたい》を晒《さら》しているかも意識にはなかった。

「ん……いい……いいっ……」

目をぎゅっと閉じ、ひたすら快感を追いかけ——恋人によって与《あた》えられる愉悦《ゆえつ》に身を委《ゆだ》ねていた礼人は、突如《とつじょ》指を引き抜かれてびくんっと身を震わせた。

薄目《うすめ》を開けた刹那《せつな》、アイスブルーの瞳《ひとみ》と目が合う。

「あ……っ」

我を忘れて官能に溺《おぼ》れる様《さま》を見られていたことに気がつき、じわっとこめかみが熱くなった。

全身を朱《しゅ》に染める礼人を、熱を帯びた眼差しで見下ろしていたエドゥアールがやおら唇《くちびる》を開く。

「そろそろ……きみの中に入ってもいい？」

余裕《よゆう》のなさを窺《うかが》わせる掠れた声に、さらに体温が上がった。

こくっと喉を震わせ、小さくうなずく。エドゥアールに膝《ひざ》を折り曲げられ、受け入れやすいように太股《ふともも》の裏を自分で摑んだ。

おむつを替《か》えられる赤ん坊《ぼう》のような、無防備で恥ずかしい格好で恋人が来るのを待ったが、いっこうに来る気配がない。

待ちわびた礼人は、そろそろと視線を上げた。エドゥアールと目が合ったとたんに低く命じられる。

「自分で開いて」

「……え？」

「私を受け入れる場所を自分で開いてごらん」

「じ、ぶんで？」

「そう……指で開くんだ」

そこまで言われてやっと何を要求されているかがわかり、ゆるゆると瞠目《どうもく》した。

エドゥアールが入ってきやすいように、自分で拡《ひろ》げる？

考えただけで恥ずかしくて目眩《めまい》がしたが、どうやら恋人《こいびと》は本気のようだ。

命令に従わないと、ずっとこのまま……ということらしい。

恋人の表情からそれを覚《さと》った礼人は、仕方なく右手を太股から離《はな》した。思い詰めた悲壮《ひそう》な顔つきで、その右手をそろそろと股間《こかん》に伸ばす。

死ぬほど恥ずかしかったけれど、だからといってこの状態で放置されるのは辛《つら》すぎた。

エドゥアールが欲しくて欲しくて、体の奥が痛いくらいにジンジンと疼いているのだ。

疼痛《とうつう》にも似た疼きから解放されたい一心で、勃《た》ち上がった欲望のさらに奥へと手を伸ばし、二本の指で窄まりを拡げる。

くぷっと淫《みだ》らな音を立てて後孔《こうこう》が口を開けた。

自分では見たことのない秘所に、突《つ》き刺《さ》さるような恋人の視線を感じて、ぶるっと胴震《どうぶる》いする。

（見ないで）

自分の行動と相反する要望を、礼人は目で訴《うった》えた。

「……すごく綺麗《きれい》な色だね。それでいて淫らだ。私を誘《さそ》うように蠢《うごめ》いている」

うっとりした声で囁《ささや》かれ、激しい羞恥に指先まで焼かれる。自分がいかにふしだらで強欲《ごうよく》かを言葉にされて、眦《まなじり》に涙《なみだ》が盛り上がった。

「……いや」

「なんで嫌《いや》なの？　きみはどこもかしこもすごく綺麗でたまらなく魅力《みりょく》的なのに……」

「お願い……お願いです……早く……」

来て――。

涙声《なみだごえ》で懇願した直後、のし掛《か》かってきたエドゥアールが礼人の足首を摑《つか》み、自分の肩《かた》に載《の》せる。膝が肩につくほど体を折り曲げられて、腰が浮き上がった。後孔に灼熱《しゃくねつ》の充溢《じゅういつ》を押しつけられ、衝撃に備えて奥歯を食い締《し》める。

「――ひ……ぁあっ」

張り詰めた亀頭《きとう》でぐっと圧迫《あっぱく》され、覚悟《かくご》していたにもかかわらず、甲高《かんだか》い叫《さけ》び声が飛び出た。逞《たくま》しいものでめりめりと穿《うが》たれる衝撃に、礼人は無意識にもエドゥアールの首を摑み、ぎゅっとしがみつく。

「はっ……はっ……」

浅い呼吸を繰《く》り返していると、耳許《みみもと》に「……苦しい？」と囁かれた。

「すまない……本当はもっとじっくり解《ほぐ》すべきだったんだが……」

礼人はふるっと首を振った。

謝る必要はない。

自分だって早く欲しかった。

一秒だって早く、エドゥアールが欲しかったのだ。

「だい……じょう、ぶ、で……す」

「待って。今、緩《ゆる》めるから」

自分も苦しいのだろう。エドゥアールが前に手を伸ばしてきて、礼人の欲望《よくぼう》を掴んだ。先端《せんたん》を円を描《えが》くように擦《こす》られ、シャフトをあやすように扱《しご》かれて、萎《しぼ》んでいた性器が徐々《じょじょ》に硬《かた》さを取り戻《もど》す。強《こわ》ばっていた体も若干《じゃっかん》緩んだ気がした。

「ふ……あ……」

前から生まれる快感で後孔の痛みを紛《まぎ》らわせつつ、エドゥアールがじりじりと体を進めてくる。どうにかすべてを埋《う》め込んだ時には、ふたりとも全身が汗《あせ》で濡《ぬ》れそぼっていた。

「はぁ……はぁ」

(熱……い)

何事にもスマートなエドゥアールらしからぬ悪戦苦闘《あくせんくとう》の末に、漸《ようや》く辿《たど》り着いた。

この二週間、待ち望んでいた瞬間《しゅんかん》。

（……やっと）

恋人と深い場所で繋《つな》がり、揺るぎなくひとつになっている実感に瞳を潤《うる》ませていると、エドゥアールが眦の涙を唇で吸い取り、褒美《ほうび》のようなキスを唇にくれた。

「ん……んっ」

そのまま深く唇を合わわせ、舌を絡《から》ませ合い、お互《たが》いの口腔《こうこう》内を愛撫《あいぶ》し合う。

やがて唇の端《はし》から唾液《だえき》が滴り、脈動を咥《くわ》え込んだ場所が熱を持ってじくじくと疼き始めた。

疼くソコを硬くて逞しいもので擦って欲しくて、恋人を隙間《すきま》なく食《は》んだ粘膜《ねんまく》がうねっているのが自分でもわかる。

「……すごいね」

エドゥアールが、吐息《といき》混じりにつぶやいた。

「きみの中……すごく欲しがっている。苦しいくらいに締めつけてくるよ」

貪欲《どんよく》な自分が疎《うと》ましかったけれど、どうしようもない。

「エドゥアール……お願い……」

動いて——と口に出して乞《こ》う前にエドゥアールが動き始める。ずるっと引き抜《ぬ》かれたかと思うと次の瞬間にはずぶぶっと押し込まれて、仰け反った喉《のど》から「あぁっ」と吐息が漏《も》れた。

「あ……あ……あぁ」

はじめは探《さぐ》るようにゆっくりと。

だが、さほど時間を置かずに抽挿《ちゅうそう》が速く、激しくなっていく。

「……ぁんっ、あ……ん」

上から突き入れるような抜き差しに、結合部分からあられもない水音がくぷくぷと漏れ、脳《のう》髄《ずい》が熱く痺《しび》れる。ズクズクと小刻みに突かれた場所から、ねっとりと濃厚《のうこう》な快感が染《し》み出してきて、礼人は細い腰《こし》を淫らにくねらせた。

「あっ……あぅ……」

普段《ふだん》のクールさをかなぐり捨てたエドゥアールの激しさに振り落とされないよう、胴体《どうたい》に脚《あし》を絡ませ、しっとりと湿《しめ》った背中にしがみつく。

硬い腹筋で擦られた欲望から蜜《みつ》が溢《あふ》れ、軸《じく》を伝い滴《したた》って、繋がっている部分の粘着《ねんちゃく》音がさらに大きくなった。

「エドゥアール……エドゥア……あぁっ」

ギリギリまで引き抜いた屹立《きつりつ》を、ぐっと一息に最奥まで突き入れられた刹那、きゅうっと肉が収縮して、ぶるっと大きく腰が震《ふる》える。エドゥアールの引き締まった腹が白濁《はくだく》で汚《よご》れた。

「——っっ……ッ」

達してぐったりと脱力《だつりょく》した礼人を、息を整えるインターバルも与《あた》えずに、エドゥアールが腕《うで》を摑んで引き起こす。

まだ絶頂の余韻《よいん》に震える体を膝《ひざ》の上に乗せられるなり、彼自身はまだ達していないエドゥアールが動き出した。

「あっ……ん」

尻《しり》の丸みを大きな手できつく掴まれ、達したばかりの敏感《びんかん》な肉を逞しい漲《みなぎ》りで下からこじ開けられた。

「んっ、あんっ、あんっ」

ずっ、ずっと重い律動を送り込まれる。一番感じるポイントを的確に突かれて、一度弾《はじ》けた欲望がみるみる力を取り戻していく。

「ひっ……あっ……当たって……あぁっ」

力強い抽挿に性急に追い立てられ、礼人は甘い声ですすり泣いた。

体が先に走りすぎて、頭が追いついていかない。

おかしくなる……おかしくなってしまう。

惑乱《わくらん》のままにエドゥアールの首に腕を回し、堅牢《けんろう》な背中に爪《つめ》を立てた。

「エドゥアール……エドゥアール……だ、め……も、う……っ」

それを合図と受け取ってか、動きが一層苛烈《かれつ》になった。猛《たけ》った欲望で体の中をぐちゃぐちゃに掻《か》き混ぜられ、体ごと揺《ゆ》さぶられて、「あぁっ、あぁっ」と立て続けに嬌声《きょうせい》を放つ。

内股《うちもも》をひくひくと痙攣《けいれん》させ、背中を大きくしならせて——。

「あ……あ……また、い……く——いっ……ちゃうっ……」

頭が白く眩《くら》んだ直後だった。密着した筋肉が硬く引き締まり、最奥でエドゥアールが弾けるのを感じる。

叩《たた》きつけるような恋人《こいびと》の放埒《ほうらつ》に引き摺《ず》られ、礼人もまた、二度目の絶頂へと身を投じた。

「……ッ――……っ」

一度目よりも深い絶頂の余韻に身を震わせていると、まだ繋がったままのエドゥアールがぎゅっと強く抱《だ》き締めてくる。首筋に顔を埋《うず》められ、甘えるみたいに鼻先を擦りつけられた。

「……アヤト」

重なり合った胸から伝わる、恋人の少し速い鼓動《こどう》に、無上の幸福を感じる。

「……エドゥアール」

「愛している……アヤト」

耳許の甘い囁きに微笑《ほほえ》み、礼人は「……私もです」と囁き返した。


ディナーを挟《はさ》んでふたたび体を合わせ、尽《つ》きぬ情動のままに何度も抱き合った――翌日。

七日の朝早くにサン・ドメニコ・パレス・ホテルを発《た》ったエドゥアールと礼人は、傾斜《けいしゃ》した地面に折り重なるようにして建つ煉瓦《れんが》の建物と、迷路《めいろ》のごとく入り組んだ石畳《いしだたみ》の路地を堪能《たんのう》しつつ、予定どおりにギリシア劇場を経由して――劇場の観客席から望むパノラマは本当に素晴《すば》らしかった――午後の一時過ぎに【パラッツォ・ロッセリーニ】に到着《とうちゃく》した。

（ここが……【パラッツォ・ロッセリーニ】）

車寄せに停《と》めたマセラティから降り立ち、森を背後に擁《よう》したコーラルピンクの領主館スタイルの建物を目前に、礼人は感慨《かんがい》を嚙《か》み締《し》めた。

広大なぶどう畑を有する領地に入り、館《やかた》が近づくにつれて、胸の高まりは少しずつ大きくなってきていたが、いざその屋敷《やしき》を前にすれば、格別な想《おも》いが込み上げてくる。

これが、エドゥアールの生まれ育った家。

一五〇〇年代に建てられたという、風格のある佇まいに見入っていると、オン！　オン！　という犬の鳴き声が近づいてきた。やがて玄関《げんかん》の扉《とびら》が開き、黒くて大きな塊《かたまり》と小柄《こがら》な人影《ひとかげ》が飛び出してくる。その後ろに長身のシルエットも見えた。

「エドゥアール兄さん！」

弾《はず》むような明るい声が響《ひび》き、エドゥアールが即座《そくざ》に反応する。

「ルカ！」

軽《かろ》やかに外階段を駆《か》け下りてきたルカが、両手を広げたエドゥアールに抱《だ》きついた。抱き合って再会を喜ぶ兄弟の足許《あしもと》を、大きな黒い犬が尻尾《しっぽ》をぶんぶん振《ふ》りながら走り回り、オンオンッ！　と吠《ほ》えたてる。

賑《にぎ》やかなその様子を少し離《はな》れた位置から見守る眼鏡《めがね》の男性がマクシミリアンであることに気がつき、礼人は目礼した。向こうも礼人のアイコンタクトを察知して、無言で目礼を返してくる。

ルカの側《そば》にはいつも、この怜悧《れいり》な美貌《びぼう》の男性が静かに控《ひか》えている。

そう、まるで守護者のように――。

再会の喜びを存分に分かち合ったのちに兄から離れたルカが、後方の礼人に気がつき、うっすら上気した顔でぺこっとお辞儀《じぎ》をしてきた。

「成宮さん、こんにちは」

「ルカ様、こんにちは。お元気そうで何よりです」

「成宮さんも相変わらず綺麗《きれい》……」

どこかうっとりとした眼差《まなざ》しを向けられ、礼人も微《かす》かに頬《ほお》を赤らめる。

「滅相《めっそう》もないです。ルカ様こそ……」

くすみひとつないミルク色の肌《はだ》と薔薇《ばら》色の頬、濡《ぬ》れたようなつぶらな褐色《かっしょく》の瞳《ひとみ》を眩《まぶ》しく見返していると、エントランスの開け放たれたドアの中から数人の男女が粛々《しゅくしゅく》と現れた。全員がクラシックなデザインの黒い衣服を身につけている。

『お帰りなさいませ、エドゥアール様』

玄関の前にずらりと並んだ彼らが、声を揃《そろ》えて出迎《でむか》えの挨拶《あいさつ》をした。

その中から執事《しつじ》の正装に身を包んだ初老の男性が進み出て、階段を下りてくる。エドゥアールとルカ、マクシミリアン、そして礼人の前に立ち、腰を深く折り曲げた。

「お出迎えが遅《おそ》くなりまして申し訳ございません」

驚《おどろ》いたことに、初老の執事はとても達者な日本語を操《あやつ》った。

「ゲストを迎《むか》える準備で忙《いそが》しいのに、わざわざ出迎えご苦労だったな」

エドゥアールも、それが当たり前のように日本語で返す。イタリア語が話せない（と、エドゥアールは思っている。秋から習い始めて日常会話なら困らない程度《レベル》にはなっているのだが、もう少し上達してからと思い、まだエドゥアールには打ち明けていないためだ）礼人のために、ふたりとも気を遣《つか》ってくれているのだろう。

「使用人一同、エドゥアール様のご帰館を心よりお待ち申し上げておりました」

鷹揚《おうよう》にうなずいたエドゥアールが、後ろを顧《かえり》みて「アヤト」と呼ぶ。数歩足を進めて傍《かたわ》らに立った礼人の肩《かた》に手を置き、執事に紹介《しょうかい》した。

「成宮だ。東京にある『カーサホテル東京』の総支配人で、私の大切なブレーンでもある。アヤト――執事のダンテだ。【パラッツォ・ロッセリーニ】のことならば誰《だれ》よりも詳《くわ》しい。何しろ、私たち兄弟よりもここに長く暮らしているからな」

「ダンテでございます、成宮様」

流暢《りゅうちょう》な日本語でそう名乗った執事が、誠実そうな灰褐色《はいかっしょく》の瞳でまっすぐ見つめてくる。

「はじめまして、成宮です」

礼人も日本語で挨拶《あいさつ》をした。

「このたびはお世話になります。よろしくお願いいたします」

「ご滞在《たいざい》中の御用《ごよう》向きはなんなりとこのダンテにお申しつけくださいませ」

いつもならば自分の台詞《せりふ》をダンテに口にされ、普段《ふだん》とは逆の立場に違和感《いわかん》を覚えたが、今の自分がゲストであることを思い出し、「ありがとうございます」と頭を下げる。

「それからアヤト、これはレオの愛犬ファーゴだ。見た目は厳《いか》ついが気性《きしょう》は穏《おだ》やかで、むしろ人に懐《なつ》き過ぎるくらいだ」

自分の話をしているのがわかるのか、ファーゴが耳をピンと立てて尻尾を振った。

「こんにちは。はじめまして、ファーゴ」

礼人が屈《かが》んで挨拶をすると、ファーゴが「クゥン」と鼻を鳴らし、ハッハッと舌を出して礼人の膝に真っ黒な体を擦《す》り寄せてくる。動物に免疫《めんえき》のない礼人はいささか面食《めんく》らったが、ルカから「成宮さんに甘えているんですよ」と説明を受け、おずおずと手を伸《の》ばして艶《つや》やかな毛並みにそっと触《ふ》れてみた。

「……あたたかいですね」

「ワウッ」

「アキラといい……どうやらファーゴはオリエンタルビューティに弱いようだな」

肩を竦《すく》めたエドゥアールが、くすくす笑うルカに尋《たず》ねる。

「おまえたちはいつこっちに着いたんだ？」

「今日の午前中。マクシミリアンとローマで落ち合って一緒《いっしょ》に来たんだ」

ね？　と同意を求めるように、ルカが右隣《みぎどなり》のマクシミリアンを見上げた。マクシミリアンが眼鏡の奥の青灰色《ブルーグレイ》の双眸《そうぼう》を細め、「はい」とうなずく。

「そうか。マクシミリアン、ルカのお守りご苦労だったな」

エドゥアールの労《ねぎら》いにマクシミリアンが応《こた》えるより先に、ルカが文句を言った。

「お守りとか……兄さん、ぼくもう子供じゃないよ」

「だが実際、マクシミリアンにここまで引率《いんそつ》してもらったんだろう？」

「引率って……」

「違《ちが》うのか？」

「……そうだけど……エドゥアール兄さんまで」

「レオにも言われたのか？」

「……うん」

納得《なっとく》がいかない顔つきで口を尖《とが》らせる弟を見て、エドゥアールが笑った。頭の上にぽんと手を置き、やわらかそうな黒髪《くろかみ》をくしゃりと撫《な》でる。そうしてから礼人を振り返り、「さて」と言った。

「ここの主人にきみを紹介しないとな」

「レオ、『カーサホテル東京』の総支配人《ジェネラルマネジャー》を務める成宮だ。アヤト、兄のレオナルドだ」

ルカたちと館内で別れたあと、通された応接室で、ロッセリーニ家五代目当主を前にした礼人は、心の中で目を瞠《みは》った。

赤々と燃える暖炉《だんろ》を背に立つ――威風堂々《いふうどうどう》たる長身の男性こそが、エドゥアールの兄でロッセリーニ・グループのCEOであり、なおかつロッセリーニ・ファミリーのカポでもある――レオナルド・ロッセリーニ。

(……すごいオーラだ)

白光のイメージを持つエドゥアールとはタイプが異なれど、この人にもまた、生まれながらにして人の上に立つことを定められた者特有のカリスマオーラがある。

光と闇《やみ》、白と黒のごとくベクトルは違えども、どちらも甲乙《こうおつ》つけ難《がた》く美しい。

漆黒《しっこく》の毛並みを持つ肉食獣《にくしょくじゅう》のような美貌に臆《おく》するものを感じつつも、彼の右側に立つエドゥアールに「――こちらへ」と呼ばれた礼人は、静々と前へ進み出た。当主の少し手前で足を止め、深く一礼する。ゆっくりと顔を上げて、強い暉《ひかり》を放つ双眸を捉《とら》えた。

「CEOにお目にかかれて光栄でございます」

迷った末に日本語で切り出す。エドゥアールから、三兄弟ともに日本語が達者だと聞いていたからだ。下手なイタリア語を無理に使って、何か失礼があってはいけない。

「このたびはお屋敷《やしき》にご招待くださいましてありがとうございました。心より御礼《おれい》申しあげます。ご家族団欒《だんらん》の場に私のような部外者がお邪魔《じゃま》するのは心苦しく、本来ならば辞退すべきところですが、噂《うわさ》にお聞きする素晴《すば》らしいお屋敷をひと目拝見したいという想《おも》いに抗《あらが》えず、厚かましくもお誘《さそ》いに甘えさせていただきました」

「カーサの新しい総支配人の評判は俺のところにも届いている。トップの入れ替《か》え後、カーサは業績が伸びているし、スタッフの士気も高いようだ。本社も、きみの手腕《しゅわん》は高く評価している」

過分な誉《ほ》め言葉に恐縮《きょうしゅく》し、礼人は神妙《しんみょう》な面持《おもも》ちで頭《こうべ》を垂れた。

「畏《おそ》れ多いお言葉、痛み入ります。まだまだ力不足でCOOのお手を煩《わずら》わせてばかりです」

「そう畏《かしこ》まらなくてもいい。この屋敷の中にいる間は雇用《こよう》関係を忘れ、客人《ゲスト》としてリラックスしてくれ」

気さくな口調でリラックスを促《うなが》され、少しばかり緊張《きんちょう》が解《ほぐ》れる。

「レオもああ言っている。休暇《きゅうか》の間は仕事を忘れなさい」

重ねてエドゥアールにもそう諭《さと》されて、礼人は「はい」とうなずいた。

「滞在中は、領地内、館内の施設《しせつ》はいずれも自由に使ってもらって構わない。何か要望があったらダンテに申しつけてくれ。大概《たいがい》のことはなんとかしてくれるはずだ」

補足したレオナルドが、自分の左側に立つスレンダーな男性を紹介してくれる。

「ハヤセアキラだ。ルカの異父兄《いふけい》で、ビジネスでは俺の補佐《ほさ》をしてくれている」

早瀬瑛――彼の話はエドゥアールに聞いていた。

ルカの実母であるミカの第一子で、一昨年《おととし》からこの【パラッツォ・ロッセリーニ】で暮らしている。現在はロッセリーニ・グループに籍《せき》を置き、CEOの信頼《しんらい》も相当に篤《あつ》いらしい。

エドゥアールが「レオは片時もアキラを傍らから離《はな》さない」と言っていた。

(この方が……)

たしかに聡明《そうめい》そうな人だ。佇まいに凛《りん》と涼《すず》やかな透明感《とうめいかん》があって……。

切れ長の双眸と艶やかな黒髪が印象的な男性に、礼人は会釈《えしやく》をした。

「はじめまして、成宮です」

「はじめまして、早瀬です」

高からず低からず、耳に心地《ここち》よい声で名乗った彼が、右手を差し出してくる。

「お会いできるのを楽しみにしていたんですよ。同じロッセリーニ・グループに所属する身で、かつ日本人同士ということで、勝手に親近感を抱《いだ》いていました」

「もったいないお言葉です。早瀬様」

「瑛でいいですよ。同年代でしょう？」

そうは言われても、ロッセリーニ・グループにおいては先輩《せんぱい》に当たり、しかもＣＥＯの側近中の側近に当たる人物を呼び捨てにすることなどできない。

「……では、瑛様とお呼びしてもよろしいでしょうか」

礼人の伺《うかが》いに瑛が苦笑《くしょう》し、「それで成宮さんがいいなら」と譲《ゆず》ってくれた。

「あとで東京の話を聞かせてください。二年近く離れているのですっかり疎《うと》くなってしまっています」

「私でよければ喜んでお話しさせてください」

これでひとわたり初対面の挨拶《あいさつ》が済んだ。そう思った礼人がほっと安堵《あんど》しかけた矢先、レオナルドがエドゥアールに話しかける声が聞こえてきた。

「親父《おやじ》は今南仏を回っていて、旅先から直接ここへ来るらしい。九日の昼過ぎに着くと連絡《れんらく》があった」

「九日か。私たちは十日の昼頃《ごろ》に発《た》つ予定だから間に合うな」

「親父が到着すれば、ルカの誕生日祝い以来、ひさしぶりに家族全員が揃《そろ》うことになる。――九日の晩には晩餐《ばんさん》会を開くつもりだ。予定を開けておいてくれ」

「わかった」

そのやりとりを耳に、うっかり失念していた重要人物を思い出す。

そうだ。まだ全員じゃない。ドン・カルロが残っている。

ロッセリーニ・グループをここまで大きくした立役者であり、三兄弟の父親。

伝説の企業家《きぎょうか》——その人との対面を明後日《あさって》に控《ひか》えているのだと意識した瞬間、ふたたび緊張がぶり返すのを感じた。

もしもドン・カルロの前で何か決定的な失敗をして、不興を買ってしまったら……。

いや、その前に、今日明日でレオナルドを怒《おこ》らせてしまう可能性もゼロとは言い切れない。

考え出せば心配の種は尽《つ》きないけれど……。

(今から臆していても仕方がない)

せっかく海を越《こ》えて遥々《はるばる》【パラッツォ・ロッセリーニ】を訪問したのだ。

恋人《こいびと》の家族と過ごせる貴重な機会、有限な時間を、杞憂《きゆう》で潰《つぶ》すのはあまりにもったいない。

先を憂《うれ》うのはやめて、しばしの間、エドゥアールたち兄弟を育《はぐく》んだ土地と館《やかた》の豊かなもてなしに身を委《ゆだ》ねよう。

第一章

ルカとマクシミリアンが午前中に、エドゥアールと成宮が午後に時間差で到着《とうちゃく》し、普段《ふだん》は静かな【パラッツォ・ロッセリーニ】館内はいきなり賑《にぎ》やかになった。

忙《いそが》しそうに歩き回るスタッフの顔は、押し並《な》べてうっすらと高揚《こうよう》している。ダンテによく躾《しつ》けられている彼らがあからさまにはしゃぐことはもちろんないが、その一挙手一投足に歓喜《かんき》が滲《にじ》み出ているのを瑛は感じた。

やはり、ただのゲストではなく、「ロッセリーニ家の息子《むすこ》たちが帰ってきた」のが大きいのだろう。とりわけダンテを筆頭に古くから屋敷に仕えるベテランスタッフは、彼らを子供の頃《ころ》から知っている。

当主のドン・カルロと日本人の家庭教師が結ばれ、ルカが生まれて子供たちの笑い声が絶えなかった――【パラッツォ・ロッセリーニ】が一番幸せだった時代を知っている。

その後、幸せな時間が終わり、約十二年前にミカが病死したのを端緒《たんしょ》に、ひとり、ふたりと櫛《くし》の歯が欠けるように家族が去り、新当主となったレオナルドだけが広大な屋敷に残った――【パラッツォ・ロッセリーニ】の暗黒時代も知っている。

おそらくはその時代も彼らは以前と同じように、孤独《こどく》な主人を少しでも慰《なぐさ》めるために、そして屋敷を美しく維持《いじ》するために、黙々《もくもく》と働いたに違《ちが》いない。

だからこそ、今日という日を迎《むか》えた喜びは大きいのだろう。

普段とは違う屋敷の空気をひしひしと感じながら、瑛は大階段を使って二階へと上がった。

二階の廊下《ろうか》の大理石の床《ゆか》には、階段から続く緋色《ひいろ》の絨毯《じゅうたん》が敷《し》かれている。その絨毯を踏《ふ》み締《し》めてレオの部屋まで辿《たど》り着き、二枚扉《とびら》を軽くノックした。

「レオ、俺だ」

「入れ」

いらえを待って二枚扉を開ける。扉を開けてまず目に入るのは、バルコニーに通じる大きなフランス窓だ。このバルコニーからは、ロッセリーニ家所有の広大な領地を広範囲《こうはんい》に見渡《みわた》すことができる。また晴れた日にはエトナがくっきりと見える。広大な果樹園や金色の丘《おか》も。たぶん、この屋敷のすべての部屋の中でここからの眺望《ちょうぼう》が一番いいはずだ。それはとりもなおさず、ここが当主の部屋であることを示している。

フランス窓にはモスグリーンのベロアカーテンがドレープを描《えが》き、やはり濃《こ》いグリーンの壁《かべ》には唐草模様《からくさもよう》が金糸で描かれていた。それ自体が美術品のような美しい壁には、たくさんの宗教画や肖像画《しょうぞうが》が飾《かざ》られている。

アラベスク織りの絨毯が敷き詰《つ》められた主室の一角を占《し》める書斎《しょさい》スペースで、レオは書き物をしていた。どうやら手紙をしたためているようだ。

レオは無論パソコンを扱《あつか》えるが、メールに頼《たよ》らず、きちんと直筆で手紙を書くことが多い。メールは便利だが気持ちが伝わらない、とよく言っている。

自分はつい効率を優先して文明の利器に頼ってしまうので、その姿勢に関しては常々見習いたいと思っていた。忙しさを言い訳に筆無精《ぶしょう》になっている己《おのれ》を反省しなければ……。

そんなことを考えている間に手紙を書き終えたレオが便せんを折り、封筒《ふうとう》に入れて、ロッセリーニ家の紋章《もんしょう》が刻まれた指輪で蠟封《ろうふう》した。封緘《ふうかん》した手紙をデスクの隅《すみ》の文箱《ふばこ》に置いて顔を上げる。

なんだ？　という顔つきに、瑛はライティングデスクまで歩み寄った。

「ディナーの開始時間についてダンテと話してきた。七時に食堂に集まってもらい、食前酒を呑《の》みながら追い追い食事を始める流れでどうかということだった」

「それでいいだろう。あいつらは落ち着いたのか？」

「ああ、四人とも部屋に入って、そろそろ荷解《にほど》きも済んだ頃じゃないかな」

瑛の返答に、レオが「そうか」と応じて右手の腕《うで》時計を見る。

「……あと二時間か」

思案げな面持《おもも》ちでつぶやいたレオが、ふたたび視線を瑛に向けた。

「明日は、三人でエルザ伯母《おば》の家を訪ねようと思っている」

「うん」

エルザ伯母というのは、レオたちの父親であるドン・カルロの姉に当たるひとだ。三年前に夫に先立たれ、今は【パラッツォ・ロッセリーニ】から車で一時間ほどの場所にひとりで住んでいる。住み込みの使用人はいるものの、子供に恵《めぐ》まれなかったので同居する家族はいない。一番近くに住む親族ということで、レオは折に触《ふ》れて伯母宅に顔を出していたが、エドゥアールとルカは三年前の伯父《おじ》の葬儀《そうぎ》以来会っていない。レオは、この機会に弟たちを連れて伯母の家敷《やしき》を訪問したいという希望を持っており、エドゥアールとルカにも事前にその意向を伝え、ふたりの了承《りょうしょう》を得たと聞いている。

「明後日の昼過ぎには親父が到着する」

「……そうだな」

いよいよ明後日には真打ち登場だ。

迎えるレオにせよ、【パラッツォ・ロッセリーニ】のスタッフにせよ、今回一番の山場だろう。

もちろん自分にとっても――。

「なので、できれば今のうちにエドゥアールに話しておきたい」

「エドゥアールに話す？」

一瞬《いっしゅん》なんのことかわからずに聞き返した。レオが片眉《かたまゆ》を持ち上げる。

「俺たちのことだ。おまえとこの先も添《そ》い遂《と》げる覚悟《かくご》をエドゥアールに伝えると話しただろう」

「……っ」

不意を衝《つ》かれた気分で、瑛は肩《かた》を揺《ゆ》らした。

レオにその意志を告げられて以降、ずっと心の片隅《かたすみ》に懸案事項《けんあんじこう》として留《とど》めていたが、いざ来客を迎える段になって慌《あわ》ただしさに紛《まぎ》れ、失念してしまっていた。

そのせいでとっさに困惑《こんわく》が先立ち、上擦《うわず》った声が出る。

「い、今、これから？」

「できるだけ早いうちがいいだろう。あいつにもおそらく言い分はあるだろうからな。時間の猶予《ゆうよ》があれば、エドゥアールも熟考することができるし、場合によってはこの滞在《たいざい》中に何度か話し合うことができる」

「…………」

理路整然としたレオの言い分に反対する理由も思い浮《う》かばず、瑛は「……わかった」とつぶやいた。

遅《おそ》かれ早かれ、いつかは話さなければならないことだ。

そうであればレオの言うとおり、できるだけ早いうちがいいのだろう。

動揺《どうよう》する自分に言い聞かせる。

（しっかりしろ）

この件に関して、より心労が大きいのはレオのほうだ。家督《かとく》を継《つ》いだ長男の立場でありながら、実の弟に「男の恋人《こいびと》と生きていくから世継《よつ》ぎは作れない」と告白するのだから——。

「じゃあ……俺が今からエドゥアールの部屋を訪ねて、体が空いていそうならここに連れてくる」

そのプレッシャーを全面的に肩代《かたが》わりすることはできないが、せめてそれくらいはしたいと思って申し出ると、レオがやや硬《かた》い顔つきでうなずいた。

「よろしく頼《たの》む」

(いよいよか)

レオの部屋を出て、緋色の絨毯が敷かれた廊下を引き返しつつ、刻一刻と騒《さわ》がしさを増す心音を意識する。

昨年の暮れから心の片隅に巣くう、胸騒《むなさわ》ぎの種。

その種を刈《か》り取る時がついに来たのだ。

(落ち着け。自分が取り乱しても、なんの意味もない)

物事は万事《ばんじ》なるようにしかならない。ことさら運命論者というわけではないが、今までの人生を振《ふ》り返るに、その結論に至る。

父に離縁《りえん》された母がシチリアに渡《わた》り、ロッセリーニの子供たちの家庭教師となり、やがて雇《やと》い主のドン・カルロと恋《こい》に落ちて再婚《さいこん》したのも。

やくざの囚《とら》われの身となった自分をレオが攫《さら》い、シチリアへ連れ去ったのも。

レオと自分が、男同士という障害を乗り越《こ》えて結ばれたのも。

奇《く》しくも約十二年の月日を経《へ》て、自分が今、以前母が過ごした館《やかた》で暮らしているのも……。

今にして思えば、すべてがなるべくしてこうなったような気がする。

無論、ただ諾々《だくだく》と流されるつもりはない。

レオとの未来のためならば、運命の荒波《あらなみ》に刃向《はむ》かう覚悟はある。

苛烈《かれつ》な宿命にも、最後まで抗《あらが》い、闘《たたか》う。

（そうだ。闘う）

改めて決意を固めた瑛は、エドゥアールの部屋を目指して歩を進めた。

【パラッツォ・ロッセリーニ】は、中庭を擁《よう》する領主館スタイルの建物で、地上三階建て、地下一階建ての構造を持っている。

一階には、玄関《げんかん》ホールや大広間、サロン、食堂、厨房《ちゅうぼう》、書斎《ライブラリー》、祭壇《さいだん》の置かれたプライベートチャペルなどがあり、二階はゲストルームを含《ふく》む居住スペース、三階には使用人《スタッフ》の部屋が並ぶ。

二階だけで二十余りの部屋数があるが、その中でも特に広い部屋を、かつてはドン・カルロと三人の息子《むすこ》たちが私室として使っていたようだ。

ドン・カルロ、エドゥアール、ルカがシチリアを離《はな》れたあとも、各自の私室は、いつ誰《だれ》が帰って来てもすぐ使用できるように毎日鎧戸《よろいど》と窓を開けて換気《かんき》されていたが、さらに数日前からはダンテの指導の下、念入りな清掃《せいそう》が施《ほどこ》されたらしい。

今回、エドゥアールとルカは、もともと自分たちの私室だった部屋を使い、成宮とマクシミリアンには、ゲストルームの中でも特に広い二部屋がそれぞれ宛《あて》がわれている。

マクシミリアンは、以前住み込みで働いていた頃《ころ》には三階に私室を持っていたようだが、今その部屋は別のスタッフが使用しているので、今回は二階のゲストルームに滞在することになった。また、ドン・カルロの部屋は現在レオが使っているので、前当主のためには一番広いゲストルームが用意されていた。

到着《とうちゃく》した客人の荷物を各々《おのおの》の部屋に運び入れたり、逆に不要なものを運び出したりと、しばらく人の出入りで慌《あわ》ただしかった廊下《ろうか》は、今は騒動《そうどう》が一段落してシンと静まり返っている。

しばらくして瑛は足を止めた。

(この部屋だ)

エドゥアールの部屋の二枚扉《とびら》の前に立ち、大きく一度深呼吸したあとで、よしと気合いを入れて右腕《みぎうで》を持ち上げた。

コンコンコンとノックする。

「――はい。どなた？」

たったそれだけの返答にさえ華《はな》やかさを纏《まと》う声の主はエドゥアールだ。

「早瀬だ」

「……アキラ？」

訝《いぶか》しげなつぶやきが聞こえ、やがて床《ゆか》を打つ靴音《くつおと》が近づいてくる。ガチャリとドアノブが回り、二枚扉が内側から開かれた。

当然、そこにエドゥアールが立っていると思い込んでいた瑛は、視界に映った成宮の白皙《はくせき》に面食《めんく》らう。

「あれ？……成宮さん？」

「どうぞお入りくださいませ」

一礼した成宮がすっと脇《わき》に身を退《ひ》いて、瑛の入室を促《うなが》した。部屋の中に足を踏《ふ》み入れながら、瑛はドアの側に静かに佇《たたず》む成宮に訊《き》く。

「ご自分の荷物はもう解かれたんですか？」

「はい。終わりましたので、COOのお手伝いに」

「……そうですか」

よく考えてみれば、上司と旅行というのは、なかなか心が安まらないイベントなのではないだろうか。

しかもエドゥアールは、ロッセリーニ・グループの中枢《ちゅうすう》を担《にな》うナンバー2のポジションにいる。

彼の不興を買ったら社員としては「終わり」だ。まずもって先の出世は望めないし、早晩グループにもいられなくなるだろう。

目下のところ、エドゥアールが成宮をいたく気に入っているのは傍目《はため》からもわかるが。

(「お気に入り」になるのも大変だな……)

見るからに生真面目《きまじめ》でストレスを溜《た》め込みそうな成宮に内心で同情しつつ、瑛は書斎《しょさい》スペースを振り返った。ライティングデスクに向かい、ペンを走らせるエドゥアールの姿が、先程《さきほど》のレオと重なる。どうやらエドゥアールも手書き派らしい。

この兄弟は一見正反対に見えて、実のところ案外似ているのかもしれない。

「エドゥアール、今忙《いそが》しいか？」

視線をこちらに向けたエドゥアールは、瑛の顔を見て何かを察したらしかった。万年筆を置き、ハイバックチェアを引く。

「私に何か用か？」

立ち上がったエドゥアールに問われ、瑛は首を左右に振った。

「俺じゃなくてレオだ」

「レオが？」

「ああ、きみに話があると言っている。今からレオの部屋に出向けないか？」

「今から？」

わずかに眉根《まゆね》を寄せたエドゥアールが、ちらっと成宮に視線を走らせ、すぐに瑛に戻《もど》す。

「ずいぶんと慌ただしいな」

「すまない。夕食の時間まではかからないと思うから……」

思わず懇願《こんがん》するような口調で言い添《そ》えると、成宮が控《ひか》えめな声で「エドゥアール」と声をかけてきた。

「私は大丈夫《だいじょうぶ》です。その間、せっかくですので、お屋敷《やしき》の中を拝見させていただきます」

成宮の口添《くちぞ》えで、エドゥアールも踏ん切りがついたらしい。「わかった、行こう」と応じてくれる。

「アヤト、私が戻るまで館内を自由に散策していてくれ」

「そうさせていただきますので私のことはお気遣《きづか》いなく。ごゆっくりと行ってらっしゃいませ」

成宮に見送られ、瑛はエドゥアールと一緒《いっしょ》に彼の部屋を出た。

優に頭半分違《ちが》う長身と並んで廊下を歩き出すと、動悸《どうき》がまたしても騒がしくなる。おかしなことを口走ってしまわないよう、唇《くちびる》を引き結んでまっすぐ前を見据《みす》えた。

瑛の緊張《きんちょう》が伝わっているのか、はたまた探《さぐ》りを入れたところで口を割らないと思っているのか、エドゥアールも何も言わない。

これといった会話もないままにふたりで廊下を進み、ほどなくレオの部屋の前まで辿《たど》り着いた。

「レオ、エドゥアールを連れてきた」

二枚扉に向かってそう告げてから、ドアノブに手をかける。扉を開けて先に瑛が室内に入り、振り返って背後のエドゥアールを導き入れた。

到着を待ちわびていたかのように、主室の暖炉《だんろ》の前の肘掛《ひじか》け椅子《いす》からレオが立ち上がる。

「わざわざ出向いてもらって悪かったな」

兄の言葉にエドゥアールが「いや」と軽く首を竦《すく》めた。その顔には訝しげな表情が浮《う》かんでいる。めずらしく下手《したて》に出たレオに違和感《いわかん》を覚えているのかもしれない。

「座ってくれ」

手で示されたソファにエドゥアールが腰《こし》を下ろした。瑛は、レオと隣《とな》り合わせの肘掛け椅子に座る。ソファのエドゥアールに対して、ローテーブルを挟《はさ》み、レオと瑛が並びで向き合う形になった。

「…………」

お膳立《ぜんだ》ては整ったものの、しばらく誰も口を開かず、沈黙《ちんもく》が横たわる。

さすがのレオも話題が話題だけに、どう切り出すべきかを迷っているのだろう。目の端《はし》で表情の硬《かた》いレオを捉《とら》えた瞬間《しゅんかん》、瑛も顔が強《こわ》ばるのを感じた。

事と次第《しだい》によっては、この場で兄弟が袂《たもと》を分かつ展開になるかもしれない……。嫌《いや》な想像にぎゅうっと胃が締《し》めつけられるようなプレッシャーを覚え、全身の毛穴からじわっと冷たい汗《あせ》が滲《にじ》み出る。

「それで……話というのは？」

痺《しび》れを切らしたらしいエドゥアールが水を向けてきた。その催促《さいそく》で覚悟《かくご》を決めたレオが、ついに口火を切る。

「予《かね》てより、いつかはおまえに話さなければならないと思っていたが、互《たが》いに忙しくてなかなか都合が合わなかった。かといって電話で話すような用件でもない。そんな中で、今回一年半ぶりに家族が【パラッツォ・ロッセリーニ】に集まることとなり、これをまたとない機会と考えた次第だ」

「…………」

慎重《しんちょう》な口ぶりから、どうやら重大な用件だと察したようだ。エドゥアールが心持ち居住まいを正す。そのエドゥアールをまっすぐに見つめ、レオがおもむろに切り出した。

「俺は……アキラを愛している」

「……何？」

エドゥアールが意味がわからないといった表情で訊《き》き返す。

それも当然の反応だろう。

三十年間ノーマルだった兄が、いきなり同性を愛していると告白したのだから。

爆弾《ばくだん》発言もいいところだ。

手に汗を握《にぎ》ってエドゥアールのリアクションを見守る瑛の傍《かたわ》らで、真剣《しんけん》な面持《おもも》ちのレオが言葉を継《つ》いだ。

「この先もずっと、アキラと人生を共にしていきたいと思っている。すでに先祖の前で生涯《しょうがい》を誓《ちか》い合った」

「…………」

エドゥアールはアイスブルーの双眸《そうぼう》を見開き、固まっている。完全に虚《きょ》を衝《つ》かれた様子だ。

しばらく呆然自失《ぼうぜんじしつ》の面持ちでレオの顔を見つめていたが、兄の真摯《しんし》な顔つきから、これは何かの冗談《じょうだん》でも引っかけでもないと覚《さと》ったらしい。

喉仏《のどぼとけ》をごくりと上下させて、喉に絡《から》んだ掠《かす》れ声を発した。

「いつ……からだ?」

「アキラがシチリアに来て間もなく……一年半ほど前だ。ダンテや屋敷の使用人たちも知っている」

その返答を聞いたエドゥアールが、今度は瑛に視線を転じる。

「本当なのか？」

固い声音《こわね》で真偽《しんぎ》を問い質《ただ》され、ドクッと心臓が跳《は》ねた。

「本当に、レオと？」

真偽を見極《みきわ》めようとするエドゥアールの鋭《するど》い眼差《まなざ》しを揺《ゆ》るぎなく受け止めて、瑛はこくりとうなずく。その上で声にも出して「本当だ」と言った。

「俺もレオを愛している。彼を唯一《ゆいいつ》無二の……掛《か》け替《が》えのないパートナーだと思っている」

瑛の宣言にエドゥアールがわずかに身じろいだ。無意識の所作のようにプラチナブロンドの髪《かみ》をゆっくりと掻《か》き上げ、天を仰《あお》ぐ。

心を落ち着かせようとしてか、少しの間 穹窿《きゅうりゅう》型の天井《てんじょう》を睨《にら》んでいたが、やがて長く止めていた息をふぅーっと吐《は》き出し、視線をレオに戻した。

「つまり……この先結婚《けっこん》はしないということか？」

察しのいい弟の確認《かくにん》を受けて、レオが「ああ」と肯定《こうてい》する。

「俺にとって、生涯の伴侶《はんりょ》と呼べるのはアキラだけだ」

エドゥアールが形のいい眉《まゆ》をひそめた。

「この家はどうするんだ」

やはりそう来るかといった表情のレオが、「俺が生きている間は、責任を持って俺とアキラで管理するが」と、以前からふたりの間の話し合いで導き出していたビジョンを口にする。

「家督《かとく》はできれば、おまえか、ルカの子供に譲《ゆず》りたい」

「それは困る！」

即答《そくとう》だった。あまりに拒絶《きょぜつ》が早く、口調が激しかったので、レオが目を瞠《みは》った。

「エドゥ？」

はっと我に返ったようにエドゥアールが息を呑《の》み、「いや……」と言い淀《よど》む。

「少なくとも……私に期待されるのは困る」

いつものキレがない、奥歯にものの挟まったような物言いに、レオが意外そうな顔をした。

「なぜだ？」

瑛も同じ疑問を抱《いだ》き、目の前の美貌《びぼう》を見つめる。

エドゥアールほどの器量があれば、いずれ素晴《すば》らしい伴侶を得るのは間違いないという確信があったからだ。むしろ、ここ最近の精力的な仕事ぶりから充実《じゅうじつ》した私生活が窺《うかが》い知れ、すでに心に決めた女性がいるのではないかとすら思っていた。

ふたりの追及《ついきゅう》の眼差しを浴びて、エドゥアールが苦しげに眉を寄せた。悩《なや》ましい表情で口を開く。

「…………私も……」

「……私も？」

「…………」

白い貌《かお》には葛藤《かっとう》の色が透《す》けて見えたが、結局そのままエドゥアールが言を継ぐことはなかった。

(……さすがに)

険しい顔つきで押し黙《だま》ってしまったエドゥアールを前にして思う。

まだ生まれてもいない子供にロッセリーニ家の未来を託《たく》したいという申し出は、虫がよすぎたかもしれない。突然《とつぜん》そんなことを言われたエドゥアールが困惑《こんわく》するのも当然だ。

反省した瑛は、膝《ひざ》を揃《そろ》えて頭を深々と下げた。

「すまない。……俺のせいで」

自責の念を胸に謝罪を紡《つむ》ぎ、顔を上げる。

「アキラ」

レオが横合いから「おまえのせいじゃない」とフォローの言葉を挟んできたが、瑛はエドゥアールから目を逸《そ》らさずに続けた。

「俺たちがわがままを押し通すせいで、兄弟のきみにも迷惑《めいわく》が及《およ》んでしまうかもしれない。自分たちの関係が、世間一般《いっぱん》から祝福される類《たぐい》のものじゃないのもわかっている。それでも俺は、レオを大切に想《おも》う気持ちを恥《は》じるつもりはない」

「…………」

「レオと出会うまで、俺は生きることに消極的だった。やくざの息子《むすこ》というレッテルから一生《いっしょう》涯《がい》逃《のが》れられないと人生を諦《あきら》め、人との深い関《かか》わりを避《さ》けて生きていた。自分から誰《だれ》かを強く求めたこともなかった。物欲《ぶつよく》も野心も乏《とぼ》しく、すべての欲望《よくぼう》が希薄《きはく》だった。そんな俺がレオと出会って初めて、自分の中にもその感情があることを知ったんだ。狂《くる》おしく誰かを欲しいと思う気持ち。……愛する人を闘《たたか》ってでも失いたくないと願う強い気持ちを……」

声がみっともなく震《ふる》える。レオが小さく「……アキラ」と囁《ささや》き、膝の上の手に手を重ねてきた。力づけるようにぎゅっと握り込んでくる。

「この先も障害の多い道行きだとわかっている。だけどどんなに高い壁が立ち塞《ふさ》がったとしても、ふたりで力を合わせて乗り越《こ》えていきたいと思っている」

声音に決意を滲ませた瑛の決意表明に、それまで黙って耳を傾《かたむ》けていたエドゥアールが、ふっと息を吐いた。

「わかった」

「エドゥアール？」

「もうふたりで決めたんだろう？」

弟の問いかけにレオが「ああ」とうなずく。

「ふたりとも自立した大人だ。リスクと困難を承知の上で決めたというのならば、兄弟といえども口を挟《はさ》む筋合いのことではないだろう」

その回答を聞いて、張り詰《つ》めていた全身の力が抜《ぬ》けた。

（……よかった）

心からの祝福とはニュアンスが異なるにせよ、ひとまずはこちらの意向を受け止め、胸に納めてくれた。兄弟がこの場で断絶するという最悪の事態は避けられた。

それだけでも充分《じゅうぶん》、神様に感謝の祈《いの》りを捧《ささ》げたい気分だった。

「エドゥ……感謝する。ありがとう」

同様の思いからか、レオが謝辞《しゃじ》を口にすると、エドゥアールが「よしてくれ」と本気で嫌《いや》そうな声を出した。

「感謝される筋合いもない」

わざと突き放《はな》すようなクールな物言いをしてから、直後顔つきを改める。

「この件をルカにも話すのか？」

質問を受けたレオも表情を改めた。

「いずれは話さなければならないが、まだ時期尚早《じきしょうそう》だと思っている。成人したとはいえ、あれはまだまだ子供だ。今知っても混乱するばかりだろう」

「そうだな。ルカにとってはアキラとレオ、どちらも血の繋《つな》がった兄弟だ。そのふたりが恋仲《こいなか》というのは、ことさらに複雑だろう。少なくとも学生のうちは余計なストレスをかけないほうがいい。……親父《おやじ》には言うのか？」

さらなる問いかけに、レオが眉をひそめる。

「……親父には……」

「先だってマクシミリアンに縁談《えんだん》話を持ちかけて断られたらしいな。次はきっと来るぞ？」

「……わかっている」

レオが渋《しぶ》い表情でつぶやいた。

愁《うれ》いを帯びたその横顔を見て、瑛も気を引き締《し》める。

そうだ。安堵《あんど》するのは早い。

これはまだほんの入り口――第一関門でしかないのだ。

エドゥアールと瑛が連れ立ってレオナルドの部屋へ向かったあと、彼らの背中が見えなくなるまで廊下《ろうか》で見送った礼人は、エドゥアールの部屋に引き返した。

部屋に戻《もど》り、途中《とちゅう》だった荷解《にほど》きの続きに取りかかる。

寝室《しんしつ》についているウォークインクロゼットにすべての衣類を収め、靴《くつ》を収納し、パウダールームやナイトテーブルに小物類をセッティングして、軽くなった革《かわ》のトランクの上蓋《うわぶた》を閉めた。

目先のやるべきことを完了してふっと息を吐き、部屋の中を見回す。

自分のために用意されたゲストルームも素晴《すば》らしかったが、この主室もそれに輪をかけて美しい部屋だ。

エドゥアールの瞳《ひとみ》の色を模したようなアイスブルーの壁紙《かべがみ》に、銀糸で草花をモチーフとした模様がびっしりと描《えが》かれている。装飾《そうしょく》にはアラブの影響《えいきょう》が色濃《いろこ》く表れている気がするが、柱の彫刻《ちょうこく》はギリシア風で、円い天井《てんじょう》にはイエス・キリストの生誕を描くフレスコ画。――様々な文化が混在する設《しつら》えを見るだけで、この屋敷《やしき》がくぐり抜けてきた侵略《しんりゃく》と占領《せんりょう》の歴史が偲《しの》ばれるようだった。

さりげなく置かれている調度品も、猫脚《ねこあし》の芸術的な肘掛《ひじか》け椅子《いす》に黒檀《こくたん》のコンソール、大理石の座《ざ》卓《たく》、銀の香炉《こうろ》、金の燭台《しょくだい》、白磁の壺《つぼ》など、一目見て美術的価値が高いとわかるものばかりだ。

こんな美術館の一室のような部屋に、エドゥアールは子供の頃《ころ》から当たり前のように暮らしていたのだ。

しかも、執事《しつじ》を筆頭としたたくさんの使用人たちに傅《かしず》かれる生活。

ダンテが優秀《ゆうしゅう》な執事であるのは、彼の部下であるスタッフの立ち居振る舞《いふま》いから窺《うかが》い知れた。ゲストに対して過不足ないサービスができるのは、教育が行き届いている証拠《しょうこ》だ。

そもそもサービス業界に身を置く礼人でさえ――かつてコーネル大学の学生だった頃に公爵《こうしゃく》家の家令だった方の特別講義を受けたことがあるが――現役《げんえき》で働いている執事を見るのは初めてだった。本場英国でも、いまやその数は減少の一途《いっと》と聞く。

そういった世界情勢を鑑《かんが》みるに、本家とはいえこれだけの屋敷と使用人を維持《いじ》しているロッセリーニ家の威力《いりょく》を実感し、恋人《こいびと》の特異なバックボーンを今更《いまさら》に思い知る気分だった。

エドゥアールがビジネスマンとして自分よりも精力的に働いているから、つい失念しがちだが、本来ならば働く必要などまったくない人なのだ。資産運用だけで充分に生きていけるどころか、一生かかっても使い切れないだろう。

正真正銘《しょうしんしょうめい》、本物のセレブリティの恋人。

何も持っていない自分とは、根本からして違《ちが》う。

生《お》い立ちも、国籍《こくせき》も、生きる世界も、何もかもが違う。

釣《つ》り合うところはひとつもない。

(おまけに男同士で……)

気がつくと、いつしかネガティブ思考に囚《とら》われている自分に気がつき、礼人はふるっと頭《かぶり》を振《ふ》った。

「……駄目《だめ》だ。また」

物事のマイナスの側面ばかりに目を向けるのはやめようと決めたばかりなのに。

ただでさえ慣れない土地や、エドゥアールの身内と数日間を過ごす緊張《きんちょう》でナーバスになっているところにもってきて、貴族の館《やかた》が醸《かも》す重厚《じゅうこう》な雰囲気《ふんいき》に呑《の》まれ、おそらくは平常心を失ってしまっているのだ。

(大丈夫《だいじょうぶ》だ)

彼らにとって自分は、数多《あまた》いるエドゥアールの部下のひとりに過ぎない。

誰《だれ》も自分の言動になどさして意識を払《はら》っていないし、気にも留めていない。

光り輝《かがや》くエドゥアールの陰《かげ》で、いつものように自然体で過ごせばいいのだ。

そう言い聞かせてもなお、なかなか晴れない気鬱《きうつ》を紛《まぎ》らわせるために、礼人はエドゥアールの部屋を出た。先程《さきほど》エドゥアールに告げていたとおり、館内を散策でもして気分転換《てんかん》を図《はか》ろうと思ったのだ。

室内と同じように天井の高い廊下をゆっくり歩き始める。

目の前の光景はまるで絵画のごとく美しかった。ロングギャラリーさながらに壁《かべ》にびっしりと飾《かざ》られた絵画と彫刻、反対側の壁には等間隔《とうかんかく》にアーチ形の窓が並び、そこからうっすらと夕暮れの陽《ひ》が差し込んで、大理石の床《ゆか》に落ちる樹木の影《かげ》を赤く染め上げている。

窓のひとつに歩み寄ると、赤から濃紺《のうこん》の複雑なグラデーションに染め抜かれた吹《ふ》き抜けの中庭《パティオ》が見えた。

冬芝《ふゆしば》が敷《し》きつめられたパティオの中心には、樹齢《じゅれい》数百年はありそうな立派なオリーブの樹《き》が根を張っている。パティオを取り囲む回廊《かいろう》の四隅《よすみ》に花の女神《めがみ》像が立ち、大理石のベンチも見える。

この館の守り神のような堂々たるオリーブの巨木《きょぼく》を眺《なが》めているうちに、いつかのエドゥアールの台詞《せりふ》が脳裏《のうり》に還《かえ》ってきた。

――ここは……【パラッツォ・ロッセリーニ】のようだ。

カーサの中庭を共に歩きながら、彼が懐《なつ》かしそうにつぶやいた言葉。

今まさに、自分はあの時彼が想《おも》いを馳《は》せた【パラッツォ・ロッセリーニ】にいるのだ。

改めて、その感慨《かんがい》が込み上げてくる。

窓辺に佇《たたず》み、胸をじんわり熱くしていると、「成宮様」と声がかかった。振り返った礼人は、少し離《はな》れた位置に立つ初老の執事と目が合う。

丈《たけ》の長い黒の上衣《うわぎ》、立ち襟《えり》の白シャツにクロスタイ、グレイのベストに縦縞《たてじま》のズボン、黒の紐靴《ひもぐつ》という、一分の隙《すき》もない出《い》で立ち。映画『日の名残《なご》り』のアンソニー・ホプキンスを彷彿《ほうふつ》とさせる風貌《ふうぼう》——。

「あ……こんばんは」

ダンテが静かに歩み寄ってきて、数歩手前で足を止めた。

「おひとりでいらっしゃいますか？　エドゥアール様は？」

「今、レオナルド様のお部屋に行かれています」

「さようでございますか。……成宮様のお部屋ですが、何かご不便なり、ご要望なりございませんでしょうか」

「大丈夫です。とても美しいお部屋で、内装や調度品を眺めているだけで幸せな気分になりました」

礼人の返答にダンテが微笑《ほほえ》む。その顔からは、彼が心よりこの屋敷を愛し、誇《ほこ》りに思っている気持ちが伝わってきた。

「それにしても、これだけの歴史のある建物を維持するのは、さぞかし大変なのではないですか？」

この屋敷とはレベルが違うが、カーサの本館という、同じように歴史の古い建物を維持する大変さを身を以《もっ》て知る礼人の問いかけに、ダンテがうなずく。

「そうですね。年に数度は虫干しを行わなければなりませんし、常に館内のどこかしらを修繕《しゅうぜん》しております。とりわけ絵画などの修復は特別な技術が必要ですので、専任の人間を雇《やと》っております」

「お庭も広いですしね」

「ヘッドガーデナーを筆頭に、庭師と菜園の管理をする者が十五名おります」

「十五名……スタッフは全部で何名ほどいらっしゃるのですか？」

「厩舎《きゅうしゃ》やガレージ、門衛、セスナの場外離着陸場《りちゃくりく》およびヘリポートの管理をする者など、屋外担当だけで三十有余名。地下の醸造所《カンティーナ》スタッフも合わせますと、総勢七十名にはなろうかと思います」

七十名と聞いて、礼人は感嘆《かんたん》の吐息《といき》を漏《も》らした。ちょっとしたホテル並みの大所帯だ。

「大変な人数ですね。それだけのスタッフを束ねて采配《さいはい》なさっているダンテさんは本当にすごいです」

「成宮様も、総支配人としてたくさんの従業員を束ねておいででしょう」

「私はまだ名ばかりで……みんなに助けてもらってばかりです」

自分の数倍のキャリアを持つ先達を前にして、己《おのれ》の未熟さを恥《は》じ入る礼人に、ダンテが灰褐《はいかっ》色《しょく》の双眸《そうぼう》をやさしく細めた。

「先程少しお話ししました折に、エドゥアール様が成宮様をとても誉《ほ》めていらっしゃいました」

「エドゥアールが？」

「総支配人就任以来、昼に夜にカーサのことを考え、プライベートを犠牲《ぎせい》にして尽《つ》くしてくれていると。ただ、ホテルの営業が年中無休であるため、トップは公私の切り替《か》えが難しい。『きちんと休みなさい』と言っても、なかなか仕事を忘れられないようなので、今回はやや強《ごう》引《いん》に休暇《きゅうか》を取らせたのだとおっしゃっていました」

「……そうでしたか」

エドゥアールがシチリアに誘《さそ》ってくれたのには、そういった意味合いもあったのか。

たしかに、たまの休みの日にもなんだかんだとカーサのことを考えてしまい、頭から完全に仕事を切り離すのは難しかった。

あのままでいたら、早晩体調を崩《くず》していたかもしれない。

そうならないように、エドゥアールは先回りして配慮《はいりょ》してくれたのだ。

恋人の気遣《きづか》いに感謝の念を抱《いだ》いている間、礼人の顔を見つめていたダンテがおもむろに口を開く。

「このたびエドゥアール様が成宮様をお連れになって、わたしはとても嬉《うれ》しかったのです」

「ダンテさん？」

「長きに亘《わた》り、エドゥアール様は故郷に背を向けていらっしゃいました。シチリア特有のしがらみを厭《いと》われ、滅多《めった》に帰郷されなかった。稀《まれ》に帰郷された際も、所用が済むとすぐにミラノに戻《もど》ってしまわれる……。そのエドゥアール様が、【パラッツォ・ロッセリーニ】にお客様をお連れになった。お連れ様にご自分の生まれ育った屋敷《やしき》を見せたいと思ってくださった。そのお気持ちがわたしどもには嬉しいのです」

噛《か》み締《し》めるような物言いに、礼人は小さく瞠目《どうもく》した。

「……ダンテさん」

「エドゥアール様は、小さな頃《ころ》から非常に聡明《そうめい》で利発なお子様でした。そのぶん早熟で、おませでもいらした。レオナルド様もそうですが、お母様を早くに亡《な》くされ、お父様は多忙《たぼう》でいらっしゃいましたから、早くに大人にならざるを得なかったのでしょう」

兄弟たちを生まれた時から知っているダンテだからこその見解に、礼人は真剣《しんけん》な面《おも》持ちで聞き入った。

「また、同じような境遇《きょうぐう》でもレオナルド様はお母様がシチリア貴族でいらしたので、ご自分の中にシチリアとの強い繋《つな》がり……生粋《きっすい》のシチリアーノである自負を持っていらっしゃいます。故郷を想う強いお気持ちがレオナルド様の礎《いしずえ》にもなっていらっしゃる。しかし、エドゥアール様はお母様がフランスの方でしたので、母方の親族はすべてフランス在住です。心のどこかでシチリアの土地に馴染《なじ》まないご自分を感じていらっしゃったのかもしれません」

「…………」

ファミリー意識が強いシチリアという土地の中で、敏《さと》い少年は自分ひとりが異邦人《いほうじん》であると、少しずつ孤独感《こどく》を募《つの》らせていったのだろうか。

そんな折、実母の悲劇の真相を知ってしまい……。

「エドゥアール様は、ご兄弟の中で一番、他人に頼《たよ》ったり、甘えたり……といったことが苦手でいらっしゃいます。エドゥアール様がお心を許す相手は、私の知る限りそう多くはありません」

そこで言葉を切ったダンテが、改まった顔つきで礼人を見つめた。

「成宮様、差し出口は重々承知の上でお願いでございます。どうかこれからも末永く、エドゥアール様のよき理解者として、お側《そば》においでくださいませ」

昨年の暮れに、ルカにも同じような主旨《しゅし》の頼《たの》み事をされたのを思い出す。

みんなが、エドゥアールをこんなにも愛している。

その身を案じている。

そのことを、本人にうまく伝えられるといいのだけれど。

もしかしたら実の父親よりも、ロッセリーニ家の息子《むすこ》たちの成長を傍《かたわ》らで見守ってきたのかもしれない執事《しつじ》に、礼人はしかと請《う》け合った。

「今はまだエドゥアールの役に立てる機会は少ないのですが、今後は私なりに成長して、できるだけ彼の力になりたいと思っています。側にいることを許される限りは、誠心誠意お仕えするつもりです」

ダンテが嬉しそうに口許《くちもと》を緩《ゆる》める。

「ありがとうございます」

感謝の言葉を口にして、初老の執事は頭《こうべ》を深く垂れた。


ダンテと別れ、館内をひととおり散策して、その芸術的な装飾《そうしょく》や調度品の数々を堪能《たんのう》した礼人は、自分用に宛《あ》がわれているゲストルームに戻った。

ゲストルームは、中央に設《しつら》えられた大階段を境にして分かれる建物の右棟《みぎむね》に位置し、左棟《ひだりむね》に位置するエドゥアールの部屋とは少し距離《きょり》がある。

七時から食堂でディナーとダンテに聞いていたので、正装に着替《きが》えるべきかを迷っていると、主室の扉《とびら》がノックされた。

「――はい」

「……私だ」

「エドゥアール……お待ちください、今開けます」

戸口に近寄り、扉を開ける。

「………っ」

廊下《ろうか》に立つエドゥアールにいささか意表を突《つ》かれた。

視界に映り込んだ貌《かお》が強《こわ》ばって見えたからだ。

「エドゥアール？」

室内に入ってきたエドゥアールが、礼人の脇《わき》を無言で擦《す》り抜《ぬ》け、ソファセットへ向かう。すれ違《ちが》い様に顔を窺《うかが》い見たが、やはり顔色が優《すぐ》れない気がした。

(どうしたのだろう？)

レオナルドと揉《も》めたのだろうか。

ふたりはもともとあまり折り合いがよいとは言えないらしい。

不安《ふあん》に駆《か》られつつも扉を閉める。

どさっと肘掛《ひじか》け椅子《いす》に腰《こし》を下ろしたエドゥアールの側まで歩み寄り、斜《なな》め前に立った礼人は、黙《だま》って恋人《こいびと》の眉間《みけん》に走る縦皺《たてじわ》を見つめた。

(何かあったのか？)

できればすぐにでも何があったのか知りたかったが、エドゥアール自身は話したくないかもしれない。当人の意向に逆らって根掘《ねほ》り葉掘《はほ》り訊《き》き出すのは気が引ける。

「…………」

焦燥《しょうそう》を抑《おさ》え込んで向こうから何か言ってくれるのを待っていると、ほどなくエドゥアールが顔を上げた。目と目が合った瞬間《しゅんかん》に、「座って」と対面のソファを示される。

礼人は示された場所に腰を下ろした。

閉じた膝《ひざ》の上に手を置き、神妙《しんみょう》な面持《おもも》ちで正面のエドゥアールが口を開くのを待つ。

その後もしばらく沈黙《ちんもく》が続き、その間険しい表情で宙を睨《にら》みつけていたエドゥアールが、もう一度礼人の顔を見た。

「レオの話というのは……」

「はい」

「アキラとの関係についてだった」

レオナルドと瑛について？

お互《たが》いを信頼《しんらい》し合っている空気が伝わってきて、傍目《はため》にもとても仲が良さそうに見受けられたふたりだが、何か問題があるのだろうか。

「ふたりは……愛し合っているらしい」

すぐには意味が理解できず、礼人は「……え？」と小さく声を漏《も》らした。

「すみません、今……」

なんて？　と聞き返す前に、エドゥアールが低くつぶやく。

「信じられないだろう？　私も耳を疑ったよ。あのふたりが恋人同士だなんて」

「レオナルド様と瑛様が……恋人同士？」

鸚鵡返《おうむがえ》ししても依然《いぜん》として実感が湧《わ》かずに、礼人はうっすら眉根《まゆね》を寄せた。

「もう一年半になると言っていた。レオが同性愛者でないことは、誰《だれ》より私がわかっている。兄のかつての恋人たちも知っているからな」

「……そう……ですか」

かろうじて相槌《あいづち》を打ったものの、まだリアリティは乏《とぼ》しかった。

「そのレオがまさか……とにわかには信じられなかったが、どうやらふたりとも本気らしい。彼らからは、どんなに険しい山道でもふたりで乗り越《こ》えてみせるといった揺《ゆ》るぎない意志を感じた。わざわざ私に話すくらいだ。生半可な覚悟《かくご》ではないのだろう」

「…………」

自分だって同性愛者ではないが、エドゥアールと恋仲《こいなか》だ。

人を愛《いと》おしく思う気持ちに、性別も身分差も人種も関係ないのは身に染《し》みてわかっている。

おそらくは他《ほか》の誰でもなく、お互いだからこそ、特別なのだ。

(レオナルド様と瑛様が)

ようやっと実感が湧いてきた礼人の脳裏《のうり》に、ふたりの顔が浮《う》かぶ。

マフィアの血をその身に継《つ》ぐレオナルドと、伝説の博徒《ばくと》の直系である瑛。

共に美しく、気高く、かつ知的で、魅力的《みりょく》なふたりの男性。

あのふたりが性別の壁《かべ》を越えて惹《ひ》かれ合うのもわかる気がする。

「この先の人生をアキラと共にしたい、すでに先祖の前で生涯《しょうがい》を誓《ちか》い合ったと言われた」

「つまり……レオナルド様は瑛様のために、生涯お独り身を通すということですか？」

「レオはロッセリーニ家の当主である自負が非常に強いが、それ以上にアキラが大切なんだろう」

どこか共感を帯びたエドゥアールの声にうなずきかけて、はっと息を呑《の》む。レオナルドがこの機会を捉《とら》えてエドゥアールに真実を告げた理由に思い当たったからだ。

こめかみが引きつるのを意識しながら、礼人はおずおずと切り出した。

「あの……レオナルド様が世継《よつ》ぎをお作りにならないとなると……」

「ああ、私かルカの子供に家督《かとく》を譲《ゆず》りたいと言われた」

「…………っ」

あっさり肯定《こうてい》されて色を失う。

（エドゥアールの子供が世継ぎ）

みるみる目の前が暗くなるのを感じていると、エドゥアールが言を継ぐ。

「もちろん断った」

（——断った？）

いったん引き取って熟考することもなく、その場で断った？

「断ってしまわれて……よろしかったのですか？」

安堵《あんど》よりもとっさには意外な気持ちのほうが先に立ち、ついそんな言葉が口をついて出た。だが。

「当たり前だろう。きみがいるのに」

憮然《ぶぜん》とした表情で切り返され、ふっと肩《かた》の力が抜ける。

兄の告白を受けても、エドゥアールの気持ちが変わらないのは嬉《うれ》しかった。

（とても嬉しい……けれど）

もしもこのことがドン・カルロの耳に入ったら、まず間違《まちが》いなく世継ぎ問題の矛先《ほこさき》は次男のエドゥアールに向かうに違いない。ルカ様はまだ身を固めるにはお若いし……。

「私たちのことはレオナルド様には？」

エドゥアールが首を横に振《ふ》る。

「さすがにそんな告白を受けたばかりで、私たちもそうだとは言えなかった」

それも当然だ。

いつの日か打ち明けなければならない時が来るとしても、事情が事情だけに時期を見計らう必要があるだろう。

「レオは当面ルカには話さないつもりのようだ。私もそのほうがいいと言った。あれはまだ子供だ。ルカにとって、レオとアキラ、どちらも血の繫《つな》がった兄弟だしな。そのふたりが恋仲というのは受け容《い》れ難《がた》いだろう」

「…………」

正直を言えば、礼人はルカをそれほど「子供」だとは思っていない。

まだそうたくさん話をしたわけではないが、その限られた会話からも、自分の意志をしっかりと持った青年だと感じた。見た目やしゃべり口調はたしかにかわいらしいが、その身にはロッセリーニ一族の血が確実に受け継がれている――そんな印象を持った。

そうは言っても、ルカの保護者を自任するエドゥアールとレオナルドが、できるだけ弟を傷つけたくないと思う気持ちもよくわかる。

「ドン・カルロには？」

「悩《なや》んでいるようだった。だが、いつかは真実を告げないわけにはいかないだろうな。レオも直《じき》に三十だ。ロッセリーニ家の当主としていつまでも独り身は許されない。父から結婚《けっこん》の催促《さいそく》があれば、その時には縁談《えんだん》を拒《こば》む理由を話さざるを得ないだろう」

「…………」

話した結果、どうなるのか。

三人の息子《むすこ》たちのうちふたりが結婚しないなど……ドン・カルロやファミリーの面々が納得《なっとく》するとはとても思えない。

事と次第《しだい》によっては、ロッセリーニ家の血筋が途絶《とだ》えかねない非常事態だ。

（大変なことになってしまった）

思ってもみなかった事態に直面し、心が千々に乱れる。

暗雲のような不安が垂れ込め、胸を重苦しく塞《ふさ》いでいくのがわかる。

内心の危惧《きぐ》が顔に表れていたのか、エドゥアールに「アヤト？」と呼ばれた。視線を上げて、エドゥアールが肘掛《ひじか》け椅子《いす》から立ち上がるのを認める。つかつかとソファに近づいて来るなり、エドゥアールが礼人の二の腕《うで》を摑《つか》んだ。

ぐいっと引っ張り上げられると同時に、その胸に抱《だ》き寄せられる。

「……エドゥア……」

ぎゅっときつく抱きすくめてくる腕の強さに息を吞んでいると、耳許《みみもと》に低音が落ちた。

「そんな顔をするな。きみが心配することは何もない」

「………」

「いざとなれば、私はこの家を出る」

ぴくりと肩が震《ふる》える。顔を振り上げた礼人は、思わず大きな声を出した。

「エドゥアール！　それは……っ」

「家よりもきみのほうが大切だ」

アイスブルーの瞳《ひとみ》でひたと見据《みす》えられ、継ぐべき言葉を見失う。

その気持ちは嬉しい。泣きたいほどに嬉しい。

（けれど）

せっかくエドゥアールの気持ちが、長い間背を向けていた『ファミリー』に向かい始めたところだったのに……。

――そのエドゥアール様が、【パラッツォ・ロッセリーニ】にお客様をお連れになった。お連れ様にご自分の生まれ育った屋敷《やしき》を見せたいと思ってくださった。そのお気持ちがわたしどもには嬉しいのです。

ダンテの台詞《せりふ》が脳裏にリフレインする。

エドゥアールの心が故郷に寄り添《そ》いかけたとたんに、まるでそのタイミングを見計らっていたかのように降りかかってきた皮肉な展開。

これも神様の思《おぼ》し召《め》しなのか。

恋人《こいびと》の広い胸に顔を埋《うず》めながら、礼人は下唇《したくちびる》をそっと噛《か》み締《し》めた。

午後にエドゥアールと成宮が無事に【パラッツォ・ロッセリーニ】に到着《とうちゃく》した。

ふたりはレオナルドに挨拶《あいさつ》を済ませてから、それぞれの部屋（エドゥアールは自室、成宮はゲストルーム）に入ったようだ。

これで、父以外のメンバーが揃《そろ》った。

実際には四人増えただけなのだが、ゲストを迎《むか》えてスタッフの気分が高揚《こうよう》しているせいもあるのだろう。いつになく館内には華《はな》やいだ空気が漂《ただよ》い、スタッフの顔も明るい気がする。

「やっぱり……家族が揃うのっていいな」

ひさしぶりに戻《もど》ってきた自分の部屋の中をぶらぶらと歩き回りながら、ルカは歌うようにひとりごちた。

高校に上がると同時に【パラッツォ・ロッセリーニ】を出て、その後はたまに帰郷する時にしか使わないけれど、主室も寝室《しんしつ》も、最後に使った日のままになっている。もちろんちゃんと清掃《せいそう》は行き届いていて、そこはかとなくいい匂《にお》いがした。

きっと、いつ帰ってきてもいいように毎日空気を入れ換《か》えて、こまめに掃除《そうじ》をしてくれているのに違《ちが》いない。

留守の間も部屋を清潔にしてくれるハウスメイドに感謝しつつ、主室の書斎《しょさい》スペースの書棚《しょだな》をなんとはなしに眺《なが》めていたルカは、背表紙の並びの中に懐《なつ》かしいタイトルを見つけた。

「あ……これ」

子供の頃《ころ》大好きだった絵本のシリーズだ。

よく寝《ね》る前に母様におねだりして読んでもらったっけ。

郷愁《きょうしゅう》に駆《か》られて絵本を手に取り、ページを捲《めく》る。読み出すと今でも充分《じゅうぶん》に面白《おもしろ》くて、ついつい ソファに沈《しず》み込んで読みふけってしまい……気がつくと全シリーズを読破していた。

「うわっ……こんな時間⁉」

いつの間にか一時間が過ぎていたことに驚《おどろ》き、あわてて本を戻して寝室に移動する。

エドゥアールと成宮と別れたあと、荷解《にほど》きをするために自分の部屋に引き上げてからだいぶ経《た》つが、進行ははかばかしくなかった。

先程の絵本もそうだが、子供の頃大のお気に入りだった木馬とか、父様のお土産《みやげ》の子供サイズのバイオリンとか、ここを出るまで一緒《いっしょ》にベッドで眠《ねむ》っていたテディベアとか、そこかしこに懐かしグッズが散らばっていて、見つけるたびに思い出に浸《ひた》ってしまい、その都度手が止まってしまって――。

「すっかり陽《ひ》が暮れちゃった」

とにかく、まずはトランクから出した衣類をクロゼットに仕舞《しま》おう。

そう心に決め、足許《あしもと》の床《ゆか》に転がっていたオペラパンプスの片方を拾い上げる。片割れを探してうろうろしていると、コンコンコンと主室の扉《とびら》がノックされた。

「はい」

「ルカ様、私です」

「マクシミリアン！」

手に持っていたオペラパンプスをベッドに放《ほう》り投げ、急いで主室に移る。戸口に駆け寄り、扉を開いた。

そこに現れたマクシミリアンの怜悧《れいり》な美貌《びぼう》を、歓喜《かんき》の表情でじっと見上げる。

（……マクシミリアン）

離《はな》れていたのはたった数時間だけど、それでもその数時間の間、自分がどれだけマクシミリアンに餓《う》えていたかを思い知った。

「もう荷解きは終わったの？」

「ずいぶん前に片付きましたので、下に降りて、本日以降の段取りについてダンテと話をしてきたところです」

室内に入ってきたマクシミリアンが、眼鏡《めがね》のブリッジを中指でくいっと押し上げる。

「ルカ様はいかがですか？」

「うん……今やってるとこ」

「お手伝いいたしましょうか？」

「大丈夫《だいじょうぶ》」

さっき荷解きのサポートを申し出たハウスメイドも断ったのだ。

「これくらい自分でできるよ」

以前の自分とは違うのだという気負いのままに胸を張ったが、マクシミリアンはあまり納得《なっとく》のいっていない顔で、寝室にちらりと視線を投げかけた。

「トランクはあちらですか？」

言うなり、寝室の半開きのドアに向かって歩き出す。

「あ……ちょっと、今、まだ……っ」

焦《あせ》って止めたが、マクシミリアンは制止を振《ふ》り切って寝室のドアを全開してしまった。その場でいきなり立ち止まったので、背中を追いかけていたルカは鼻をぶつける。

「うぷっ」

「……これはまた派手に」

トランクを逆さにして中身をいっぺんにぶちまけたかのごとく、服やら靴《くつ》やら小物やら本やらがベッドの上や床に散在している惨状《さんじょう》を前に、マクシミリアンが呆《あき》れたような声を出した。

「だ、だから、まだ途中《とちゅう》なんだってば。とりあえず全部出してみたところで」

後ろからしどろもどろに言い訳をしていたルカは、振り返ったマクシミリアンの冷ややかな眼差《まなざ》しに射《い》すくめられ、気まずく首を竦《すく》める。

「ここからが本番……」

「お手伝いします」

「ほ、本当に大丈夫だって」

「七時から食堂でディナーだそうです。あと二時間しかありません。それまでにここにあるすべてを適切な場所に収め、シャワーを浴びて着替《きが》えをしなければなりません。おひとりで間に合いますか？」

そんなふうに言及《げんきゅう》されると、返答に詰《つ》まる。正直自信はなかった。

「ルカ様？」

「う………」

「いかがなさいますか？」

「……手伝って」

渋々《しぶしぶ》折れたルカのお願いに、マクシミリアンが「はじめからそうおっしゃればいいんです」とでも言いたげな、どこか満足そうな顔でうなずく。

マクシミリアンという強力な助《すけ》っ人《と》を得てからの進展はめざましかった。

スーツはきちんとブラシをかけた状態でクロゼットに収まり、靴も磨《みが》き直した上で靴入れに収まり、小物類は使用頻度《ひんど》に即《そく》して戸棚《とだな》や抽斗《ひきだし》に並び——。

「すごい！　あっという間に片付いちゃった。魔法《まほう》みたい！」

興奮気味のルカに、マクシミリアンがあくまでクールに「さぁ、シャワーを浴びてください。あと一時間です」と告げる。

シャワーを浴びている間にマクシミリアンは自分の部屋で着替えてきたらしく、ルカがバスローブを羽織ってバスルームから出ると、ダークスーツになっていた。

光沢《こうたく》のある黒のピークドラペルのスーツに、シルバーグレイのウェストコート。ネクタイはシルバーと黒と白のレジメンタル。胸のポケットに白のチーフを差している。

（うわぁ）

普段《ふだん》はチャコールグレイ、もしくはブラウン系の三《み》つ揃《ぞろ》いなど、落ち着いた色合いと形のスーツが多いので、こんなふうにフォーマルな出《い》で立ちは新鮮《しんせん》でドキッとする。

ストイックなマクシミリアンもいいけれど、これはこれですごく。

（かっこいい）

いつもより数段色香《いろか》が増して見える貌《かお》にぽーっと見惚《みと》れていると、マクシミリアンが眉根《まゆね》を寄せて、「早く髪《かみ》を乾《かわ》かさないと風邪《かぜ》を引きますよ」と言った。

「ドライヤーを使いましょう。私がやって差し上げますから」

「うん」

パウダールームの鏡の前に座ったルカの背後に立ち、マクシミリアンがドライヤーを使って髪を乾かしてくれる。大きな手でやさしく髪を解《ほぐ》されているうちに、あまりの気持ちよさに意識がとろんとしてくる。首筋を撫《な》でられた子猫《こねこ》みたいにうっとり目を細めていたら、鏡に映ったマクシミリアンが、ふっと口許《くちもと》で笑った。

そんな艶《つや》めいた表情にも胸が高鳴る。

どうしよう。すっごくドキドキしてきた。

(キスしたい)

そう思った時には無意識に体が動いていた。

上半身を捻《ひね》ってマクシミリアンの顔を見上げ、青灰色《ブルーグレイ》の瞳《ひとみ》をじっと見つめる。

「ルカ様?」

恥《は》ずかしくて口には出せないお願いを、目で訴《うった》えた。

(キスして)

「…………」

熱を帯びたルカの眼差しを黙《だま》って受け止めていたマクシミリアンが、じわりと双眸《そうぼう》を細める。

カチッとドライヤーをオフにした手とは別の手が顎《あご》に添《そ》えられた。そのまま顎を持ち上げられ、マクシミリアンの顔が近づいてくる気配にゆっくりと目を閉じる。

トクントクンと煩《うるさ》いほどの鼓動《こどう》を意識しつつ、熱っぽい唇《くちびる》の感触《かんしょく》を待った。

いつだって自分を酔《よ》わせる甘いくちづけ……。

けれど待てど暮らせど、待ち望んでいた感触は訪《おとず》れなかった。

（…………？）

不思議に思って薄目《うすめ》を開く。するとマクシミリアンの顔がすっと離れた。顎にかかっていた手も離れていく。

「マクシミリアン？」

不意に突《つ》き放されたような心細い気分になり、小さな声で名前を呼んだ。理由を知りたがるルカの視線から逃《のが》れるように、マクシミリアンがつと目を逸《そ》らす。

「急がないと時間がありません」

「……マクシミリアン……」

どうして？　と続けようとしたルカの声は、ふたたびスイッチが入ったドライヤーの音にかき消されてしまった。


さっきのマクシミリアン、なんだか様子が変だった。

単に時間がなくて急いでいただけじゃないような？

だって、キスするだけなら一分もかからないし……。

そんなことを悶々《もんもん》と繰《く》り返し考えていたルカは、耳殻《じかく》に届いた低音の問いかけに、ぴくりと肩《かた》を揺《ゆ》らした。

「どうした、ルカ？　食が進まないな」

「あ……」

アンティパストミストの皿を前にぼーっとしていた自分に気がつき、声の方角に顔を向ける。白いテーブルクロスがかかった縦長のテーブルの、暖炉《だんろ》を背にした正面の席に座すレオナルドと目が合った。

「口に合わないか？」

「う、ううん、美味《おい》しいよ」

焦ってナイフとフォークを動かし、アンディーブのパンチェッタ巻きをカットする。一口大に切ったアンディーブを口に運び、大して嚙《か》まずにごくんと吞《の》み込んだ。

「……うっ……」

慌《あわ》てたせいか喉《のど》に詰まって咽《む》せる。急いでスプマンテのグラスを摑み、ぐっと呷《あお》った。喉を焼くアルコールの刺激《しげき》に、ゴホッゴホッと咳《せ》き込む。

「ルカ様、大丈夫《だいじょうぶ》ですか？」

隣席《りんせき》のマクシミリアンに心配そうな声をかけられ、「へ、平気」と答えた。

「お水をどうぞ」

マクシミリアンに渡《わた》されたグラスの水を喉に流し込み、漸《ようや》く落ち着く。

その段で、食堂の全員が自分を心配そうに見つめていることに気がつき、じわっとこめかみが熱くなった。

（……恥ずかしい）

レオナルドやマクシミリアンはともかく、瑛にみっともないところを見られた気恥《きは》ずかしさが込み上げてきて、それを誤魔化《ごまか》すために「そ、そういえば」と口を開く。

「エドゥアールと成宮さんを待たずに始めちゃってよかったの？」

マクシミリアンとルカが一緒《いっしょ》に食堂に降りていくと、すでにレオナルドと瑛は先に着席していたが、ルカとマクシミリアンの向かいの席は、テーブルセッティングされているのにもかかわらず、無人だった。

エドゥアールたちは遅《おく》れてくるのかな？　と思っていたのだが、給仕《きゅうじ》スタッフが料理を運んできてディナーが始まっても、ふたりが食堂に現れることはなかった。

「夕食はふたりとも要《い》らないそうだ」

てっきり六人で食事をするのだと思い込んでいたので、レオナルドの返答に意表を突かれる。

ルカの口から「え？　そうなの？」とびっくりした声が飛び出た。

「途中《とちゅう》で何か食べてきて、お腹《なか》いっぱいなのかな？」

「……そういうわけではないようだが」

レオナルドらしくない歯切れの悪い物言いに首を傾《かし》げる。続きを待ったが、それきり長兄《ちょうけい》は口を噤《つぐ》んでしまった。

(なんだろう？　まさかエドゥアールと喧嘩《けんか》でもしたのかな？)

改めてレオナルドの顔を見れば、なんとなく表情が冴《さ》えない気がする。

ふたりの兄たちは、あまり仲がいいとは言えない。

どちらも美しくて強くて、ルカの自慢《じまん》の兄だが、両雄《りょうゆう》並び立たず——とでも言うのか、様々な局面で意見がぶつかることが多いようだ。

だからあながち仲違《なかたが》いの可能性がないとは言い切れなかった。

(せっかくみんなが揃《そろ》ったのに)

残念な気分で、運ばれてきたプリモピアットの「ポルチーニ茸《たけ》のフェットチーネ」に手をつける。

ひさしぶりに腕の振《ふ》るいどころと張り切ったのだろう料理長の料理はどれも美味しかったが、ディナー自体はいまいち盛り上がりに欠けた。

マクシミリアンはもともと饒舌《じょうぜつ》なタイプじゃないけれど、いつもは会話の主導権を握《にぎ》るレオナルドも今晩は全体的に口数が少なく、ルカの斜《なな》め前の席の瑛も終始浮《う》かない顔つきをしていた。

ふたりとも食が進まないようで、どの皿も半分ほど残している。

微妙《びみょう》に重苦しい空気の中、ドルチェまでのフルコースが終わり、食後はサロンへ移ることになった。

サロン移動後は、各自が思い思い椅子《いす》に腰《こし》を下ろしてくつろぐ。

食後酒として、レオナルドが近々買い取る予定らしい醸造所《カンティーナ》のマルサラを振る舞《ま》われた。

マルサラは、イタリアを代表するデザートワインだ。

レオナルドの説明によれば、大別して四種類あり、菓子《かし》用のフィーネ、食前酒またはデザートワイン向きのスペリオーレ、食後酒のスペリオーレリゼルヴァ、そして瞑想《めいそう》用、つまり食後にゆっくり味わうヴェルジネ。それぞれ原料となるぶどうの品種が違《ちが》うが、白ぶどうから造ったベースワインに、ぶどうから造ったアルコールかブランデーを加え、さらに濃縮《のうしゅく》モストを加えて造る製法は同じだそうだ。

振る舞われた最上級のヴェルジネは、エレガントな風合いを持ち、十五年という熟成を経《へ》てなお果実の味がして美味しかった。あまり酒が強くないルカは、ほんの少量を舐《な》めただけだが。それでも、食事中に呑んだスプマンテの余韻《よいん》も相俟《あいま》って、次第《しだい》に顔がぼーっと熱くなってくる。

「一般《いっぱん》的に料理酒としての認知《にんち》度が高いマルサラを、食後酒として広く知らしめていく戦略が必要だな」

「まずは、ロッセリーニが経営するホテルやレストランにオンリストするところからでしょうか。利用客にサービスで供給するのも、知名度を向上させるひとつの手かと」

「旅行代理店と提携《ていけい》して試飲ツアーを組むのもいいかもしれない。あの醸造所の建物は歴史的価値があるから」

自分以外の三人が意見を出し合い、シチリアの特産品であるマルサラをいかに世界に広めるかを語り合っている間、ルカは黙って彼らの声に耳を傾《かたむ》けていた。

大学での専攻《せんこう》は経済だし、アルバイトなどで少しずつ社会勉強の経験は積んでいるつもりだけど、みんなの話に自分が口を挟《はさ》めるようになるまでは、まだまだ修業《しゅぎょう》と勉強が必要だと感じる。

でもいずれは――そう遠からず、自分もグループの事業経営の一翼《いちよく》を担《にな》わなければならないのだ。

(早く一人前になって、父様にマクシミリアンを譲《ゆず》ってもらうためにも)

そのためにも、勉強になる兄たちのディスカッションを聞き漏《も》らすまいと耳を澄《す》ましていると、議論に一区切りついたのを機に、レオナルドが手許《てもと》のグラスを呑み干してテーブルに置いた。「そういえば」とマクシミリアンのほうに顔を向ける。

「父からの縁談《えんだん》を断ったらしいな？」

不意打ちにドキッと心臓が跳《は》ねた。とっさに窺《うかが》い見るルカの視線の先で、マクシミリアンが顔色ひとつ変えずに「はい」と認めた。

「身を固める気はないのか？」

「私の忠誠は生涯《しょうがい》ロッセリーニ家にございますから」

マクシミリアンのしれっとした物言いに、レオナルドが肩を竦《すく》める。

「そうは言っても、おまえもいつまでも独り身というわけにはいかないだろう。四月になって日本に赴任《ふにん》すれば、東京ブランチが軌道《きどう》に乗るまで三年は戻《もど》れない。身を固めるなら今だぞ。それもあって親父《おやじ》も縁談を勧《すす》めたんだろうしな」

「…………」

マクシミリアンがじりじりと追い込まれていくのにハラハラし、ルカは覚えず両手をぎゅっと握り締《し》めた。

（どうしよう……なんかまずい展開になってきた）

「浮いた噂《うわさ》も聞かないが、意中の相手はいないのか？」

「残念ながら」

「本当か？　信じられんな。おまえほどの男が相手に不自由するわけもないだろうが」

「あ、あのさ」

堪《たま》らず声を発する。話を遮《さえぎ》ったはいいが、兄がこちらを向いてから、特に何も考えていなかったことに気がついた。

「なんだ？」

自分をまっすぐ見据《みす》えるレオナルドの眼差《まなざ》しにうっと怯《ひる》み、しどろもどろになりつつ、それでもなんとか言葉を捻《ひね》り出した。

「に……兄さんは？」

マクシミリアンほどではないが、兄だって立派に適齢期《てきれいき》だ。だからその質問はさほど的外れな問いかけではないはずだったが。

「兄さんこそ結婚《けっこん》しないの？」

刹那《せつな》、虚《きょ》を衝《つ》かれたように瞠目《どうもく》したレオナルドが、みるみる表情を翳《かげ》らせるのを見て取り、ルカは心の中で声をあげた。

（何？　ぼくなんかいけないこと言った？）

思いがけないリアクションにびっくりしていると、眉間《みけん》に縦筋を刻んだレオナルドが重々しく口を開く。

「俺は……」

そこまで言いかけて言葉を切り、ちらっと目の端《はし》で傍《かたわ》らの瑛を見た。その視線の動きにつられてルカも瑛を見る。

視界が捉《とら》えた瑛の顔も、心なしか硬《かた》かった。

（なんだろう？）

それきりレオナルドが黙《だま》ってしまったので、会話は途切れ、沈黙《ちんもく》が横たわった。

「…………」

誰《だれ》も何も言わない。重苦しい空気を持て余し、ルカはもぞっと尻《しり》を動かした。

お互《たが》いの腹の中を探《さぐ》り合うような居心地《いごこち》の悪い沈黙に耐《た》えきれず、助けを求めて顔を横向ける。するとちょうどマクシミリアンが空のグラスをテーブルに置き、肘掛け椅子から腰を浮かせるところだった。

「私はそろそろ失礼いたします。片付けなければならない雑務が少々ございますので」

暇《いとま》を告げる言葉に、レオナルドがどこかほっとしたような顔で「そうか」とうなずく。

「あ、じゃあぼくも」

これ幸いとルカも椅子から立ち上がった。

「レオナルド兄さん、瑛さん、ひさしぶりに夕食を一緒《いっしょ》にできて楽しかった。お休みなさい。また明日《あした》」

「ああ、お休み」

「お休み、ルカ」

「レオナルド様、瑛様、お先に失礼いたします」

サロンを退出し、マクシミリアンと並んで廊下《ろうか》を歩き出しながら、ルカはぽつりとひとりごちた。

「ぼく……何か変なこと言ったかな？」

出し抜《ぬ》けにマクシミリアンが足を止めたので、ルカも立ち止まる。上半身を捻ったマクシミリアンが、ルカの顔を覗《のぞ》き込むようにして上からじっと見つめてきた。何事か、懸念《けねん》に囚《とら》われているかのようなその青灰色《ブルーグレイ》の瞳《ひとみ》を見つめ返す。

「マクシミリアン？」

「…………」

「どうしたの？」

レンズの奥の双眸《そうぼう》を細めたマクシミリアンが、ゆっくりと首を横に振《ふ》った。

「……いいえ……なんでもございません」

低音を落とすと、体の向きを元に戻して歩き出す。

（マクシミリアンまで、なんか変）

腑《ふ》に落ちないものを感じたが、いつまでも立ち止まっているわけにもいかず、ルカも廊下を歩き出した。恋人《こいびと》と肩《かた》を並べて「ねぇ」と話しかける。

「そういえば結局、エドゥアールと成宮さん、降りて来なかったね。具合が悪いとかじゃないといいけど」

「旅の疲《つか》れが出たのかもしれませんね。成宮氏は直前までお仕事をされていたようですし」

「やっぱりホテルの仕事って大変だよね。あとで様子伺《うかが》いに部屋に行ってみようかな」

そんな会話を交《か》わしているうちに、大階段のあるホールに出た。このまま二階に上がっても、マクシミリアンとは別々の部屋だ。

（せっかく一緒にいるのに……そんなのつまんない）

なんとなくまだ自分の部屋には戻りたくなくて、ルカはマクシミリアンの上着の裾《すそ》をつんつんと引っ張った。

「ちょっと外に出たい」

マクシミリアンが「今からお外にですか？」と怪訝《けげん》な声を出す。

「厩舎《きゅうしゃ》の馬たちにただいまの挨拶《あいさつ》してなかったの思い出して」

「明日になさったらいかがですか？　もう遅《おそ》いですし」

難色を示す恋人を相手に、ルカは粘《ねば》った。

「まだ十時でしょ？　寝《ね》るには早いよ」

「夜風に当たってお風邪《かぜ》を召《め》されては困ります」

「大丈夫《だいじょうぶ》。挨拶したらすぐ戻るから。ちょっとだけ……ね？」

上目遣《うわめづか》いにおねだりしたら、秀麗《しゅうれい》な眉間に縦筋が走った。

「…………」

「だって自分の部屋にひとりでいてもやることないし。マクシミリアンの部屋に行ってもいいなら別だけど……」

「それは駄目《だめ》です」

即刻却下《そっこくきゃっか》されたルカがぷっと膨《ふく》れると、マクシミリアンがふぅとため息を吐《つ》く。ややあって根負けしたような声を出した。

「こちらで待っていてください。今、何か羽織るものを持って参ります」

マクシミリアンが取ってきてくれた大きなカシミアのストールにすっぽりと肩から包《くる》まれ、ルカは月明かりに照らされた石畳《いしだたみ》の道を廐舎に向かって歩き出した。自身はスーツの上にトレンチコートを羽織ったマクシミリアンが傍らをゆっくりと歩く。

「ちょっと寒いけど月がすごく綺麗《きれい》だね。綺麗なまんまるだ」

「Wolf Moonですね」

満月のせいか、フラッシュライトがなくても問題なかった。もっとも遊歩道にはところどころ外灯が立っているので、たとえ新月であっても真の闇《やみ》ということはない。

「東京と違《ちが》って星もいっぱい見える。空気が澄《す》んでいるからかな」

ルカはどこか柑橘《かんきつ》系の甘い匂《にお》いを含《ふく》んだ夜の空気をすぅっと吸い込み、ふーっと吐き出した。いろいろな国や場所には、その土地特有の匂いがあるけれど、シチリアの匂いは一年を通して咲《さ》き乱れる花や芳醇《ほうじゅん》な果実の香《かお》りだ。

この匂いに包まれると「帰ってきたんだ」という実感が湧《わ》く。

「ねぇ、覚えてる？　子供の頃《ころ》よくこうしてふたりで散歩したよね」

【パラッツォ・ロッセリーニ】敷地《しきち》内の南端《なんたん》に位置する廏舎までは、屋敷《やしき》の玄関《げんかん》から徒歩で二十分ほど。子供の足なら三十分。往復一時間で散歩コースにちょうどいい。だから子供の頃はよくマクシミリアンに手を引かれて、この遊歩道を歩いた。

花壇《かだん》の花の匂いを嗅《か》いだり、ぶどうの実の生長ぶりを観察したり、虫や蛙《かえる》や鳥を眺《なが》めたりと、寄り道しながらトコトコと歩き、そうして小さな冒険《ぼうけん》の最後、辿《たど》り着いた廏舎で馬たちに会えるのが楽しみだった。

「廏舎に着いたら、マクシミリアンに抱《かか》え上げてもらって、馬ににんじんをあげて」

「ええ」

当時を振り返るルカの声に、マクシミリアンが懐《なつ》かしそうにうなずく。

「一番はじめの時は、喜んだ馬がいななくと、あなたが泣き出してしまって大変でした」

「あ、あれはっ……ちょっとびっくりしただけだよ。……そのあとすぐ仲良しになったもん」

「そうでしたね」

微笑《ほほえ》むマクシミリアンを横目でちょっぴり睨《にら》んでから、当時の自分がマクシミリアンにしがみついてわんわん大泣きした様を思い出し、ルカもふふっと笑った。

「ぼく……泣き虫だったよね」

「でもすぐに泣き止《や》んで、次の瞬間《しゅんかん》にはニコニコとしていらした。そういったところは変わりませんね」

「進歩がないってこと？」

「打たれ強いということです。誉《ほ》めているんですよ？」

「あんまり誉められてる気がしないよ」

口では文句を言ったが、マクシミリアンとたくさんの記憶《きおく》を共有している事実を改めて噛《か》み締《し》めて、くすぐったい気分になる。途中《とちゅう》十年のブランクがあったけれど、愛する人と共通の思い出をいっぱい持っているのは幸せなことだ。

ふと子供の頃みたいに甘えたくなって、ルカはそっとマクシミリアンの手に触《ふ》れた。直後、大きな手がぴくりと震《ふる》える。

繋《つな》ごうとした手をすっと引かれた。

「マクシミリアン？」

「…………」

「なんで？　手を繋ぐくらい……誰《だれ》も見てないし」

「いけません」

頭を左右に振るマクシミリアンが、全身から拒絶《きょぜつ》オーラを発しているのを感じ取り、つきっと胸が痛む。

(やっぱりそうだ)

さっき部屋でも感じたけれど、【パラッツォ・ロッセリーニ】に着いてから、マクシミリアンはできるだけ自分に触れないようにしている。意識して距離《きょり》を置いている。自分たちの関係を万が一にでも周囲に覚《さと》られてはならないと、過度に慎重《しんちょう》になっているように思えた。

もちろん、マクシミリアンのその自戒《じかい》は正しい。

この関係が兄たちや父の知るところになった場合、自分たちは引き離《はな》されてしまう可能性が高い。

自分がもっと成長して大人になって、誰にも何も言われない立場になるまで、マクシミリアンとの関係は絶対に秘密にしなければならない。

(わかっている)

それでも……頭ではわかっていても、寂《さび》しい気持ちになるのは、どうしても否《いな》めない。

「立ち止まっていては体が冷えます。行きましょう」

マクシミリアンに促《うなが》され、ルカはのろのろと歩き出した。さっきまで高揚《こうよう》していた気分は急激に萎《しぼ》んで、夜の空気の冷たさが身に染《し》み入る。

それ以降会話は弾《はず》まず、気まずい空気を引き摺《ず》って、煉瓦《れんが》造りの廏舎へ辿り着いた。廏舎の前の中庭で目につくのは、やはり煉瓦造りの丸井戸《まるいど》。今はもう使われていないが、かつてはこの井戸から水を汲《く》んで馬にやったり、その体を洗ったりしたのだ。

人の気配を察したらしい馬たちがいななき始めたので、気を取り直したルカは、端《はし》から順番に馬房《ばぼう》を覗《のぞ》いていった。

「ネロ、アルフィオ、パメラ、ジーノ」

レオの愛馬たちが、ルカの挨拶に応《こた》えて、ぶるるっと鼻を鳴らす。

「覚えててくれてたんだ!」

嬉《うれ》しくなって側《そば》に寄り、彼らの頸《くび》や肩《かた》に触れた。

優《すぐ》れた乗り手である長兄《ちょうけい》の馬たちは、きちんと手入れがしてあってどれも美しい。その背に乗って走ることができればもっと素晴《すば》らしいと思うが、生憎《あいにく》とルカは乗馬が苦手だった。子供の頃に一度落馬して怪我《けが》を負って以来、苦手意識が抜《ぬ》けないのだ。

とはいえ、こうして愛《め》でるぶんにはなんら問題ない。

「あれ? 他《ほか》にもまだいる?」

記憶にある馬には全部挨拶したつもりだったが、まだ一頭残っていることに気がつき、一番端の馬房を覗き込んだ。

「わっ、すごい!」

雪のような白馬だ。鬣《たてがみ》も尾《お》も真っ白。まだ若いのか、体が他の馬と比べてひと回り小さい。

「初めて見る……新しい子だね」

興奮気味のルカの背後で、マクシミリアンが「そういえば」とつぶやく。

「レオナルド様が瑛様のために白馬を探しているというお話は聞いておりました。白馬は稀少《きしょう》なので、手に入れるのにかなり苦労されたようです」

「へぇ……じゃあ、この子は瑛さんの馬なんだ」

近くで見ると、まつげも白かった。地肌《じはだ》は薄《うす》いピンク色で、瞳《ひとみ》の色は水色だ。

近づいて、滑《なめ》らかな毛並みに手で触れてみる。あたたかい体はふるふると小刻みに震えていた。

「かわいい」

目を細めてうっとりと純白の子馬を眺め、しばらくその背中を撫《な》でてやってから、名残惜《なごりお》しげに手を離す。

「そんな大変な思いをしてまでも、レオナルド兄さんは瑛さんの喜ぶ顔が見たかったんだね。瑛さんのこと、すごく大切に想《おも》っているから」

「……そうですね」

「その気持ち、わかる。大好きな人が喜んでいる姿を見ると、自分のことみたいに嬉しいんだよね」

振《ふ》り返って、ルカは背後のマクシミリアンを見つめた。

「そういう気持ち、ぼくはマクシミリアンに教えてもらった」

「…………」

万感《ばんかん》の想いを込めてじっと見つめたのに、すっと視線を外される。

「……そろそろ戻《もど》りましょう」

目を逸《そ》らしたまま、マクシミリアンが低音で囁《ささや》いた。

(屋敷《やしき》からこんなに離れてるのに……誰もいないのに……ふたりきりなのに)

それなのに、まともに目も合わせてくれないマクシミリアンに苛立《いらだ》ちが募《つの》り――。

「まだ戻りたくない」

気がつくと、そんな言葉が口をついていた。

「戻りたくない」

駄々《だだ》をこねるルカに、マクシミリアンが眉《まゆ》をひそめる。

「ルカ様」

「だってマクシミリアンと別々の部屋だもん。……つまんない」

「それは仕方がないでしょう。もう子供ではないのですから、お聞き分けください」

そんなのわかっている。自分のわがままなんだってわかっている。

(でも……)

寂しいのは自分だけ？

一緒《いっしょ》にいるのにその身に触れられないもどかしさは自分だけのもの？

マクシミリアンは平気なの？

胸の中いっぱいに膨《ふく》らんだやるせない思いに圧《お》され、ルカはマクシミリアンまで駆《か》け寄った。どんっとぶつかるようにしてその硬《かた》い体に抱《だ》きつく。

「ルカ様！　いけません」

マクシミリアンが自分を引き剝《は》がそうとする気配を察して、離されまいと必死でしがみついた。マクシミリアンの胸に顔を埋《うず》め、「お願い」と懇願《こんがん》する。

「ちょっとだけでいいから……抱き締めて」

「…………」

「抱き締めてくれたら……ちゃんといい子になる。自分の部屋でひとりで眠《ねむ》るから……お願い」

泣きそうな声で乞《こ》うと、「……ルカ様」と内心の葛藤《かっとう》が滲み出るような掠《かす》れた声が落ちてきた。躊躇《ためら》いつつ、背中に手が回ってきて――次の瞬間《しゅんかん》、ぎゅっときつく抱きすくめられる。

「…………っ」

背中がしなるほどの強い抱擁《ほうよう》に息を呑《の》んだ。

「マクシ……ミリアン」

「……ルカ様」

耳殻《じかく》を震わせる切ない声に、マクシミリアンもまた自分と同じもどかしさを抱《かか》えているのだとわかって、冷えきっていた心と体がじんわり温《ぬく》もるのを感じる。

「マクシミリアン……大好き」

恋人《こいびと》の胸に顔を擦《こす》りつけたルカは、込み上げてきた想いと一緒に熱い息を吐いた。

第四章

結局、最後までエドゥアールと成宮はディナーの席にもサロンにも現れなかった。

夕方、エドゥアールに自分たちのことを話した。

——この先もずっと、アキラと人生を共にしていきたいと思っている。すでに先祖の前で生涯《しょうがい》を誓《ちか》い合った。

レオの告白に無論エドゥアールはひどく驚《おどろ》いていたが、それでも自分たちの決意が揺《ゆ》るぎないものであることを覚《さと》ると、最後は「わかった」と言ってくれた。

——ふたりとも自立した大人だ。リスクと困難を承知の上で決めたというのならば、兄弟といえども口を挟《はさ》む筋合いのことではないだろう。

心から納得《なっとく》したわけではないのは、その顔を見ればわかった。反対したところでレオが譲《ゆず》りそうにないので、ひとまずは兄の主張を呑《の》み込んだのに違《ちが》いない。

とはいえレオが「エドゥアールに事実を話す」と言い出してからの二週間、ずっと胸に閊《つか》えていた重たいものが差し当たりは下りた……。

そんな気分でいたから、その後、自室に戻《もど》ったエドゥアールがディナーの席に顔を見せなかったことに、瑛は少なからずショックを受けた。

第一関門すら突破《とっぱ》していなかったと気づかされた気分で……。

(甘かった)

やはり、そう簡単なことではないのだ。

実の兄が、同性と恋仲《こいなか》であると知らされて、嬉《うれ》しい人間などいるはずもない。エドゥアールは同性愛に偏見《へんけん》を持つタイプには見えないが、だからといって、血の繋《つな》がった兄弟がそうであると知って泰然自若《たいぜんじじゃく》としてはいられないだろう。

ましてやレオはロッセリーニ家の家長で、グループのCEOで、ファミリーのカポでもある。たくさんの人間の暮らしや、時には人生そのものを双肩《そうけん》に担《にな》う立場だ。

いったんは呑み込んだものの、自室に戻り、ひとりになって改めて反芻《はんすう》し、事の重大さに考え込んでしまったのかもしれない。

あるいは、責任ある家長の立場にありながら自らの意志を押し通そうとする兄に、当初の衝《しょう》撃《げき》が過ぎるにつれて腹が立ってきたとか?

その可能性もある。

事と次第《しだい》によっては、他人事《ひとごと》では済まされないからだ。

エドゥアールが【パラッツォ・ロッセリーニ】を離《はな》れてミラノで暮らし、ファミリーのしがらみから一線を画していられるのも、次男であるからこそ。自由気ままに暮らし、仕事に没頭《ぼっとう》していられるのも、レオが長男の役割をしっかりと担ってロッセリーニの基盤《きばん》である地元をまとめ上げているからだ。

だが、もし自分たちの関係がドン・カルロの知るところになり、その結果レオが家督《かとく》を奪《うば》われる事態になったら、必然的に次男のエドゥアールにおはちが回ってくる。

そうなればエドゥアールは【パラッツォ・ロッセリーニ】に戻らざるを得ないだろう。現在のように、何事にも囚《とら》われずに世界を飛び回る生活を続けるのは難しくなる。

兄の今後の動向如何《いかん》で、我が身に火の粉が降りかかってくるかもしれない。

そんなふうに考えるほどに、食欲《しょくよく》が減退するであろうことも容易に想像がつく。

ダンテから伝え聞いた「移動で疲《つか》れて」という理由よりも、こちらが食欲減退の真の理由である気がしてくる……。

（とりあえず、今は顔を見たくないということか？）

エドゥアールの心情をあれこれと想像するにつれて、瑛もまた、気持ちがじわじわと落ちていくのを自覚した。

レオも同じなんだろう。

ディナーの間もずっと浮《う》かない様子だったが、マクシミリアンとルカが去ったあとのサロンで、さっきからひとり黙々《もくもく》とハイピッチでグラスを重ねている。自分がこの屋敷に来る以前は、よくこうして深酒をしていたと、ダンテから聞いていた。

だが自分と想《おも》いが通じ合い、生涯の伴侶《はんりょ》として共に暮らし始めてからは、滅多《めった》に酒を過ごすことはなくなっていた。食事時に一緒にワインを楽しむことはあっても、レオがひとりで長時間呑むことはほとんどなかった。

いつになく酒量を過ごしている恋人に、しかしかける言葉を持たず、瑛は心の中で深いため息を吐く。

この件に関しては、もちろんふたりの問題ではあるけれど、よりプレッシャーが大きいのは明らかにレオだ。

早瀬の代紋《だいもん》を放棄《ほうき》した自分には、もはや背負わなければならないものはない。たとえ自分の代で早瀬の血筋が途絶《とだ》えたとしても、文句を言うような人間もいない。

でも、レオは違う。

レオの決断ひとつで、たくさんの人間の人生が変わってしまうのだ。

わかっていたこと、覚悟《かくご》していたことであっても、実際にエドゥアールのリアクションを受けて感じ入るものがあるのだろう。

今は……下手に慰《なぐさ》めの言葉などかけないほうがいい。

お互《たが》いの傷を舐《な》め合っても意味がない。

レオは強い男だ。きっと自分で気持ちを立て直す。それまで待ったほうがいい。

今夜一晩は好きなだけ呑ませようと心に決め、瑛は座っていた肘《ひじ》掛《か》け椅子《いす》から立ち上がった。

正面のレオが俯《うつむ》き加減《かげん》だった顔を上げる。どうした？　と言いたげなその黒い瞳《ひとみ》に向かって

「ちょっと廏舎《きゅうしゃ》に行ってくる」と言った。

「ナタ一レの様子が気になるから」

ナタ一レは、昨年のクリスマスにレオから贈《おく》られた子馬だ。真っ白な毛並みと、クリスマスプレゼントであったことにちなみ、イタリア語でクリスマスを意味する『Natale』と名付けた。瑛にとっては生まれて初めて所有する「自分の馬」で、廏舎スタッフの手を借りながら、現在子育ての真っ最中だ。

【パラッツォ・ロッセリーニ】にいる時は、最低でも一日一回はナターレの顔を見ないと落ち着かないのはレオもわかっているので、「……そうか」とうなずく。

「一時間で戻《もど》るから。眠くなったら先に休んでいてくれ」


自室でスーツからセーターに着替《きが》えてダウンジャケットを羽織り、瑛は階下に降りた。

玄関《げんかん》まで見送りにきたファーゴがついていきたそうに鼻を鳴らしたが、背中を叩《たた》きながら「おまえはレオの側《そば》に居てやってくれ」と頼《たの》むと、素直《すなお》に回れ右して戻っていった。

玄関から外に出て、いつもより明るい夜空を見上げれば、月が正円を描《えが》いている。

「ウルフムーンか……」

本当にまんまるで、狼《おおかみ》が遠吠《とおぼ》えしそうな満月だ。

しばらく煌々《こうこう》と輝《かがや》く美しい満月を眺《なが》めてから、石畳《いしだたみ》を歩き出す。

廏舎までは徒歩で二十分ほどだ。食後の腹ごなしにはちょうどいい距離《きょり》なので、年明けに【パラッツォ・ロッセリーニ】に帰館して以降は、この時間帯にナターレの様子を見に行くのが習慣になっていた。昼に時間が取れる時は、日に二度顔を見に行っている。

ナターレもどうやら徐々《じょじょ》に瑛を保護者として認識《にんしき》しつつあるようで、顔を見せると嬉《うれ》しそうに甘えてくる。その顔を見れば一日の疲れも吹《ふ》き飛んだ。

今日は特に気持ちがざわざわと落ち着かないので、一刻も早くナターレの顔が見たかった。

急ぎ足で遊歩道を辿《たど》りながら、ふと脳裏《のうり》にエドゥアールの台詞《せりふ》が過《よぎ》った。

――……親父《おやじ》には言うのか？

――先だってマクシミリアンに縁談《えんだん》話を持ちかけて断られたらしいな。次はきっと来るぞ？

（……縁談、か）

たしかに、それは大いにあり得る展開だ。

レオも今年で三十歳になる。

世間一般《いっぱん》では、子供のひとりやふたりいてもなんらおかしくない年齢《ねんれい》だ。

おそらく親族や会社の役員たちは、一日も早くレオが激務を支える奥方を迎《むか》え、所帯を構える日が来ることを願っているに違《ちが》いない。

そういった要望がドン・カルロの耳に届いていても不思議ではない。

周囲の独身者をリストアップした際、年齢的にまずはマクシミリアンと考えるのが順当。だがそこで断られたとなれば、次はレオに目が向くのは自然な流れだ。

明後日《あさって》、【パラッツォ・ロッセリーニ】に到着《とうちゃく》したドン・カルロから、その話が出ないとは限らない。もしかしたらすでに、具体的な女性の名前を用意しているかもしれない。

ロッセリーニ家に相応《ふさわ》しい家柄《いえがら》の女性を——。

そこでレオが父の縁談の勧《すす》めを断れば、当然理由を追及《ついきゅう》される。マクシミリアンの時と違って、ドン・カルロもそう簡単には引き下がらないはずだ。

仮に今回はなんとか誤魔化《ごまか》せたとしても、未来永劫躱《えいごうかわ》し続けるのは不可能。

いずれは、真実を話さなければならない時がやってくる……。

そして真実を知ったドン・カルロの怒《いか》りはただごとではないだろう。

もしもレオが勘当《かんどう》されたら？

【パラッツォ・ロッセリーニ】を追われたら？

想像しただけで、鋭利《えいり》な刃物《はもの》で抉《えぐ》られたみたいに、心臓がぎゅうっと痛くなる。

いくら考えても……いや、考えれば考えるほどに、先行きに明るい材料を見つけることができず、瑛はふぅっと息を吐《は》いた。

たなびく白い息を見つめ、奥歯をきつく嚙《か》み締《し》める。

（想像で勝手に落ち込むな。馬鹿《ばか》）

弱気な自分を叱《しか》りつけた。

一緒《いっしょ》に闘《たたか》うと決めたじゃないか。たとえ周囲の全員がレオの敵に回っても、自分だけはレオの側に居る。傍《かたわ》らで彼を支え続ける。最後までレオの味方だ。

この命が尽きる最後の瞬間まで共に闘う。

気持ちを奮い立たせるために胸の中で繰《く》り返していると、厩舎の屋根が見えてきた。時折届く馬のいななきを耳に、瑛はマイナス思考を断《た》ち切る。馬は飼い主の心情に敏感《びんかん》だ。自分の負の感情で、ナターレに悪影響《あくえいきょう》を与《あた》えてはいけない。

（急ごう。きっとナターレが待っている）

石畳を早足で進み、厩舎の扉《とびら》の前まで来た瑛は、「ん？」と眉《まゆ》をひそめた。閂《かんぬき》が外れて二枚扉が薄《うす》く開いていたからだ。

（誰《だれ》か……扉を閉め忘れたのか？）

一瞬《いっしゅん》そう思ったが、ここで働くスタッフが扉を閉め忘れることなどあり得ない。

「…………」

即座《そくざ》に扉に近寄り隙間《すきま》に耳を寄せると、馬が鼻を鳴らす音や藁《わら》を踏《ふ》み締める蹄《ひづめ》の音などに紛《まぎ》れて、人の話し声が聞こえる気がした。

（誰か……いる？）

しかも一番奥の馬房《ぼぼう》――ナタ－レの馬房のあたりから聞こえてくる。

まさか馬泥棒《どろぼう》？

顔が引きつるのを意識しつつ、瑛は足音を忍《しの》ばせて扉を離《はな》れた。

いきなり踏み込んでナタ－レや他《ほか》の馬たちに危害が及《およ》んではいけない。

そう思った瑛は、煉瓦《れんが》造りの壁《かべ》を回り込み、側面のはめ込み窓に近づいた。ここからならナタ－レの馬房の中が見渡《みわた》せるはずだ。

息を殺してそっとガラス窓を覗《のぞ》き込んだ刹那《せつな》。

「ルカ様！　いけません」

押し殺したような制止の声が響《ひび》き、視界に映り込んだ光景に、びくっと肩《かた》を揺《ゆ》らす。

（………え？）

視線の先で、マクシミリアンとルカが抱《だ》き合っていた。

正確には、ルカがマクシミリアンにしがみついていた。

抱きつくルカの腕《うで》をマクシミリアンが摑《つか》み、体から引き剝《は》がそうとする。と、それを察したかのようにルカがさらに強くしがみつく。胸に顔を埋《うず》め、切ない声音《こわね》で「お願い」と囁《ささや》いた。

「ちょっとだけでいいから……抱き締めて」

「…………」

「抱き締めてくれたら……ちゃんといい子になる。自分の部屋でひとりで眠《ねむ》るから……お願い」

今にも泣き出しそうな震《ふる》え声の懇願《こんがん》に、秀麗《しゅうれい》な貌《かお》が苦悩《くのう》の表情を浮《う》かべる。

「……ルカ様」

葛藤《かっとう》の末に躊躇《ためら》いがちにのろのろと、マクシミリアンの手がルカの背中に回った。不意にぎゅっときつく抱きすくめられたルカが、背中をしならせる。

「マクシ……ミリアン」

「……ルカ様」

息を詰《つ》めていたルカが、やがてゆっくりと息を吐きながら表情を蕩《とろ》けさせ、甘えるような声で囁いた。

「マクシミリアン……大好き」


今のは……なんだったんだ？

なんであのふたりがあんな場所で抱き合って……？

心臓がドクドクと不規則に脈打ち、胸がざわざわと騒《さわ》ぐ。

いつ、どうやって窓から離れたのかもはっきりと記憶《きおく》になかった。だが気がついた時には、

瑛は急ぎ足で遊歩道を引き返していた。

何者かに追われる逃亡者《とうぼう》のごとく小走りに来た道をとって返しながら、入り乱れる思考を懸《けん》命《めい》に整理する。

ルカの幼少時に世話係だったマクシミリアン。

要職に就《つ》いたマクシミリアンの多忙《たぼう》もあって一時は疎遠《そえん》になっていたようだが、ルカが日本に留学するに当たってマクシミリアンが後見人になった経緯《けいい》もあり、昨年の春頃《ごろ》からまた以前のような親密さを取り戻《もど》したことは知っていた。

母を十歳で失ったルカにとって、多忙な父親に代わって自分を育ててくれたマクシミリアンは保護者同然の存在。

だから仲が良くて当然だし、周りもそういった事情を踏まえ、ルカがマクシミリアンに甘える様子を微笑《ほほえ》ましく見ていた節があった。

兄たちと年の離れた末っ子のせいか、ルカは実年齢《じつねんれい》より若干《じゃっかん》幼いところがある。マクシミリアンにべったりなのは、精神的な親離《おやばな》れがまだできていないのだろうと、誰もが思っていた。

とはいえそれもあと数年してルカがかわいい恋人《こいびと》を見つけるまで……自分だってそう思っていた。

レオだってエドゥアールだって——。

だけど……。

(違う……あの雰囲気《ふんいき》は……)

疑似《ぎじ》親子関係とか、保護者と被《ひ》保護者とか、そんなんじゃない。

何よりルカのマクシミリアンを見つめる目が、完全に恋《こい》をしている目だった。

マクシミリアンもまた、親愛の情以上のものをルカに抱いているのは明白だった。

あの冷静沈着《ちんちゃく》を絵に描《か》いたような男が、衝動《しょうどう》に抗《あらが》えないほどの熱い想《おも》いを――ルカに。

(そうか……そうだったのか……)

あのふたりは……愛し合っていたのか。

混乱した思考が少しずつ整理されるのと引き換《か》えに、もはや疑いようのない事実としてすとんと胸に落ちてくる。

そう考えれば、マクシミリアンがドン・カルロの縁談《えんだん》を断った理由も合点《がてん》がいく。

男同士であることを断罪するつもりはない。その点は自分だって同じだ。これを罪だと言うならば自分も同罪だ。

ルカが選んだ相手なら、兄として祝福してやりたいとも思う。

ふたりの先に待ち受けるのは、決して平坦《へいたん》な道程《みちのり》ではないだろう。

自分たちと同じくらいに――下手をすればそれ以上に、茨《いばら》の道かもしれない。

ルカを溺愛《できあい》しているレオは絶対にふたりの交際を許さないだろうし、おそらくはエドゥアールも……。

真実を知って激昂《げきこう》する兄ふたりが目に浮かぶ。

レオはルカを目の中に入れても痛くないほどにかわいがっている。マクシミリアンがルカと恋仲《こいなか》であることを知れば、腹心の部下の手ひどい裏切り行為《こうい》と捉《とら》えるかもしれない。

信頼していたからこそ、レオはマクシミリアンを許さないだろう。

そしてドン・カルロも間違《まちが》いなく反対する。

彼らは手を組み、なんとしてもふたりを別れさせようと画策するに違《ちが》いない。

マクシミリアンは主《あるじ》への恩義と恋情《れんじょう》との板挟《いたばさ》みで苦しみ、ルカもまた、想い人のために兄や父親と袂《たもと》を分かつという苦渋《くじゅう》の決断《けつだん》を強《し》いられるかもしれない。

ルカだって自分たちの関係が祝福されないことくらい、わかっているはずだ。

それでも、数多《あまた》の困難を覚悟《かくご》の上でマクシミリアンを選んだ。

それだけ大切な相手なのだ。唯一《ゆいいつ》無二の……掛《か》け替《が》えのない。

ルカにとって、たぶん初恋《はつこい》。生まれて初めて愛した相手に違いない。

異父兄《いふけい》として、今までルカに兄らしいことは何ひとつしてやれなかった。

だからせめてこの恋は陰ながら見守ってやりたい。周りの全員が反対しても、自分だけは祝福してやりたい。

主従の壁を越《こ》え、愛し合っているふたりを応援《おうえん》してやりたい。

(だが……そうなると)

跡継ぎに関して、エドゥアールにはすでに「私に期待されるのは困る」と釘を刺されている。

その上ルカも結婚《けっこん》しないとなると、いよいよレオの立場は苦しくなる。

このままいけば、早晩ロッセリーニ家は絶える。

導き出された結論に、胃の底がずしりと重くたわんだ。

レオはかつて「ただ家督《かとく》の存続のためだけに子孫を残すのは愚《おろ》かなことだ」と言っていた。

口に出すからには、その覚悟があるのだとは思う。

レオの代で、五代続いたロッセリーニ家を終わらせる。

果たして本当に、そんなことができるのか。

許されるのか。

許されないとなれば、やはり長男の責務を果たすために、レオが形ばかりでも妻を娶《めと》るのか？

跡継ぎを残すのか？

（レオの……子供？）

思わず足が止まる。頭に上っていた血が一気に下がるのを感じながら、瑛は人気《ひとけ》のない遊歩道に立ち尽《つ》くした。

ルカの恋は応援してやりたい。

しかしそれはすなわち、自分たちの首を絞《し》めることを意味する。

（……どうすればいいんだ）

袋小路《ふくろこうじ》に追い詰められた鼠《ねずみ》よろしく絶望的な気分で、瑛は天を仰《あお》いだ。

往《い》きと寸分変わらない明るい月を睨《にら》みつけ、どのくらいその場に立ち尽くしていただろうか。

ダウンの中までじわじわと染《し》み込んできた冷気に、全身がぶるっと震える。小刻みに震える体を自分で抱《だ》き締《し》め、瑛はのろのろと歩き出した。

邸内《ていない》に入り、唇《くちびる》を噛《か》み締めて廊下《ろうか》を歩く間も、答えの出ない葛藤が胸の中でぐるぐると渦巻《うずま》き続ける。

（どうすればいいんだ。どうすれば……どうすれば）

気がつくと、瑛はサロンの開かれた扉《とびら》の前に立っていた。

ほどなくレオが戸口に佇《たたず》む瑛に気がつき、肘掛《ひじか》け椅子《いす》から立ち上がる。

「——瑛？」

「もう戻って来たのか？」

「………」

「そんなところに突《つ》っ立っていないで中に入ったらどうだ？」

「………」

動かない瑛に眉《まゆ》をひそめたレオが、酔《よ》いを感じさせないしっかりとした足取りで歩み寄ってきた。戸口の手前で足を止め、瑛の顔を覗《のぞ》き込んでくる。

「どうした？　顔色が悪いぞ？」

気遣《きづか》わしげな問いかけに、瑛は黙《だま》ってレオの顔を見つめた。

この若さでは担《にな》いきれないたくさんの責任を背負ったその顔を――。

(言えない)

真実を知れば、レオは今以上に重い十字架《じゅうじか》を背負うことになる。

ルカとマクシミリアンとの仲もめちゃくちゃになってしまうだろう。信頼《しんらい》関係は崩壊《ほうかい》し、仲の良い兄弟は分断される。

言ってはいけない。絶対に。

自らを強く戒《いまし》めた瑛は、首を横に振《ふ》った。無理矢理《むりやり》に唇の両端《りょうはし》を持ち上げ、形ばかりの笑《え》みを作る。

「……なんでもない」

喉《のど》の奥からそれだけを絞《しぼ》り出すので精一杯《せいいっぱい》だった。

七時からディナーだと聞かされていたけれど、その時間が近づいてもエドゥアールは自分の部屋に戻ろうとしなかった。

先程《さきほど》から肘掛《ひじか》け椅子のアームに片肘《かたひじ》をつき、長い脚《あし》を高く組んで思索《しさく》に耽《ふけ》っているエドゥアールの前に立ち、礼人は遠慮《えんりょ》がちに声をかけた。

「あの……着替《きが》えをされなくてもよろしいのですか？」

「……ああ」

愁《うれ》いを帯びた表情でエドゥアールが相槌《あいづち》を打つ。コンソールの上の置き時計に視線を向け、

「もうこんな時間か……」とつぶやいた。

レオナルドに呼び出されて彼の部屋へ赴《おもむ》いていたエドゥアールが、礼人の部屋のドアを叩《たた》いてから三十分余りが過ぎていた。

——ふたりは……愛し合っているらしい。

——信じられないだろう？　私も耳を疑ったよ。あのふたりが恋人《こいびと》同士だなんて。

エドゥアールの口から、レオナルドと瑛に関する衝撃《しょうげき》の事実を聞かされたあと、部屋の中には重苦しい空気が横たわっている。

——きみが心配することは何もない。

——いざとなれば、私はこの家を出る。

——家よりもきみのほうが大切だ。

エドゥアールの言葉は心から嬉《うれ》しかったし、彼の真摯《しんし》な想《おも》いを改めて実感し、救われもした。胸に垂れ込めた暗雲を、エドゥアールは自分を強く抱き締めることによって振り払《はら》ってくれた。

だがしかし、それですべての憂慮《ゆうりょ》すべき問題が消えたわけではない。

むしろ何ひとつ解決していない。

このままでは……エドゥアールはますますレオナルドとの間に距離《きょり》を置くようになるのではないか？

それは、誰《だれ》のためにも喜ばしい事態ではない。

もし今回の件をきっかけにして、エドゥアールが【パラッツォ・ロッセリーニ】にふたたび背を向けるようならば、彼の胸の奥のわだかまりも解決しないままだ。

今後の展開によっては、故郷への愛情を取り戻《もど》すための最初で最後の機会を逸《いっ》してしまうかもしれず——。

（だとしても……自分に何ができるのか？）

己《おのれ》の無力を実感し、気持ちが塞《ふさ》ぐ礼人と同様に、エドゥアールも顔色が優《すぐ》れない。兄の衝撃の告白に心が揺《ゆ》れているのだろう。

各々《おのおの》物思いに耽っていたせいか、会話もほとんどないままに時間だけが過ぎていたようだ。

「あと三十分ほどでディナーが始まります。着替えをされるのでしたら、私もお部屋に行ってお手伝いいたしますが」

「……いや」

何事かを思案するような面持《おもも》ちで、少しの間礼人の顔を見つめていたエドゥアールが、「ディナーに参加するのはやめよう」と言った。

「えっ……」

唐突《とうとつ》にも思えるエドゥアールの決断に、礼人は小さな声をあげる。

「おやめになるのですか？」

「今、レオやアキラと顔を合わせても、楽しく歓談《かんだん》できるとは思えない」

やはり、エドゥアールも思うところがあるのだ。

「受け応《こた》えがぎくしゃくして、ルカやマクシミリアンに疑念を抱《いだ》かせるのも具合が悪い」

そこで言葉を切り、礼人の目を見て「それに」と継《つ》いだ。

「きみも気乗りがしないだろう？」

「……それは」

正直なことを言えば、レオナルドと瑛を前にして平静を装える自信はなかった。仕事柄《しごとがら》、心情を表《おもて》に出さないポーカーフェイスは比較的《ひかくてき》得意なほうだと思うが、さっきの今ではさすがに上手《うま》くやり過ごせる気がしない。

口に出さずとも顔に答えが出ていたのか、エドゥアールが「そのほうがいい」と結論を出した。

「お腹《なか》は空いている？」

「いいえ」

食欲《しょくよく》どころではない――というのが本当のところだ。

「よし、決まりだ。ダンテに伝えるよ」

言うなりエドゥアールがジャケットの内ポケットからスマートフォンを取り出す。

ここ【パラッツォ・ロッセリーニ】には電話回線が引かれていないので、館内の誰かと話す際は携帯《けいたい》を使うしかないのだ。

もちろん、その気になればいつでも回線を引けるのだが、どうやらレオナルドが敢《あ》えてそうしていないらしい。

中世の館《やかた》に暮らす間は、世俗《せぞく》と切り離《はな》されていたいという願望の表れなのかもしれないし、そうまで徹底《てってい》しなければ、グループの総帥《そうすい》という立場上、オンとオフの切り替《か》えが難しいこともあるのだろう。

「ダンテか？……私だ。エドゥアールだ」

ダンテの携帯に繋がったらしく、エドゥアールが話し出す。

「今晩のディナーだが、移動で少し疲《つか》れたせいか食欲がないんだ。直前で悪いが、私と成宮の分はキャンセルしてくれないか。ああ……いや、大丈夫《だいじょうぶ》だ。薬が必要なほどではない。一晩ゆっくり休めば明日には復調すると思う。欠席の件は、おまえからレオに伝えておいてくれ。申し訳ないと謝っていたと……うん……何か軽食？　そうだな」

エドゥアールがスマートフォンを顔から離して礼人に訊《き》いた。

「部屋で簡単に食べるか？　運んでくれるそうだ」

自分は食欲がなかったが、エドゥアールは胃に何か入れたほうがいいと思い、「手で摘《つ》まめるような軽食をいただければ」と答える。

「簡単に手で摘まめるものがいいと言っている。ああ、パニーニでいい。それとエスプレッソをふたつ頼《たの》む。砂糖も添《そ》えてくれ」

通話を切ったエドゥアールが、「三十分ほどで用意してくれるそうだ」と言った。スマートフォンを胸許《むなもと》に仕舞《しま》った恋人と視線を合わせ、礼人は懸念《けねん》を口にする。

「レオナルド様は、お気を悪くなさらないでしょうか？」

「私たちがいなくとも、ルカとマクシミリアンが同席すれば寂《さび》しい晩餐《ばんさん》にはならないだろう。無理をして取り繕《つくろ》ってもレオにはばれる。その点、兄弟は厄介《やっかい》だ。お互《たが》いの手の内を知り尽《つ》くしているから、隠《かく》し事ができない」

「…………」

「顔を見せて心配させるくらいなら、いっそ欠席してしまったほうがいい。私も一晩寝て明日になれば気持ちの整理がつき、レオやアキラともニュートラルに接することができると思う。ふたりとは改めて、今後どうするのかを話し合う必要があるだろうからな」

ひとまず今は時間を置くことが肝要《かんよう》だという冷静な分析《ぶんせき》に、どこかほっとして、礼人は「わかりました」とうなずいた。

大丈夫だ。

無論ショックはショックだろうが、だからといってエドゥアールは自分を見失ったりしていない。そして今の口ぶりから察するに、この問題から背を向けるつもりもないようだ。

かつての彼ならば、「自分には関係ない」とクールな態度を取り、レオナルドとも距離を持ったかもしれない。

でも今は違《ちが》う。

いざとなれば「家を出る」とは言ったが（これはおそらく自分を思いやってのことだ）、それはあくまで最終手段であり、その前にできるだけのことはする覚悟《かくご》がその表情から見て取れた。レオナルドたちとも協力し合って、なるべく前向きに対処していこうという意志を感じた。

明日以降はきちんと気持ちの整理をつけ、ロッセリーニ家の一員として今後この問題にどう対処すべきかを試行錯誤《さくご》していくことだろう。

（自分もしっかりしなくては）

　エドゥアールが困難に立ち向かうのならば、自分も共に。

　彼の前に立って盾《たて》になることは叶《かな》わなくとも、せめて後ろから支えたい。

　ナーバスになっている場合じゃない。

　己を叱咤激励《しったげきれい》していると、エドゥアールが右手を伸《の》ばしてきた。礼人の左手を取り、ぎゅっと握《にぎ》り込む。そうして礼人の目をまっすぐ見つめた。

「きみにこの件で余計なプレッシャーを感じて欲しくないんだ。きみに言わなければよかったのかもしれないとも考えたが、やはりふたりの間に隠し事を作るのはよくない」

「もちろんです、エドゥアール。お話ししてくださって本当によかった」

　エドゥアールがひとりで思い悩《なや》むなど、想像しただけで辛《つら》い。

「だが……結局は話すことで悩ませてしまった。ただでさえ、見知らぬ土地に屋敷《やしき》、私の家族との対面と……きみにはストレスがかかっているのに」

　美しい貌《かお》に苦悩《くのう》を浮《う》かべるエドゥアールの手を、礼人は右手で包み込み、可能な限り強く握り返した。

「私はあなたひとりが悩むのは耐《た》えられません。どんなことも分かち合いたい。どうするのがベストなのか、一緒《いっしょ》に考えて乗り越《こ》えていきましょう」

「……アヤト」

刹那《せつな》、虚《きょ》を衝《つ》かれたように瞠目《どうもく》したエドゥアールが、ほどなくアイスブルーの双眸《そうぼう》をじわりと細める。

「ありがとう。頼《たよ》りになる伴侶《はんりょ》を得て私は幸せ者だな」

「これでも一応、年上ですから」

微笑《ほほえ》みを浮《う》かべる礼人に顔を近づけてきて、エドゥアールが唇《くちびる》にそっと触《ふ》れた。

束《つか》の間《ま》厩舎《きゅうしゃ》でふたりだけの時間を過ごしたあとで、マクシミリアンに「そろそろ戻《もど》りましょう」と促《うなが》されて屋敷に引き返す。並んで遊歩道を歩きながら、ルカは傍《かたわ》らの恋人《こいびと》をちらちらと目の隅《すみ》で盗《ぬす》み見た。

本当は手を繋《つな》いで欲しかったけれど、マクシミリアンの怜悧《れいり》な横顔がそれを拒絶《きょぜつ》しているような気がして言い出せない。

さっきは抱《だ》き締《し》めてくれて嬉《うれ》しかったのに。

でも、それもほんの一瞬《いっしゅん》で、すぐにマクシミリアンはルカの体を離してしまった。その後は誘惑《ゆうわく》に負けた自分を責めているかのように顔つきが厳しくなり、口数も少なくなった。

たとえ一瞬でもその温《ぬく》もりを実感したあとだから、余計に心細さが増してしまい、ストールを巻きつけた体をぎゅっと自分で抱き締める。喉《のど》の奥からため息が零《こぼ》れそうになるのを懸命《けんめい》に堪《こら》えた。

仕方がないんだ。

マクシミリアンは自分たちの関係を護《まも》ろうとしている。

だから……寂しいけれど、仕方がないことなんだ。

さっき、「抱き締めてくれたらちゃんといい子になる。自分の部屋でひとりで眠《ねむ》るから」って約束したんだから、我慢《がまん》しなくちゃ。

自分に言い聞かせつつ遊歩道を引き返し、二十分ほどで館《やかた》の玄関《げんかん》に辿《たど》り着いた。三階建ての建物は、半分以上の窓に明かりが灯《とも》っている。

二階のレオナルドの部屋も、瑛の部屋も、エドゥアールの部屋も、成宮に宛《あて》がわれたゲストルームも、カーテン越《ご》しにオレンジ色の明かりが漏《も》れている。

どうやらみんな起きているようだ。ダンテたちもきっとまだ働いている。

館内に入ったら、どこで誰《だれ》に見られるかわからない。気をつけないと。

たくさんの明かりを見つめて気を引き締めたルカは、石でできた外階段を上がった。見上げるような大扉《おおとびら》の前で足を止め、隣《となり》に立つマクシミリアンに顔を向ける。

「マクシミリアン……散歩につき合ってくれてありがとう」

本当はもうちょっと一緒にいたいけど、これ以上を望むのはきっとマクシミリアンを苦しめるだけだ。

自分も明日は朝早くにここを出て伯母《おば》宅を訪問する予定があるし、そろそろバスを使ってベッドに入ったほうがいい。

「馬たちにも挨拶《あいさつ》できたし……これでよく眠れる気がする」

マクシミリアンがレンズの奥の青灰色《ブルーグレイ》の目をわずかに細めて「それはよかったです」と答え

た。

「うん」

にっこりと微笑み、ルカが顔の向きを正面に戻すと、マクシミリアンが二枚ある扉の片側を開いて押さえてくれる。

「どうぞ」

「ありがとう」

館内に入り、中世の時代にはこの天井《てんじょう》の高い空間だけで二十四時間、家族と使用人のすべての生活が行われていたという玄関ホールを抜《ぬ》けて、ギャラリーさながらの廊下《ろうか》を歩き、大階段下の吹《ふ》き抜けに辿り着く。屋敷の中には複数の階段があるが、この大階段が一番幅《はば》が広く、設《しつら》えも立派だった。

玄関ホールから大階段までのアプローチが建築家の腕《うで》の見せ所で、どの建築家もここまでの流れに一番力を注いだのだと聞いたことがある。【パラッツォ・ロッセリーニ】も例に漏れず、階上への期待を客人に抱《いだ》かせるものに仕上がっている。

三階までの吹き抜けは、天井に明かり取りの小窓が並んでいるせいか、とても開放感があった。金箔《きんぱく》を大量にあしらった楕円《だえん》形の天井画《てんじょうが》の中央からは、イタリアンガラスのシャンデリアがぶら下がっているが、これがまた宝石のように美しい。

階段自体は胡桃《くるみ》材でできており、数十メートルに及《およ》ぶ緋色《ひいろ》の絨毯《じゅうたん》が三階まで敷《し》き詰《つ》められている。手摺《てすり》と欄干《らんかん》はマホガニー製で、長い年月を経《へ》てたくさんの人々の手によって磨《みが》かれ、深みのある輝《かがや》きを放っていた。

黒光りしたその手摺を摑《つか》み、階段を上り始める。二階まで上がったら、そこでマクシミリアンとは廊下の右と左に別れなくてはならない。そう思うと、無意識に足を運ぶ力が鈍《にぶ》った。のろのろと階段を上がるルカに数段遅《おく》れて、マクシミリアンも後ろからゆっくりと階段を上がってくる。先を行くルカを追い越してしまわないように、上る速度を調整してくれているようだ。

とはいえ、どんなにのろのろ上っても、数分足らずで踊《おど》り場についてしまう。踊り場から折り返しの階段は二十段ほどだ。

（あとちょっとで二階についちゃう）

全貌《ぜんぼう》が見えてきた二階の小ホールはガランと人気《ひとけ》がなかった。このホールを中間地点として、右手にゲストルーム、住人の部屋は左手にある。

つまり、マクシミリアンは右、自分は左だ。

残るステップは三段。いよいよ間近に迫《せま》った別れに、小さくため息を吐《つ》いた時だった。

右手の方角から、ガチャリとドアが開く音が響《ひび》いた。

「じゃあ、お休み」

「お休みなさいませ」

壁《かべ》に阻《はば》まれてその姿は見えなかったが、エドゥアールと成宮の声だ。ディナーには現れなかったふたりだが、どうやら成宮の部屋で過ごしていたらしい。

（声だけを聞くぶんには元気そうだけど……）

階段を上りきってふたりに声をかけようか。でも、そうしたら「こんな時間にマクシミリアンとどこに行っていたんだ？」って訊《き》かれちゃうかな。

迷いながら足を止めていると、成宮の控《ひか》えめな声が聞こえてきた。

「お部屋までお送りいたします」

「いや……ここでいい」

「エドゥアール？」

「……余計に離《はな》れがたくなる」

（え？　今なんて？）

今だかつて聞き覚えがないような、次兄《じけい》の切なげな声色《こわいろ》に驚《おどろ》く。思わず耳を欹《そばだ》てると、掠《かす》れた悲鳴が届いた。

「っ……エドゥア……いけませ……っ」

咎《とが》めるようなニュアンスの声が途切《とぎ》れる。人と人がもみ合っているみたいな衣擦《きぬず》れの音。

何事かともうワンステップ上がり、壁の曲がり角から首を伸《の》ばして廊下の右手を覗《のぞ》き込む。

「………っ」

視界が捉《とら》えた衝撃《しょうげき》のシーンにルカは息を呑《の》んだ。

エドゥアールと成宮がキスをしている。

とっさに目の迷いかと思い、両目を瞬《また》かせた。が、何度パチパチしても視線の先の映像に変化はない。

エドゥアールが成宮の両腕《りょううで》を摑み、その身を自分に引き寄せるようにして唇を奪《うば》っている。はじめのうち成宮は抗《あらが》っているようだったが、エドゥアールがしっかりと両手を拘束《こうそく》し、逃《のが》さずにいると、その抵抗《ていこう》も次第《しだい》に弱くなり……やがてくったりと大人しくなった。白皙《はくせき》がうっすら赤らみを帯びていき、今はむしろ積極的にエドゥアールのくちづけに応《こた》えているように見えた。

（エドゥアールと成宮さんが……キス？）

予想だにしなかった事態にフリーズし、息を詰めていたルカの口から、「……う、そ……」と声が零れる。直後、耳許《みみもと》に「しっ」という囁《ささや》きが落ちた。

腕を摑まれて、くるりと身を返される。レンズ越しに青灰色の瞳《ひとみ》と目が合った。

「マクシ……」

マクシミリアンが唇《くちびる》の前に指を立てる。そのジェスチャーに、あわてて喉を締《し》めた。

「……こちらへ」

ひそめた声のマクシミリアンに誘導《ゆうどう》されるがままに急いで階段を下り、踊り場を通過する。

折り返してすぐの手摺の陰《かげ》に身を隠《かく》し、息をひそめて、二階の階段の前をエドゥアールが通り過ぎるのを待った。

マクシミリアンの傍《かたわ》らでドキドキしていると、ほどなく二階のどこかでドアが閉まる音が聞こえる。エドゥアールが自分の部屋に戻《もど》ったのだろう。

続けて、さっきよりは近くでバタンとドアが閉まる。

エドゥアールが部屋に入るのを見届けて、成宮がドアを閉めた音？

その開閉音を確認《かくにん》した刹那《せつな》、止めていた息が唇からはーっと漏れる。我知らずきつく握《にぎ》り締めていた手のひらは、汗《あせ》でじっとり湿《しめ》っていた。

鼓動《こどう》の速さを意識しながら、傍らのマクシミリアンを見る。マクシミリアンは眉間《みけん》に縦筋を刻んで、何かを考え込むような表情をしていた。

「い、今のって……どういうこと？」

エドゥアールが上司の立場を利用して無理矢理《むりやり》セクハラ、もしくはパワハラ？

でも、最後のほうは成宮だってキスに応えていたし、嫌《いや》なのを我慢《がまん》しているようには見えなかった。

「あのふたり……恋人《こいびと》としてつき合っているの？」

「……そうですね」

まだ思念に囚《とら》われているような面持《おもも》ちで、マクシミリアンが相槌《あいづち》を打つ。

「エドゥアール様がプライベートに部下を同行するのは大変にめずらしいことですし、おふたりがご一緒《いっしょ》の様子を拝見して、成宮氏との絆《きずな》はとても強いものだと感じておりましたが……やはり特別な御方《おかた》だったということでしょう」

マクシミリアンの肯定《こうてい》の言葉を耳に、改めて事の重大さが胸に迫ってきた。

エドゥアールに同性の恋人がいる。

その事実が今後、自分たち兄弟とマクシミリアンにどういった影響《えいきょう》を及ぼすのか、はっきりとはわからなかったけれど。

朧気《おぼろげ》な不安を募《つの》らせたルカは、マクシミリアンに縋《すが》るように尋《たず》ねた。

「ど、どうしよう？」

マクシミリアンが眼鏡《めがね》のブリッジに指をかけ、くいっと持ち上げる。鋭《するど》い眼差《まなざ》しでルカを射《い》貫《ぬ》いた。

「ルカ様。今ご覧になったことは誰《だれ》にも話してはいけません」

「う、うん」

「よろしいですね？」

怖いくらいに真剣《しんけん》な表情で念を押され、ルカはこっくりとうなずいた。

思いがけず知ってしまった次兄の秘密。

マクシミリアンの言う「誰にも」の中でも、とりわけレオナルドと父には絶対に話してはいけないことはわかる。

（た、大変なことになっちゃった）

ルカの口の中はいつの間にかカラカラに渇《かわ》いていた。

第七章

翌日の朝、瑛はひさしぶりに自分の寝室《しんしつ》のベッドで目覚めた。

パレルモの別邸《べってい》であれ【パラッツォ・ロッセリーニ】であれ、普段《ふだん》はレオのベッドで眠《ねむ》りにつくのが常なので、自室で、何よりひとりで目覚めるのは不思議な気分だった。

昨夜はあまり眠れなかった。

傍らにいつもの温《ぬく》もりがないせいか、ひとりで眠るには広すぎるベッドを持て余してか……。

体はくたくたのはずなのに、横になってからもいっかな睡魔《すいま》は訪《おとず》れず、数え切れないほど何度も寝返《ねがえ》りを打った。痺《しび》れを切らして枕元《まくらもと》のライトをつけて本を読み始めたが、そうすると却《かえ》って頭が冴《さ》えてしまい、これは逆効果だと読書は断念した。

最後の手段とばかりにベッドから起き出し、秘蔵のワインで寝酒《ねざけ》をして、漸《よう》く三時過ぎに眠りについたのだが――その後もやたらとリアルな夢を立て続けに見てしまい、自分でも夢からつつか判然としないままにさっき目が覚めた。

「…………」

まるで疲《つか》れの取れていない体を横たえ、繊細《せんさい》な刺繍《ししゅう》が施《ほどこ》された天蓋《てんがい》をぼんやりと見上げる。

眠れなかったのはたぶん、独《ひと》り寝《ね》のせいだけじゃない。

神経がいつになく昂《たか》ぶっていたからだ。

客人を【パラッツォ・ロッセリーニ】に迎《むか》えるだけでもそれなりに緊張《きんちょう》していたのに、到着から一息を入れる間もなくレオがエドゥアールに自分たちのことを告白した。

エドゥアールは驚きつつもひとまず自分たちを認めてくれたが、その後ディナーには成宮と共に欠席した。

その意味を推《お》し量り、不安を募らせていたところに、思いがけず厩舎《きゅうしゃ》でルカとマクシミリアンが抱《だ》き合う姿を見てしまい――。

(あれは……本当に驚いた……)

ルカとマクシミリアンが愛し合っている恋人同士であること。

偶然《ぐうぜん》に知ってしまった事実はあまりに衝撃的だった。

とてもじゃないがレオには打ち明けられず、重い秘密を胸にしまって自室に引き上げたのだが、眠りにつく寸前まで脳裏《のうり》にふたりの抱き合う姿がちらついていた。

バスを使っても頭を離れず、ベッドに入ってからも消えず、ついには夢の中にまでふたりが出てきたくらいだ。

昨夜からもう何度目かわからない抱擁《ほうよう》シーンを今また思い起こして、無意識にも表情が険しくなり――眉間《みけん》に皺《しわ》が寄っていることに気がついた瑛は、両手で顔を挟《はさ》んでぱんっと叩《たた》いた。

ルカもマクシミリアンも明明後日《しあさって》まで【パラッツォ・ロッセリーニ】に滞在《たいざい》する。その間、顔を合わせ続けなければならないのだ。

あのふたりに、自分が知っていることを覚《さと》られてはならない。

もちろんレオにも、何かあったと覚られるわけにはいかない。

「……よし！」

もう一度頬《ほお》を叩くことでまとわりつくような眠気《ねむけ》を払《はら》い、気合いを入れ直した瑛は、デュベを剝《は》いでベッドから起き上がった。

顔を洗い、身支度《みじたく》を整えて部屋を出る。

邸内《ていない》はすでに日の出と共に起き出したスタッフが忙《いそが》しく立ち働いていた。

『おはようございます、アキラ様』

廊下《ろうか》ですれ違《ちが》ったハウスメイドに『おはよう』と挨拶《あいさつ》を返して、レオの部屋へ急ぐ。二枚扉《とびら》の前に立ち、ノックをした。

「レオ、俺だ」

声をかけ、自分でドアを開けるより早く、中からダンテが開けてくれる。今朝も一分の隙《すき》もない出《い》で立ちの執事《しつじ》が、瑛を見てにっこりと微笑《ほほえ》み、恭《うやうや》しく一揖《いちゆう》した。

「おはようございます、アキラ様」

「おはよう、ダンテ」

「昨夜はよくお休みになれましたか？」

「……ああ……うん……」

瞬時《しゅんじ》に取り繕《つくろ》えずにいると、ダンテの顔がかすかに翳《かげ》る。

「いささか顔色が優《すぐ》れないようでございますが」

「そう？」

そんなやりとりの最中、寝室からウェストコート姿のレオが出てきた。シャツの袖口《そでぐち》のカフリンクスを留めながら、瑛を見て「おはよう」と挨拶してくる。

「おはよう」

「昨夜はよく眠れたか？」

ダンテと同じ質問をされ、そんなに顔色が悪いのかと焦《あせ》った。

「うん……まぁまぁ」

そこまで顔に出ているのに、さすがにぐっすり眠れたと嘘《うそ》はつけずにお茶を濁《にご》す。

レオは一瞬《いっしゅん》、何か言いたげな表情を浮《う》かべたが、ダンテが背後で「お召《め》し物を」と上着を広げたので、黙《だま》って袖《そで》を通した。ジャケットを着込み、前立てのボタンを嵌《は》めてから、瑛を振《ふ》り返る。

「下に降りよう。そろそろみんな集まっているはずだ」

みんな——という単語にドキッと心臓が跳《は》ねた。

昨日の告白以来のエドゥアールとの顔合わせも緊張するが、問題はルカとマクシミリアンだ。

特に何事にも敏《さと》そうなマクシミリアンに、昨夜密《ひそ》かに自分が厩舎に居合わせたことを覚られないようにしなければ。

自戒《じかい》しつつ、レオと一緒《いっしょ》に一階へ降りる。

食堂にはすでに四人のメンバーが揃《そろ》っていた。

テーブルにつくエドゥアールと成宮の顔を見て、傍《かたわ》らのレオが内心でほっとしているのがわかる。レオも昨日から引き続き、ふたりのディナー欠席が心に引っかかっていたのだろう。

「おはよう、レオナルド兄さん、瑛さん」

マクシミリアンの隣《となり》に着席したルカに声をかけられ、瑛はできるだけ自然な笑顔《えがお》を作って「おはよう」と返した。

「ルカ、よく眠れたか？」

レオの問いかけにルカが「うん、ぐっすり」と答える。

「ベッドに入ってすぐ寝ちゃった。自分で思ってたより疲れていたのかも」

「そうか。マクシミリアンはどうだった？」

「おかげさまでゆっくりさせていただきました」

「エドゥアールはどうだ？　昨夜のディナーには顔を見せなかったが」

「すまない。ふたりとも移動で疲れてしまったので遠慮《えんりょ》させてもらった」

そう謝ったエドゥアールが、口許《くちもと》に笑みを浮かべた。

「だがもう今朝は大丈夫《だいじょうぶ》だ」

「ご心配をおかけして申し訳ございません」

成宮が律儀《りちぎ》に頭《こうべ》を垂れて謝罪する。

「いや……復調したならいいんだ。みんな、よく休めたようでよかった」

主人らしく鷹揚《おうよう》にうなずき、レオが正面の定席《じょうせき》に着席した。瑛もダンテに椅子《いす》を引かれ、自分の席に腰《こし》を下ろす。

すぐにカプチーノと搾《しぼ》りたてのブラッドオレンジジュースがサーヴされ、朝にしてはボリューミーな料理が次々と運ばれてくる。

昨夜もあまり食べていないし、どの皿も目には美味《お》しそうに映ったが、どうしても食が進まない。

眠っていないせいなのか、はたまた昨夜の寝酒がまだ残っているのか、胃が重かった。

(このままじゃ変に思われる)

焦燥《しょうそう》に駆《か》られた瑛がいたずらにボイルソーセージをナイフで切り刻んでいると、案の定レオに見咎《みとが》められてしまった。

「どうした？　食が進んでいないな。調子が悪いのか？」

あわてて「別に……大丈夫だ」と首を横に振る。他《ほか》の四人の注目を浴びたくなかったのだが、恋人《こいびと》の追及《ついきゅう》の矛先《ほこさき》は収まらなかった。

「昨夜厩舎に行ってからどうも様子がおかしいぞ」

「……っ」

レオが発した台詞《せりふ》に心臓が止まりそうになった。ドクンッと鼓動《こどう》が大きく跳ねる。

「夜風に当たって風邪《かぜ》を引いたんじゃないのか？」

「あ……いや……違《ちが》……」

顔を引きつらせながら否定しかけた言葉を、すべて口にする前に遮《さえぎ》られた。

「厩舎に行かれたのですか？」

質問の主を顧《かえり》みて、ただでさえ煩《うるさ》かった心臓がいよいよ慌《あわ》ただしくなる。

冬の湖面のようにクールな青灰色《ブルーグレイ》の瞳《ひとみ》が、まっすぐ自分を見つめていた。

（マクシミリアン……！）

鼓動が一層乱れ、こめかみがじわっと熱くなる。

脳の中の思考まで見通すような鋭《するど》い眼差《まなざ》しに耐《た》えきれず、答えを待つ男から、瑛は目を逸《そ》らした。

「でも、すぐ戻《もど》ったから……」

弱々しくつぶやいて、苦し紛《まぎ》れにレオに視線を戻す。

「風邪じゃないよ。ただ、このところ胃の調子がいまいちで」

するとレオが片眉《かたまゆ》を持ち上げた。

「ならば胃薬を飲んだほうがいい。——ルカ、おまえもだぞ」

「えっ？」

びくっと肩《かた》を揺《ゆ》らしたルカが顔を振り上げ、動揺《どうよう》した声を出す。

「な、なんで？」

「おまえも全然食べてないじゃないか」

そう言われてみれば、たしかにルカの皿もまったく料理が減っていなかった。自分とどっこいどっこいだ。

一同の注視を浴びたルカがカッと頬を赤らめ、「い、いつも朝はこんなに食べないから」と言い訳した。

「せっかく料理長が早起きして腕《うで》を振るったんだ。できるだけ食べてやれ」

「う、うん……」

兄の言葉にうなずいてみせたものの、ルカの皿はその後も著《いちじる》しい進捗《しんちょく》を見せず——瑛もついにこれ以上は切り刻めないと諦《あきら》めて、皿を下げてもらった。

乏《とぼ》しい食欲《しょくよく》に比例して会話も弾《はず》まず、なんとなくぎくしゃくとした空気の中、せっかく六人が揃った朝食も今ひとつ盛り上がらないままに終了《しゅうりょう》する。

「俺はこれから支度をして、ルカとエドゥアールと、エルザ伯母《おば》のところへ向かう」

食堂を出て、共に二階に上がり、瑛の部屋の前でレオがそう言った。

「戻りは三時過ぎの予定だ。留守の間、屋敷《やしき》を頼《たの》む」

「わかった」

瑛が請《う》け合うと、レオがすっと右手を伸《の》ばして髪《かみ》に触《ふ》れてきた。

「……ちゃんと薬を飲めよ」

心配そうな顔つきに胸がちくっと痛む。

「うん。ごめん、心配かけて。おまえも気をつけて行ってきてくれ」

レオと別れた瑛は自分の部屋に入った。後ろ手に閉めた扉《とびら》に背中を凭《もた》せかけて、ふーっと息を吐《は》く。

つくづく自分は隠《かく》し事に向いていない。

とりわけ相手がレオだと、日頃《ひごろ》は秘密の一切《いっさい》ない間柄《あいだがら》であるが故《ゆえ》に罪悪感が大きくて……。

明日にはドン・カルロも到着《とうちゃく》するというのに、こんなことでは先が思いやられる。

(しっかりしろ。このままじゃ早晩レオに何かあったと気づかれる)

ルカの恋《こい》を護《まも》るためだ。

レオに隠し事も仕方がないんだ。

自分に活を入れていると、足許《あしもと》でカサッと音がした。ん？　と下を向き、右足と左足の間に白い紙のようなものを認める。

(……なんだ？)

体を反転して身を屈《かが》め、扉の下から差し込まれたその紙を引き抜《ぬ》いた。紙だと思ったものは、白い定形の封筒《ふうとう》だった。

封筒を手に扉を開き、廊下《ろうか》を覗《のぞ》いたが、すでに人影《ひとかげ》はなくシンと静まり返っている。

「…………」

眉をひそめて扉を閉めた瑛は、急いで封筒を開封し、四つ折りの便せんを開いた。英語の直筆で書かれた文面を読む。

【前略。突然《とつぜん》に不躾《ぶしつけ》なお願いで恐縮《きょうしゅく》です。折り入って瑛様にご相談したい件がございますので、可能であれば本日十一時に書庫までご足労いただけませんでしょうか】

無理なようでしたらお手数ですがその旨《むね》をお知らせください――という文面が続き、

【なお、この手紙につきまして、レオナルド様には何卒《なにとぞ》ご内密にお願い申し上げます】

という一文で締《し》め括《くく》られ、最後に名前がしたためられている。

そのサインを読み解き、瑛は小さく声をあげた。

「マクシミリアン⁉」

手紙はマクシミリアンからだった。

朝食の席での、本心を探《さぐ》るような怜悧《れいり》な眼差しを思い出す。

（……気取られたか）

まさに目から鼻へ抜けるがごとく敏《さと》い男だ。レオの発言から昨夜の事の顛末《てんまつ》を推測し、自分があの場に居合わせたとの結論を導き出したのかもしれない。

ルカが外出している間に、話をつけてしまおうという腹か。

口止めされるまでもなく他言するつもりなど毛頭ないが、こうなったら直接に会って、こちらの真意を伝えるしかない。

むしろこれでマクシミリアンに隠す必要がなくなるのは、瑛としては有り難《がた》かった。


兄弟たちが伯母の家を訪問するために車で出かけたあと、約束の十一時に、瑛はマクシミリアンに指定された一階の書庫へ出向いた。

ノックしてほどなく「どうぞ」といらえが返る。ドアを開けて、書架《しょか》に囲まれた室内に足を踏《ふ》み入れた瑛は、約束していた人物ではなく、意外な人物の姿を視界に捉《とら》えて肩を揺らした。

思わずその場に立ち尽《つ》くし、両目を瞠《みは》る。

「成宮……さん？」

部屋の中程《なかほど》のソファに腰《こし》掛《か》けていた成宮も立ち上がり、「瑛様」とつぶやいた。こちらもやはり、瑛の登場を知らされていなかった顔つきだ。

マクシミリアンに呼び出されたのに、なんで成宮が？

疑問が湧《わ》き上がったが、いつまでも立ち尽くしているわけにもいかない。

気を取り直して歩を進めた瑛は、成宮の少し前で足を止めた。白いうりざね形の貌《かお》を見つめて尋《たず》ねる。

「どうしてここに?」

「マクシミリアンさんに、十一時にこちらに出向くようにとお手紙をいただきました」

「俺と同じだ」

ふたりで顔を見合わせていると、書架とは反対側の壁《かべ》の内扉が開き、マクシミリアンが現れる。

三《み》つ揃《ぞろ》いのスーツにシルバーフレームの眼鏡《めがね》がトレードマークの、見るからに切れ者然とした男が、ふたりに向かって一礼した。

「瑛様、成宮さん、わざわざご足労いただきまして恐縮です。突然お呼び立てしてしまい、申し訳ございません。タイミングとしては、ご兄弟が伯母上を訪ねていらっしゃる今しかないと判断いたしまして、不躾なお願いをしてしまいました」

「マクシミリアン、一体これはどういうことだ」

瑛の困惑《こんわく》の声にうなずいたマクシミリアンが、「お話が長くなるかもしれませんので、おかけください」と促《うなが》してくる。

仕方なく、瑛は勧《すす》められたソファに腰《こし》を下ろした。ひとり分のスペースを置いて、成宮も瑛の横に腰掛ける。ローテーブルを挟《はさ》んでふたりと向き合う形で、マクシミリアンは肘掛《ひじか》け椅子《いす》に座した。

三者会談の場が整うなり、瑛は気が急《せ》くままに「それで？」と切り出す。

「なんで俺と成宮さんを呼び出したんだ？」

「ロッセリーニ家の方々のお耳に届かない場所で、折り入っておふたりにお話ししたい件があったからです」

ちらっと隣《となり》を窺《うかが》うと、成宮も神妙《しんみょう》な面持《おもも》ちでマクシミリアンの話に聞き入っている。

「彼らには内緒《ないしょ》の話ということか？」

「そうです」

肯定《こうてい》され、こくりと喉《のど》を鳴らした。

どうやら推測どおりの用件のようだ。

覚悟《かくご》を決めた瑛は「その話とは？」と問いを重ねた。

膝《ひざ》の上でゆるく手を組み、やや前のめりになったマクシミリアンが、瑛の顔をひたと見据《みす》えて尋ねてくる。

「瑛様、昨夜厩舎で何かご覧《らん》になったのではありませんか？」

ストレートな質問に、瑛は逡巡《しゅんじゅん》しつつもうなずいた。

「……見た」

刹那《せつな》、ほんのわずかに眉《まゆ》を蠢《うごめ》かせたマクシミリアンが、内心の動揺を押さえ込むかのように膝の上の手に力を入れる。

「やはり……ご覧になったのですね」

嚙《か》み締めるようなつぶやきを受け、瑛は首肯《しゅこう》した。

「ナターレの様子を見に廐舎に行ったら……きみとルカが……」

成宮の手前、最後まで言うのは憚《はばか》られ、途中《とちゅう》で言葉を吞《の》み込む。だがどうしても気持ちが収まらずに言を継《つ》いだ。

「その……きみたちは……そう、なのか？」

遠慮《えんりょ》がちな瑛の問いかけには答えず、マクシミリアンが「その前に私のほうも確認《かくにん》したいことがございます」と言った。

「瑛様とレオナルド様のことです」

「……っ」

その切り返しは予想外で、上擦《うわず》った声が零《こぼ》れる。

「お、俺とレオ？」

「おふたりは恋仲《こいなか》でいらっしゃるのではございませんか？」

容赦《ようしゃ》なく斬《き》り込まれて、うっと息を吞んだ。

マクシミリアンの追及《ついきゅう》の眼差《まなざ》しを受け止めながらしばしの間、言い逃《のが》れの算段を頭の中で模《も》索《さく》した結果、瑛はその算段を放棄《ほうき》した。

この敏《さと》い男にはとても隠《かく》し通せないと思ったからだ。

自分とは役者が違《ちが》う。

「どうして……わかった？」

肯定と同義の問いかけに、マクシミリアンが視線を和《やわ》らげる。

「私は仕事でレオナルド様の補佐《ほさ》をしておりますので、かねてより幾度《いくど》か、おふたりの仲に関してもしかしたら……と感じる機会がございました。何よりレオナルド様は瑛様と生活を共にされてからお変わりになった。――お顔つきがやさしくなり、雰囲気《ふんいき》が穏《おだ》やかになられた。また、瑛様を見つめる眼差しが慈《いつく》しみに満ちていらっしゃいます」

「……………」

落ち着いた低音で理路整然と説明されて、顔がじわじわと熱くなった。

外から見てそんなにわかりやすかったのかと羞恥《しゅうち》が込み上げる。

「とはいえ私の個人的な印象であり、確信はございませんでした。ご本人に確認させていただいたのはそのためです」

「……………」

「成宮さんは、さほど驚《おどろ》かれていらっしゃらないようですね」

マクシミリアンのつぶやきに促《うなが》され、瑛は成宮を見た。たしかにその白皙《はくせき》には、目に見えるような動揺《どうよう》はない。

「俺たちのこと、知っていたんですか？」

成宮が躊躇《ためら》いがちに、「はい」と答えた。

「……エドゥアール様から伺《うかが》っておりました」

やはり成宮はエドゥアールから聞いていたのだ。

それはとりもなおさず、エドゥアールの成宮に対する信頼《しんらい》の証《あかし》でもある。

「昨日、レオがエドゥアールに話したんだ。いつかは弟たちに真実を打ち明けなければならないという話は、以前からふたりでしていて……。ルカにはまだ早いから、まずはエドゥアールにと」

瑛の補足に、マクシミリアンが「そうですか」と相槌《あいづち》を打った。少しの間、同病相憐《あいあわ》れむような眼差しで成宮の顔を見つめてから、おもむろに口を開く。

「昨夜十一時頃《ごろ》、成宮さんとエドゥアール様を二階の廊下《ろうか》で拝見しました。私とルカ様が大階段を使っていたのがちょうどエドゥアール様が成宮さんのお部屋を辞すタイミングと重なり、おふたりで廊下に出てこられたのです」

説明が進むにつれて成宮の顔がみるみる青ざめた。ひとり事情が呑み込めない瑛の視線の先で、成宮の痩身《そうしん》が小刻みに震《ふる》え始める。

「成宮さん？　大丈夫《だいじょうぶ》ですか？　顔色が……」

どういうことだ？　とマクシミリアンを振《ふ》り返ると、男はゆるく頭《かぶり》を振って眼鏡のブリッジを押し上げた。レンズの奥の青灰色《ブルーグレイ》の瞳《ひとみ》が鈍《にぶ》く光る。

「つまるところ、私たちは同じ事情を抱《かか》えているのです」

「同じ事情？」

「今更《いまさら》隠《かく》し立てしたところでなんの意味もありません。率直《そっちょく》に申し上げましょう。私はルカ様をこの世の誰《だれ》よりも大切に想《おも》っています。その気持ちはすでに主従の枠《わく》を越《こ》えております。同じように瑛様はレオナルド様を、成宮さんはエドゥアール様を誰よりも大切に想っていらっしゃる……その想いは親愛の情や尊敬を凌《しの》ぐ——生々しくも熱い感情であるはずです」

数秒、マクシミリアンの言葉の意味を咀嚼《そしゃく》するための沈黙《ちんもく》が横たわる。——そして。

「成宮さんとエドゥアールが⁉」

「ルカ様とあなたが⁉」

瑛と成宮が叫《さけ》んだのはほぼ同時だった。

（そ、そんなことってあるのか？）

にわかには信じられずに瑛は思わず成宮に詰《つ》め寄り、「本当にエドゥアールと？」と訊《き》いた。

「……申し訳ございません」

消え入りそうな声で謝罪した成宮が項垂《うなだ》れる。伏《ふ》せた長いまつげが震えているのを見て、瑛は我に返った。

「いや……謝る必要はありません。それを言ったら俺だって同罪だ」

「そうですね。我々は同じ罪を背負った者同士とも言えます」

マクシミリアンの冷静な声に、その場がシンと静まり返る。

(――そうだ)

軽い興奮状態が過ぎた先には、重い現実が立ち塞《ふさ》がっていた。

マクシミリアンとルカ、成宮とエドゥアール、そして自分とレオ。

ロッセリーニ家の三兄弟がすべて同性の恋人《こいびと》を持っているという衝撃《しょうげき》の事実。

しかも、一時的な気の迷いや戯《たわむ》れでないことは、ルカとエドゥアールが選んだ相手を見れば一目瞭然《いちもくりょうぜん》だ。

彼らは本気だ。

自分とレオが生涯《しょうがい》をかけて添《そ》い遂《と》げる覚悟であるように、彼らもまた互《たが》いを人生の伴侶《はんりょ》と思い定めているのだろう。

しかしそれはすなわち、ロッセリーニ家の存亡の危機を意味する――。

「……どうしよう……」

瑛の口から低い呻《うめ》き声が漏れた。

自分たちが生《な》さずとも、いずれはふたりいる弟のどちらか、あるいは両方が跡継《あとつ》ぎを作ってくれるなどと、どこかで他力本願だった己《おのれ》に臍《ほぞ》を噛む。

とんでもなく甘かった。

「あの……ドン・カルロにはごきょうだいは？」

瑛よりはわずかに早く気持ちを立て直したらしい成宮の質問に、マクシミリアンが答える。

「姉君がおひとりと弟君と妹君がそれぞれいらっしゃいます」

「その方たちにお子様は？」

「姉君のエルザ様にはお子様がいらっしゃいません。妹君はスペインに嫁《とつ》がれ、男のお子様がひとりいらっしゃいます。弟君は早くに亡《な》くなっております。やはり男のお子様がいらっしゃいましたが……マリオ様は現在アメリカにいらっしゃるはずです」

「はず……というのは？」

不思議そうな成宮に、マクシミリアンが複雑な表情を浮《う》かべた。

「行方《ゆくえ》がわからないのです。レオナルド様を襲撃《しゅうげき》した件でファミリーを破門され、シチリアを追われましたので」

マリオの件は、瑛にとっても大きな事件だった。自分を助けるために、レオはマリオに撃《う》たれて全治一ヶ月の怪我《けが》を負った。結果的にはその事件がきっかけとなって、お互いの想いを確認し合うことができたのだが。

「妹君の息子《むすこ》さんは？」

雲行きの怪《あや》しさを感じつつも藁《わら》にも縋《すが》る思いなのだろう、成宮が食い下がる。

「カルロス様はバルセロナでシェフをなさっておいでです。とても才能のある方でお人柄《ひとがら》も素晴《すば》らしいですが、リストランテを統括《とうかつ》なさっておられますので、シチリアに住まわれてロッセリーニ家を継ぐのは困難《こんなん》かと思われます」

「その方のお子様に継いでいただくという可能性はありませんか？」

「それは……期待なさらないほうが賢明《けんめい》かと」

「どうしてですか？」

「カルロス様はゲイであることをカミングアウトされております」

成宮が嘆息《たんそく》を呑《の》み込むのがわかった。その顔がみるみる陰《かげ》り、やがて失望も露《あら》わな声で「そうですか」とつぶやく。

従兄弟《いとこ》にまで枠《わく》を拡《ひろ》げてみても、継承者《けいしょう》の目処《めど》はつかなかった。

まさに八方塞《はっぽうふさ》がり。手の打ちようがない。

先程《さきほど》よりもいっそう重苦しい空気が書庫に横たわる。

「このままでは……ロッセリーニ家はいずれ滅亡《めつぼう》する……」

瑛が喉《のど》の奥から悲痛な声を絞《しぼ》り出すと、マクシミリアンが冷ややかな眼差《まなざ》しを向けてきた。

「だからと言ってレオナルド様と別れることはできますか？」

厳しい声音《こわね》で問い質《ただ》され、ただちに首を横に振った。

「できない」

それはできない。

たとえロッセリーニ家が自分たちのせいで途絶《とだ》えるのだとしても。

「成宮さんはいかがですか」

続けてマクシミリアンに問われた成宮が、きゅっと唇《くちびる》を噛《か》み、だが次の瞬間《しゅんかん》にはまっすぐマクシミリアンを見つめ返した。意外なほどはっきりとした声で言う。

「私もできません」

たおやかな外見の下に潜《ひそ》む、彼の芯《しん》の強さを窺《うかが》わせる声だった。

「私も身を引くつもりはありません」

最後に、マクシミリアンが自らの意志を表明する。

「少なくとも、今ここに集《つど》う三名の意思統一ははかれましたね。お互いの大切な人と、その関係を護《まも》るという点において、私たちは運命共同体だということです」

彼のまとめに、瑛と成宮は大きくうなずいた。

「様々な偶然《ぐうぜん》が重なってこういった事態になりましたが、三名で秘密を共有できたのはよかったのかもしれません。それぞれが抱える事情については私たちの胸に秘《ひ》め、ロッセリーニ家の御《お》三方には知られないようにいたしましょう。特にレオナルド様は、真実を知れば誰よりも深く苦しまれる。瑛様にはご心労をおかけしますが、決して覚《さと》られることなきよう心してください」

「わかった」

「今後については追って協議を重ねることとして……ひとまずは、ドン・カルロを含《ふく》めたご家族が【パラッツォ・ロッセリーニ】に集《つど》う明日が山場です。三名で協力し合い、目前の危機を乗り切りましょう」

第八章

驚《おどろ》いた。

三者会談が行われた書庫から自分の部屋に戻《もど》った礼人は、主室のソファにふらふらとした足取りで近づき、糸が切れた操《あやつ》り人形よろしく座面にすとんと腰《こし》を下ろした。

なんだかまだ頭が混乱している……。

しかし、動揺《どうよう》が激しいのは自分だけではないはずだ。書庫から二階の廊下《ろうか》まで一緒《いっしょ》だった瑛も、終始心ここにあらずといった顔つきをしていた。

「では……こちらで失礼いたします」

「ああ……またのちほど」

大階段を上がりきった小ホールで別れたあと、瑛の後ろ姿をしばし見送ったのだが、どことなくその足取りも不確かだった。

それも当然だ。自分たちが受けたのは、並大抵《なみたいてい》の衝撃《しょうげき》じゃなかった。

礼人自身これまでに、両親を死に至らしめた事故、親代わりだった先代の死、カーサの突然《とつぜん》の買収劇、先代の息子の使い込み発覚や彼の解雇《かいこ》など、数々のトラブルやアクシデントを経験してきた。

今振《ふ》り返っても、平穏《へいおん》無事とは言い難《がた》い人生だった。

だがある意味今回の打撃《だげき》の大きさは過去のそれらをも上回る。

まさかこんなことが起きるなんて想像もしなかった。

エドゥアールを通してレオナルドと瑛の関係を知り、それだけでも充分《じゅうぶん》に驚いていたのに。

自分たちのキスシーンをルカとマクシミリアンに見られており、しかもそのふたりが実は恋《こい》人同士《びと》だったなんて……。

──つまるところ、私たちは同じ事情を抱《かか》えているのです。

──我々は同じ罪を背負った者同士とも言えます。

マクシミリアンの冷静な声が頭に去来して……離《はな》れない。

(同じ罪……罪……)

たしかに、故意にそうしたわけでないにせよ、結果としてロッセリーニ家を存亡の危機に晒《さら》していることを思えば、自分たちは一様に罪深い。

ドン・カルロやファミリーの者たちにしてみれば、許し難い裏切り行為《こうい》だろう。

──このままでは……ロッセリーニ家はいずれ滅亡《めつぼう》する……。

瑛の悲痛なつぶやきが蘇《よみがえ》ってきて、じわじわと気分が暗くなる。連動するように胃がしくしくと痛み始めた。

自分たちのせいで、ロッセリーニ家の血筋が絶える。

無論世界にはロッセリーニ家よりもはるかに長く続く名門が数多《あまた》存在するだろうが、シチリアはファミリーの結束が強い土地柄《とちがら》だ。

ぶどうやオリーブ、オレンジの生産を通してロッセリーニ家と長期の繋《つな》がりを持ってきた地元住民にとって、地主である一族の断絶が大きな損失であることは間違《まちが》いない。失望する者も多いはずだ。

また、グローバル企業《きぎょう》へと発展したロッセリーニ・グループの跡継《あとつ》ぎの問題もある。

こちらは親族以外に継《つ》がせるという選択肢《せんたくし》があるとはいえ、創業以来創始者の直系が代々トップの座を担《にな》ってきたことを思えば、後継者《こうけいしゃ》選びに際してある程度の混乱は避《さ》けられないだろう。

下手をすれば、次期総帥《そうすい》の座を巡《めぐ》り、グループ内で争いが起こる可能性もある。その内部分《ぶん》裂《れつ》によってグループ本体の屋台骨が揺《ゆ》らぐ危険性も無きにしも非《あら》ずだ。

さらには、マフィアとしてのロッセリーニ・ファミリーのカポの座を誰《だれ》が継ぐのかという問題もある。

ロッセリーニ家当主が複数の任を負っているからこそ、跡継ぎ不在の影響《えいきょう》は各方面に及《およ》ぶ。

昨日、レオナルドの告白の内容をエドゥアールから知らされて以降、ロッセリーニ家の行く末に対して切実な憂慮《ゆうりょ》を抱《いだ》いていたが、いよいよもって追《つ》い詰められた気分で、礼人はソファの背に後頭部を預けた。

こうなった以上はもはや、第三者的なポジションから眺《なが》めることは許されない。自分とエドゥアールも当事者であり、同じ罪に荷担《かたん》する共犯者なのだ。マクシミリアンの弁を借りるならば「運命共同体」。

それでもまだ……自分たちはマシなのだろう。

現当主で長男のレオナルドと、彼と恋仲《こいなか》である瑛のプレッシャーはいかほどであろうかと、彼らの心中を思えば胸がひりひりと痛む。

もし自分が瑛の立場だったら？

自分がいなくなればすべて丸く収まるのだからと身を引く？

自問する脳裏《のうり》にふと、瑛に対するマクシミリアンの問いかけが浮《う》かんだ。

──だからと言ってレオナルド様と別れることはできますか？

──できない。

苦悩《くのう》をその顔に宿しつつも即答《そくとう》していた瑛。おそらく、この件に関しての自問自答は彼の中ですでに何十回と繰《く》り返されていたはずだ。

──成宮さんはいかがですか。

そう振られた自分も、気がつけば答えていた。

──私もできません。

自分たちに決意を促《うなが》したマクシミリアンにしても、表面上は冷静を装っていたが、その胸の内は瑛に負けず劣《おと》らず苦しいはずだ。

彼は、本来は死守すべき主従の一線を越《こ》えて、ルカと愛し合っている。

それは、自分を信用して溺愛《できあい》する三男を託《たく》したドン・カルロの期待を裏切り、レオナルドやエドゥアールの信任に背を向けるということ。

忠誠心の塊《かたまり》のような男だ。孤児《こじ》であったのをドン・カルロに引き取られ、高等教育を受けさせてもらったのだと聞く。

その彼が人並以上に強い自制心をねじ伏《ふ》せ、胸の奥深くに封じ込めていた熱い激情を解き放ち、ルカと結ばれるまでには、相当な葛藤《かっとう》があったに違《ちが》いない。

時に悩《なや》み、時に自分を責め、時に足掻《あが》き、様々なものを乗り越えて、紆余曲折《うよきょくせつ》の末に。

――私も身を引くつもりはありません。

あの宣言にまで辿《たど》り着いた。

自分も仕事上ではエドゥアールと部下と上司という間柄《あいだがら》なので、マクシミリアンの心情にシンクロする部分がある。

同性同士であることに加えてタブーを二重に犯《おか》しているような強い罪悪感。

――それぞれが抱える事情については私たちの胸に秘《ひ》め、ロッセリーニ家の御《お》三方には知られないようにいたしましょう。

（……そうだ）

この件に関しては何がなんでもエドゥアールに知られてはならない。

レオナルドの件だけでも少なからずショックを受けているのだ。追い打ちをかけるようにルカの秘密を知ったら、エドゥアールは大打撃を受ける。

マクシミリアンを選んだルカの選択《せんたく》は、一時的な気の迷いでも、保護者への親愛の情を取り違えたものでもないと自分は思う。仮にそうであったならば、マクシミリアンがルカの気持ちを受け入れるはずがないからだ。

ルカの本気と覚悟《かくご》を知って、マクシミリアンも困難を共に乗り越える決意をした。

だが、それをエドゥアールに理解させるのは難しい。

ことルカに関しては、正常な判断力が鈍《にぶ》ってしまうのは、たぶんレオナルドも同様だ。

ふたりは結束して、無理矢理《むりやり》にでもルカとマクシミリアンの仲を引き裂《さ》こうとするだろう。

もちろんルカは自分たちの恋路《こいじ》の邪魔《じゃま》をする兄たちに猛反発する。最悪の場合は駆《か》け落ちをしかねない。

あの青年には、かわいらしい容姿にそぐわず、こうと決めたら全力で突《つ》っ走る一途《いちず》さ、向こう見ずな強さがある気がする。

それもまたロッセリーニの血なのかもしれないが……。

血の繋がった兄弟が絶縁《ぜつえん》状態になるのは哀《かな》しいことだ。

ルカをかわいがっているからなおのこと、最愛の弟を失う喪失感《そうしつかん》は大きいに違いない。

エドゥアールには、そんな辛《つら》い思いはさせたくない。

そのためにも、絶対にこの秘密は守りきらなければ。


コンコンコン、コンコンコンコン——。

どこかでリズミカルな音がする。

「………ん」

キツツキが樹木を穿《うが》つようなその音に薄目《うすめ》を開けた礼人は、自分がいつの間にかソファのアームに片肘《かたひじ》をついた状態でうたた寝《ね》をしていたことに気がついた。

（……寝ていた、のか？）

眠気《ねむけ》の残滓《ざんし》を振り払《はら》うために、ふるっと頭《かぶり》を振る。

この先について、とつおいつ思案している間に徐々《じょじょ》に意識が遠ざかり……いつしか睡魔《すいま》に引きずり込まれていたらしい。

旅行前にずっと忙《いそが》しかったのに加えて一昨日《おととい》、昨日と、あまり眠《ねむ》れなかったせいもあるかもしれない。

コンコンコン、コンコンコンコン。

（……ノック？）

ふたたび聞こえてきた音が、ドアを叩《たた》く音であると認識《にんしき》した直後。

「アヤト？　いないのか？」

ドアの向こうから届いた呼びかけに、礼人はびくっと身を震《ふる》わせた。

「エドゥアール？」

出かけているはずの恋人《こいびと》の声に半信半疑でひとりごち、あわてて立ち上がる。

「今、参ります」

廊下《ろうか》に向かって声をかけ、急ぎ足で戸口に歩み寄ってドアを開けた。

果たして——そこにはエドゥアールの姿があった。

一瞬《いっしゅん》目を瞠《みは》り、内心で狼狽《うろた》えながらも「お帰りになったのですか？」と尋《たず》ねる。

「ああ、さっき戻《もど》った」

「……そうでしたか。お疲《つか》れ様です」

自分ではほんの十分ほどのうたた寝の感覚だったが、どうやら思いの外ぐっすりと寝入《ねい》ってしまっていたようだ。己《おのれ》のうかつさに臍《ほぞ》を噛《か》みつつエドゥアールを室内へ招き入れた。

「おかけください」

ソファを勧《すす》めると、エドゥアールが腰《こし》を下ろす。

「何かお飲みになりますか？」

そう尋ねてみたが、「いや、いい」という答えだったので、礼人も若干《じゃっかん》のスペースを空けて彼の隣《となり》に腰かけた。

改めて近くで見るエドゥアールは、クリーム色の肌《はだ》にうっすらと疲労《ひろう》の影《かげ》が透《す》けている。顔にまで疲れが出るのは、タフな彼にしてはめずらしいことだ。

エドゥアールも昨夜はよく眠れなかったのだろうか。寝不足なところにもってきて、午前中の早い時間から出かけたせいで、余計に疲れたのかもしれない。

「先方様はお元気でいらっしゃいましたか？」

「ああ……いささか元気過ぎるくらいだったな。私たちの訪問の間中しゃべり通しだった。連れ合いを亡《な》くしてから普段《ふだん》は寂《さび》しい暮らしをしているので、それも致《いた》し方ないが……女性のおしゃべりというものは、どうしてああもとりとめがないのか」

なるほど、それもあって疲労がいや増したのか。ホテリエとして年配女性の相手をする機会の多いエドゥアールが零《こぼ》すほどだから、余程《よほど》だったのだろう。

「ひさしぶりにあなたとルカ様のお顔を見て、嬉《うれ》しかったのではないでしょうか」

礼人の取りなしに、そうかもしれないな、とエドゥアールが肩《かた》を竦《すく》める。

「しかし、私たちよりもレオがしきりと『早く妻を娶《めと》れ。身を固めろ』とせっつかれて大変だった。一刻も早く子供を作ってカルロを安心させてやりなさい、自分の目が黒いうちに一族を受け継《つ》ぐ者を見ておきたいと言って……」

「………」

その要望は、一族の中で最年長者である伯母上《おばうえ》の立場からすれば当然の願いなのだろう。

「レオは慣れたものらしく、『今は仕事が忙しいので追い追い考えます』と受け流していたが
……伯母は納得《なっとく》がいかないようで懇々《こんこん》と長男の心得を諭《さと》していた」

兄の心中を察してか、複雑な表情を浮《う》かべたあとで、エドゥアールが礼人を見た。

「きみのほうは留守の間に何か問題はなかったか？」

ドキッと心臓が跳《は》ねる。

留守の間に三人で密会の場を持ったことは絶対の秘密にしなければならないので、胸の動揺《どうよう》を抑《おさ》え込み、「特にはありませんでした」と答える。

秘密は嘘《うそ》を呼ぶ。

(だが……ルカ様とマクシミリアンさんの恋《こい》を護《まも》るためには仕方がないのだ)

自分に言い聞かせながらも舌の根のあたりに広がる苦い感覚を持て余していると、エドゥアールが「そうか、よかった」とうなずいた。

「きみをひとりにしてしまって悪かったが、これでノルマがひとつ終わった。あとは明日の親《おや》父《じ》の来館を残すのみだ」

「………」

ドン・カルロの来館――マクシミリアンも山場だと言っていた。

こっそり気を引き締《し》める礼人の手を、エドゥアールが不意に取る。至近からアイスブルーの瞳《ひとみ》でじっと見つめられ、ふたたび心臓がトクンと跳ねる。

（まさか……）

何かあったと気がつかれた？

鼓動《こどう》が走り出した時、エドゥアールが口を開いた。

「実はきみを誘《さそ》いに来たんだ」

「誘いに？」

「夕食までの時間、地下の醸造所《カンティーナ》を案内しようかと思ってね」

（……違《ちが》った）

心の中でほっと安堵《あんど》の息を吐《は》く。それと同時に、今後もずっとこんなふうに冷や冷やしなければならないのかと思うと、憂鬱《ゆううつ》になった。愛する人に秘密を持つのは、なんと辛いことだろう。

沈《しず》みそうになる気分を必死に奮い起こし、「醸造所ですか？」と訊《き》き返す。

「そう、うちの地下が醸造所になっている話は以前したと思うが」

「はい。おうかがいしました」

【パラッツォ・ロッセリーニ】の地下で造っているワイン【ROSSO DEL LEONE】と【BIANCO DEL LEONE】は、近年評価が上がって入手困難なのだが、エドゥアールの口利《くちき》きで特別に、カーサのレストランで取り扱《あつか》わせてもらっている。味にうるさいゲストにも評判がよく、インターネットのグルメ系サイトなどでも早速《さっそく》話題に上っているようだ。

「ワインの醸造過程に興味はない？」

「もちろんあります。けれど、皆様《みなさま》のお仕事の邪魔《じゃま》ではありませんか？」

「きみと私が見学するくらい問題ないよ。そうと決まれば早速今から行ってみよう」

立ち上がったエドゥアールに手を引かれ、礼人もソファから腰を上げた。


屋敷《やしき》のもっとも北寄りの棟《とう》の地下に醸造所《カンティーナ》はあった。

エドゥアールに「何か羽織るものを持っていったほうがいい」とアドバイスされ、カシミアのストールを肩にかけてきたのだが正解だった。石の階段を一段降りるごとに体感温度も下がり、辿《たど》り着いた地下室はかなり肌寒《はだざむ》かったからだ。

ごつごつとした石材を積み上げた壁《かべ》やギリシア風の支柱は、足を踏《ふ》み入れた者に中世の城に紛《まぎ》れ込んだような錯覚《さっかく》を誘《いざな》う。

立ち並ぶ支柱の奥には、円柱形のステンレスタンクが五つ設置されているのが見えた。近づけば見上げるような高さがあり、回転式のハンドルと圧力計、温度計がついている。

タンクの周辺では醸造所のスタッフらしき人影《ひとかげ》が数名立ち働いていた。中でも一番年嵩《としかさ》の老人に紹介《しょうかい》される。

「醸造責任者のジュリオ・トゥルーリだ。祖父の代から六十年余り、うちで働いてくれている。土地の者に尊敬の念を込めて『マエストロ』と呼ばれるベテランで、特にネロ・ダヴォラの育成に関してはシチリアでも突出《とっしゅつ》した技術と経験値を持っている」

そう礼人に説明したエドゥアールが、次にイタリア語で老人に『ジュリオ、成宮だ。日本の「カーサホテル東京」の総支配人を任せている』と告げた。

『はじめまして、日本の御方《おかた》』

老人が被《かぶ》っていたハンチング帽《ぼう》を取り、豊かな白髪《はくはつ》を見せて会釈《えしゃく》をする。

『はじめまして、マエストロ・ジュリオ。成宮です』

礼人がイタリア語で挨拶《あいさつ》を返すと、エドゥアールが驚《おどろ》いたような声を出した。

「アヤト……きみ、イタリア語を？」

もう少し上達してから打ち明けようと思っていたのだが、成り行きで白状する羽目になってしまった。――それと、もうこれ以上エドゥアールに秘密を作りたくない気持ちもあった。

「実は秋からレッスンを受け始めまして……」

「レッスンを？」

エドゥアールがアイスブルーの目を瞠《みは》る。

「でもまだ本当に初級者なのです。ヒアリングは簡単な日常会話ならば聞き取れますが、話すほうは片言でやっとというレベルでして」

「そうか。……でも習い始めたばかりにしては発音が綺麗《きれい》だ。きみはもともと英語も上手で語学力が高いから、きっとすぐに上達するよ」

そんなフォローを口にしたエドゥアールが、「じゃあイタリア語で話しても大丈夫《だいじょうぶ》？」と尋《たず》ねてきた。

「はい」

「助かるよ。ジュリオは英語が話せないから」

マエストロ・ジュリオに醸造についてのレクチャーを受け、その後二段に積まれた熟成用の樽《たる》を見学させてもらい、さらに一階下がって長期熟成用セラーのストック棚《だな》を見て――最後にふたたび地下一階に戻《もど》り、テイスティングルームでワインを試飲させてもらう。

当たり年だというヴィンテージワインは、今まで呑《の》んだ【ROSSO DEL LEONE】の中でもとりわけぶどう本来の果実味が深く、濃《こ》く感じられた。

『はじめはかすかにミントの香《かお》りを感じましたが、そのうちにカシスやイチジクなどの果実の芳醇《ほうじゅん》な香りが口の中いっぱいに広がってきて……とても美味《おい》しいです』

言葉が上手《うま》く扱えないので表現も拙《つたな》くなったが、ジュリオは嬉しそうに皺深《しわぶか》い顔をくしゃっとさせる。

『アキラ様しかり、日本の皆《みな》さんは嗅覚《きゅうかく》と味覚が優《すぐ》れていますね』

マエストロのお世辞に礼人は恐縮《きょうしゅく》したが、エドゥアールはまるで自分が誉《ほ》められたみたいに目を細めた。

『日本人は舌が繊細《せんさい》で美食家が多い。生ウニの美味しさがわかるのは、シチリア人と日本人だけだという話があるくらいだ』

エドゥアールの台詞《せりふ》にジュリオがうなずく。

『シチリアの伝統品種は土を感じさせる力強さが売りですが、ともすれば野性味が勝ってしまいます。しかし、インターナショナルマーケットに売るためにはエレガントさが必須《ひっす》。個性を残しつつもエレガントな仕上がりを求めて、何十年も醸造方法を試行錯誤《さくご》してきました』

『そのおかげでネロ・ダヴォラやフラッパートなどの地場品種が近年高く評価され、今ではイタリア本土はもとより世界中で愛飲されるようになった。うちがハイクオリティワイナリーの座を獲得《かくとく》したのもジュリオの功績だ』

エドゥアールの補足に『私だけの力ではありません。スタッフ全員の努力の賜物《たまもの》です』と謙《けん》遜《そん》したジュリオが、礼人に尋ねてくる。

『ホテルのリストランテでうちのワインを取り扱ってくださっているようですが、評判はいかがですか？』

『ROSSOとBIANCO、どちらもとても人気があります。このワインはどこで手に入るのかとお尋ねになるお客様もおられます』

『それはよかった。BIANCOはもちろんのことROSSOも、夏には少し冷やして呑んでいただくのがお勧《すす》めです。――そうそう、もしよろしければこちらも飲んでみてください』

ジュリオが棚《たな》から持って来たのは、まだエチケットの貼《は》られていないボトルだった。

『こちらもワインですか？』

『ぶどうジュースです』

そう答えたジュリオが、グラスにぶどうジュースを注いでくれる。グラスの中の液体は、ワインと同じ澄《す》んだルビー色をしていた。一口飲んで思わず『これは……！』と感嘆《かんたん》の声を発する。

『いかがです？』

『すごくフレッシュで美味しいです。酸味《さんみ》と甘みのバランスが絶妙《ぜつみょう》で……乳酸飲料みたいな風味もあって。そのせいか、フルーティなのに後味はすっきりしていますね』

『果実本来の味をできるだけ残すよう、熱処理にかける時間と温度を工夫《くふう》しています』

エドゥアールもグラスに口をつけて、『なるほど。これは美味しい』と感心したようなつぶやきを落とした。

『酸味料、糖分、香料《こうりょう》は一切《いっさい》使っていません。百パーセントナチュラルです』

『これならばお酒が呑めないお客様にも、アルコールフリーでありながらワインの風味を味わっていただけますね』

『そうだな。オンリストすれば喜ばれるだろう。せっかくのフルコースのお供がミネラルウォーターでは味気ないと思っているゲストも多いはずだ』

エドゥアールの同意を得た礼人は、駄目《だめ》で元々のつもりでジュリオに尋ねる。

『このジュースは市場には出していらっしゃらないのでしょうか』

『保存料が入っていないので日持ちがしませんし、生産本数が限られていますので、村の人間だけで飲み尽《つ》くしてしまいます』

やはり無理かと落胆《らくたん》しかけた矢先、

『ですが、もし入り用とのことでしたら特別にお譲《ゆず》りしましょう』

ジュリオの申し出に礼人は目を輝《かがや》かせた。

『本当ですか？』

『日本の方ならば、このジュースの価値をわかってくださるかと思いますので』

『ありがとうございます！』

深々と頭を下げて上体を戻《もど》すと、ジュリオが皺深い顔に冬の陽《ひ》だまりのような穏《おだ》やかな笑《え》みを浮《う》かべていた。

「どうやらきみはジュリオのお眼鏡《めがね》にかなったようだ」

ジュリオが仕事に戻るためにテイスティングルームを立ち去り、ふたりになるやいなや、エドゥアールが機嫌《きげん》のいい声で言った。

「彼は自分の育てたぶどうを心から愛しているからね。ジュースの件は、きみを我が子を託《たく》すに値《あたい》する人間だと認めた証拠《しょうこ》だ」

もしそうならば嬉《うれ》しいが、彼が丹精《たんせい》込めて造り上げたワインやジュースを預かる者としての責任も強く感じる。貴重なものを譲ってもらうのだから、大切に取り扱《あつか》わなければ。

感謝の気持ちと共に自らの責務を心に刻んで、礼人はエドゥアールに向き直った。

「ここに連れてきてくださってありがとうございました。ワインの醸造《じょうぞう》過程を拝見させていただいて、大変勉強になりました」

「ためになったのならよかった」

「はい、とても。……ここで造られる美味しいワインをもっとたくさんの人たちに味わっていただくために、私も何かお手伝いがしたいです」

「そうだな。ワイン造りはうちの本業だ。今はメイン事業ではなくなっているが、たとえ採算が合わなくとも質のいいものを造り続けていきたいと思っている」

そう語るエドゥアールの真摯《しんし》な目を見て、やはり彼も生まれ育った土地と、その土地に根付く家業を愛しているのだと思った。

一度は背を向けた故郷。

母親にまつわる辛《つら》い思い出が残る土地に、しがらみを乗り越《こ》えて戻ってきた。

やっと帰ってきたシチリアにふたたび、彼が背を向ける姿は見たくない。

兄弟が、親子が、かつてのように仲良くこの館《やかた》に集《つど》えるようになるために。

そのために自分に何ができるのか。何をすべきなのか。

恋人《こいびと》の顔を見つめて思案していると、エドゥアールが「イタリア語」とつぶやく。

「え？」

「勉強してくれているのは、私のためだとうぬぼれてもいいのかな」

「……それは……」

そのとおりなのだが、面と向かって認めるのは気恥《きは》ずかしく、礼人はじわじわと俯《うつむ》いた。

「アヤト」

ベルベットのような質感を持つ甘やかなテノールで名前を呼ばれ、二の腕《うで》に手を添《そ》えられる。

そのまま抱《だ》き寄せられる気配を察して、反射的に身を引いた。

「いけません」

「アヤト？」

拒絶《きょぜつ》に眉《まゆ》をひそめ、エドゥアールが「どうしたんだ？」と訝《いぶか》しげな声を落とす。

「私たちの他《ほか》に誰《だれ》もいないよ」

昨日もそう思っていたが、その実キスをしているところをマクシミリアンとルカに見られていた。物事に絶対はないのだと思い知らされた。

明後日《あさって》ここを離《はな》れるまでは常時気を引き締《し》めてかからないと、小さな気持ちの緩《ゆる》みが大事に繋《つな》がることだってある。

「お部屋に戻《もど》りましょう」

宥《なだ》めるように囁《ささや》いてエドゥアールから離れようとした直後、ふっと天井《てんじょう》の電気が消えた。

「……っ」

出し抜《ぬ》けに暗闇《くらやみ》に包まれ、ひっと喉《のど》から悲鳴が漏《も》れる。

「停電か？」

(停電⁉)

地下なので窓から薄日《うすび》が差し込むこともなく、昨年の秋にカーサのボイラー室に閉じ込められて以来——ひさしぶりに真の闇《やみ》に包まれた。

停電だとわかっていても、条件反射のように体が冷たくなる。

暗闇が怖《こわ》いのは、十三歳の夏に両親を生き埋《う》め事故で亡《な》くした後遺症《こういしょう》で、医者にはＰＴＳＤと診断《しんだん》された。

「……あ」

脚《あし》が小刻みに震《ふる》え出し、その場にしゃがみ込む寸前に二の腕を摑《つか》まれる。力を失った体を力強く引き上げられ、あたたかい胸にぎゅっと抱き締められた。

耳許《みみもと》に「大丈夫《だいじょうぶ》だよ」と囁かれる。

「たぶん一時的なものだ。すぐに元に戻る」

背中を撫《な》でてくれる大きな手。包み込むような甘い香《かお》り。

「私がいる……大丈夫だ」

励《はげ》ましてくれるやさしい声と、密着した胸から伝わるたしかな心音を聞いているうちに、バクバクと煩《うるさ》かった心臓が少しずつ鎮《しず》まり始める。次第《しだい》に脚の震えも収まってきた。

以前ならば、たとえ側《そば》に人がいても暗闇というだけでパニックになっていた。

呼吸が浅くなり、涙《なみだ》が止まらなくなって……苦しくて苦しくて。

でも今は……エドゥアールの温《ぬく》もりがあれば心が落ち着く。

彼の言葉どおりに大丈夫だと思える。

（……怖くない）

あたたかい胸にすりっと頰《ほお》を擦《す》りつけた刹那《せつな》、消えた際と同じくらい唐突《とうとつ》に周囲が明るくなった。

「点《つ》いたね。よかった」

エドゥアールが礼人を離し、顔を覗《のぞ》き込んでくる。

「大丈夫だったか？　きみは暗闇が苦手なのに怖い思いをさせてしまったね。悪かった」

「いいえ……こちらこそありがとうございました。助かりました」

心から礼を言った。

あなたがいなかったら、きっと年甲斐《としがい》もなく泣き出してしまっていた。

エドゥアールがふっと微笑《ほほえ》む。

「暗闇の中で、初めてこの腕にきみを抱き締めた時のことを思い出していた」

「アロマホテルのエレベーターの中ですか？」

「そう。震えるきみを抱き締めたあの瞬間《しゅんかん》、私は恋《こい》に落ちたんだ」

「………」

自分はその前に捕《と》らわれていた。

宝石のごとく煌《きら》めきを放つアイスブルーの瞳《ひとみ》に。

「今、きみを抱き締めながら、またきみに恋をした」

「……エドゥアール」

胸がぎゅうっと甘苦しくなった。

「キスをしてもいい？」

切なさを秘《ひ》めたそんな顔でねだられたら……逆らうことなどできない。

さっき心に誓《ちか》ったばかりなのに——。

自制心の脆《もろ》さを疎《うと》みながらも誘惑《ゆうわく》に抗《あらが》うことはできず、礼人は恋人の唇《くちびる》を受け止めるためにゆっくりと目を閉じた。

第九章

その日の朝、ルカは寝坊《ねぼう》をした。

七時に起床《きしょう》するつもりが自分では起きられず、マクシミリアンに起こされた時点で七時半を過ぎていた。あわてて顔を洗い、歯を磨《みが》いて身支度《みじたく》に取りかかる。

寝坊の原因は、疲《つか》れているはずなのに寝《ね》つきが悪かったから。

思いがけず知ってしまった次兄《じけい》の秘密に神経が昂《たか》ぶって、ベッドに入ってからもなかなか眠《ねむ》りにつけなかったからだ。

目を閉じても、眼裏《まなうら》にエドゥアールと成宮のキスシーンが繰《く》り返し再生されて——。

いつも華《はな》やかな女性たちに囲まれていたエドゥアール兄さんが、まさか同性の恋人を持つなんて……。

本当にびっくりした。

たしかに成宮は、初めて会った時に思わず見惚《みと》れてしまったくらいに綺麗《きれい》で、独特な雰囲気《ふんいき》があって……エドゥアールが惹《ひ》かれるのもわかる。

煌《きら》びやかな美貌《びぼう》の兄と、白百合《しらゆり》のような清楚《せいそ》な美しさを持つ成宮は、ビジュアル的にもお似合いのカップルだ。

でもたぶん、エドゥアールが惹かれたのは外見じゃなくて彼の内面。その人間性。

だって見た目だけだったら、わざわざ男性の成宮を選ぶ必要はない。エドゥアールは今までだってずっと女性とつき合ってきたし、歴代の恋人たちは、自分が知っているだけでもすごい美女ばかりだった。トップモデル、才色兼備《さいしょくけんび》で有名な女性企業家《きぎょうか》、中には誰でも知っている世界的な女優もいた。

社交界でもエドゥアールのモテ方は半端《はんぱ》じゃなくすごかった。どのパーティに行っても、兄の周りには女性が群がっていて、どんなに遠くからでもひと目で「エドゥアールの居場所」がわかったくらいだった。

子供心に、社交界の華——という喩《たと》えは、洗練されてエレガントな次兄のためにあると思っていた。

兄もまた、プレイボーイではないがフェミニストといおうか、年齢《ねんれい》を問わず女性全般《ぜんぱん》にやさしく、熱心なアプローチにはそれなりに応じていたようだ。特にひと頃《ころ》、会うたびに連れている女性が違《ちが》う時期があった。

ただ、どの女性の場合も熱を上げているのは彼女たちのほうで、エドゥアールのほうはさほど思い入れがあるようには見えなかった。

誰《だれ》に対しても同じようにやさしくて、反面、特定の誰かに執着《しゅうちゃく》したり入れあげたりしない。

そのせいかなんとなく、兄には本当に好きな人が別にいるのかな……と思っていた。

心に秘めた本命がどこかに。

そのエドゥアールが華麗《かれい》なる女性遍歴《へんれき》の末に選んだのは、同性の成宮だった。公《おおやけ》にはできない相手。

生涯《しょうがい》に亘《わた》って、ふたりが社交界で祝福されることはない。

むしろスキャンダルになりかねない関係。

それでも彼を選んだ。

きっと本気なんだろう。

昨日のエドゥアールを見て、そう確信した。あんなふうに必死な……なりふり構わず誰《だれ》かに執着するエドゥアールを初めて見たからだ。

だとしたら、ふたりはどんなに反対されようとも別れない。

【パラッツォ・ロッセリーニ】にまで成宮を連れてきたのは、エドゥアールの覚悟《かくご》の表れのような気がした。

過去エドゥアールは、一度も家族に恋人《こいびと》を紹介《しょうかい》したことがなかったから。

（……本気なんだ）

改めてエドゥアールの本気を実感して、ルカはリボンタイを結んでいた手を止めた。

マクシミリアンと自分、そしてエドゥアールと成宮。

弟ふたりが同性の恋人を持っていると知ったら、レオナルドの驚きはかなりのものだろう。

レオナルドはマチズモとまではいかなくても頑固《がんこ》なところがあるから、男同士とか感覚的に受け入れられないんじゃないかな？

退廃《たいはい》的、堕落《だらく》的と捉《とら》えて、侮蔑《ぶべつ》するか……。

それでもまだ、エドゥアールと成宮はふたりとも充分《じゅうぶん》に大人だし、経済的にも精神的にも自立しているから、仕方ないと諦《あきら》めてもらえるかもしれないけれど。

自分とマクシミリアンのことは許してくれないだろう。

成人したとはいえ、自分はまだ経済的に自立していないから。

――ルカ様。今ご覧になったことは誰にも話してはいけません。

昨夜のマクシミリアンの念押しを思い起こす。

言われるまでもなく、他言するつもりはない。

（そうだ。もし二組の関係が明るみに出たとして、引き裂《さ》かれるとすれば自分とマクシミリアンだ。だから絶対にレオナルド兄さんと父様には覚《さと》られちゃいけない）

今一度肝《きも》に銘《めい》じていると、支度の遅《おそ》さに痺《しび》れを切らしてか、マクシミリアンが寝室《しんしつ》を覗《のぞ》いて声をかけてきた。

「ルカ様、お着替《きが》えはお済みですか？」

「あ……ごめん、リボンが上手《うま》く結べなくて」

「お手伝いしましょう」

寝室に入ってきてルカの前に立ち、慣れた手つきでリボンを結ぶマクシミリアンをぼんやり見上げながら思う。

マクシミリアンは昨日のこと、どう思っているのかな？

自分に口止めしたきり、昨夜はその件に関しては口を閉《と》ざしたままだったけれど。

わざわざあんなふうに言うってことは、エドゥアールと成宮の関係から端《たん》を発《はっ》して、自分たちに累《るい》が及《およ》ぶことを恐《おそ》れているのだろうか。

たしかに、ひとつの秘密がもうひとつの秘密にどう波及《はきゅう》するのか、今の時点ではわからないわけだし。

視線の先の端整《たんせい》な貌《かお》からは、何を考えているのかまるで読み取れない。もっともマクシミリアンのお腹《なか》の中が読めないのはいつものことだけど……。

恋人の考えが透視《とうし》できないだろうかという期待を込めて、青灰色《ブルーグレイ》の瞳《ひとみ》をじっと見つめていると、視線がかち合った。

「……………っ」

何か言われるかと身構えた瞬間、マクシミリアンが首許《くびもと》からすっと手を離《はな》す。

数歩後ろに退いて全身を確認《かくにん》してから、「よろしいかと思います」とつぶやいた。リボンが納得《なっとく》する形に結べたということらしい。

「上着はどれがいいかな？」

「本日はエルザ様のお屋敷《やしき》を訪問される予定ですので、ベルベットの黒がよろしいかと。今、ご用意いたします」

ウォークインクロゼットからジャケットを取ってきたマクシミリアンが、ルカの背後に回り、広げて着せてくれる。

「ありがとう」

「靴《くつ》の紐《ひも》は結べていらっしゃいますか？」

「うん」

「では、朝食を取りに食堂へ参りましょう」

本音を言えば、兄たちと顔を合わせるのは気が重かったけれど仕方がない。

マクシミリアンの促《うなが》しに、ルカは渋々《しぶしぶ》とうなずいた。

一階に下りると食堂にはすでにエドゥアールと成宮が着席していた。

ふたりが並んでいるのを見た瞬間《しゅんかん》、昨夜の映像が脳裏《のうり》に蘇《よみがえ》ってきて心臓がトクンと跳《は》ねる。

（お、思い出しちゃ駄目《だめ》だって）

「おはよう、ルカ」

「おはようございます、ルカ様」

ふたりからの挨拶《あいさつ》に、ルカはやや引きつり気味の笑顔《えがお》を作り、「おはよう」と応《こた》えた。

一方のマクシミリアンは昨夜のことなどおくびにも出さず、何食わぬ顔で「おはようございます」とふたりに挨拶し、ルカの椅子《いす》を引いてくれる。

並んで着席したあとで、ルカは意図的にエドゥアールのほうを向いた。ここで克服《こくふく》しておかないと、今後ずっとまともに顔を見られなくなると思ったからだ。

「レオナルドと瑛さんは？」

「まだ来ていないが、間もなく顔を出すだろう」

「エドゥアール兄さん、昨日……どこか具合とか悪かったの？」

「いや、少し疲《つか》れただけだ。心配させて悪かったな」

やさしい微笑《ほほえ》みを向けられて、じわっと罪悪感が込み上げる。

(見たくて見たわけじゃないけど……見ちゃってごめんなさい)

心の中で謝っているところに、入り口からレオナルドと瑛が入ってきた。

「おはよう、レオナルド兄さん、瑛さん」

気を取り直し、ルカはふたりの兄に声をかける。瑛が笑顔で「おはよう」と返してきた。

「ルカ、よく眠《ねむ》れたか？」

レオナルドの問いかけに、「うん、ぐっすり」と答える。

嘘《うそ》だったけれど、眠れなかったと白状して「なぜだ？」と追及《ついきゅう》されても困るからだ。

「ベッドに入ってすぐ寝《ね》ちゃった。自分で思ってたより疲れていたのかも」

「そうか。マクシミリアンはどうだった？」

「おかげさまでゆっくりさせていただきました」

「エドゥアールはどうだ？　昨夜のディナーには顔を見せなかったが」

「すまない。ふたりとも移動で疲れてしまったので遠慮《えんりよ》させてもらった」

エドゥアールが謝罪を口にして、口許《くちもと》に小さく笑みを浮《う》かべた。

「だがもう今朝は大丈夫《だいじょうぶ》だ」

「ご心配をおかけして申し訳ございません」

成宮が頭を下げて謝罪する。

「いや……復調したならいいんだ。みんな、よく休めたようでよかった」

鷹揚《おうよう》にうなずいたレオナルドが正面の定席に着席し、瑛も席についた。

全員が揃《そろ》うのを待ち構えていたかのように、カプチーノと搾《しぼ》りたてのブラッドオレンジジュースがサーヴされ、これを皮切りに朝から気合いの入った料理が次々と運ばれてくる。

（うわ……すごい量！）

そのボリュームに圧倒《あっとう》されたルカは、内心で悲鳴をあげた。

どれも美味《おい》しそうではあるけれど……とにかく量が多い。

もとより食欲旺盛《しょくよくおうせい》とは言い難《がた》いところにもってきて、今朝は緊張《きんちょう》で胃が縮こまってしまっている。とても全部食べられそうにない。

どうしよう。残すのは悪いかな。

困惑《こんわく》しつつ、とりあえずカプチーノを飲んでいると、レオナルドの声が聞こえてくる。

「どうした？　食が進んでいないな。調子が悪いのか？」

自分かと思いドキッとしたが、レオナルドの視線は瑛を捉えていた。

「別に……大丈夫だ」

「昨夜厩舎《きゅうしゃ》に行ってからどうも様子がおかしいぞ。夜風に当たって風邪《かぜ》を引いたんじゃないのか？」

「あ……いや……違《ちが》……」

言い淀《よど》む瑛の声に、低音が被《かぶ》せられる。

「厩舎に行かれたのですか？」

（マクシミリアン？）

自分の横でマクシミリアンが瑛をまっすぐ見据《みす》えていた。鋭《するど》い視線に心なしか顔を強《こわ》ばらせた瑛が、マクシミリアンからつと目を逸《そ》らす。

「でも、すぐ戻《もど》ったから……」

低くつぶやき、追及から逃《のが》れるようにレオナルドのほうを見た。

「風邪じゃないよ。ただ、このところ胃の調子がいまいちで」

「ならば胃薬を飲んだほうがいい。——ルカ、おまえもだぞ」

「えっ？」

突然《とつぜん》自分に向かってきた矛先《ほこさき》に、ルカはびくっと肩《かた》を揺《ゆ》らした。思わず動揺《どうよう》した声が出る。

「な、なんで？」

「おまえも全然食べてないじゃないか」

みんなの視線が自分に集まっているのを感じ、頬《ほお》がカッと熱くなった。

「い、いつも朝はこんなに食べないから」

もごもごと言い訳を口にして、レオナルドに窘《たしな》められる。

「せっかく料理長が早起きして腕《うで》を振《ふ》るったんだ。できるだけ食べてやれ」

「う、うん……」

うなずきはしたものの、だからといって食欲《しょくよく》が復活するはずもなく——結局、ほとんど食べられないままに皿を下げてもらう羽目になった。

エルザ伯母《おば》の家に向かうリムジンの中でも、伯母を訪問中も、そして復路も、ルカは兄たちの間に流れるぎこちない空気を感じていた。

もともと長兄《ちょうけい》と次兄《じけい》はものすごく仲がいいとは言えない、微妙《びみょう》な間柄《あいだがら》だ。

それでも普段《ふだん》は自分が潤滑剤《じゅんかつざい》の役目を果たすのだが、今日はルカもふたりの間をうまく取り持つことができなかった。

ルカ自身、エドゥアールに対していつものようには振る舞《ま》えず、またそのエドゥアールはレオナルドに対してどことなく態度がぎこちなく——レオナルドはレオナルドで、エルザ伯母に「結婚《けっこん》しろ、跡継《あとつ》ぎを作れ」と矢継《やつ》ぎ早《ばや》な攻勢《こうせい》をかけられていささかぐったりしているようだったので、特に帰りの車中は沈黙《ちんもく》に支配される時間が長かった。

会話が弾《はず》まないまま、三時過ぎに【パラッツォ・ロッセリーニ】に帰館する。

帰館してすぐ、レオナルドは待ち構えていたダンテと料理長と明日《あした》の晩餐会《ばんさんかい》の打ち合わせに入った。

マクシミリアンも準備に駆《か》り出され、瑛もレオナルドの補佐役《ほさ》で忙《いそが》しそうにしている。

エドゥアールと成宮は姿が見えなかったが、どうやら地下の醸造所《カンティーナ》を見学しに行ったらしい。

前当主である父の来館を目前に、屋敷全体が慌《あわ》ただしい空気に包まれている中、ルカにだけ「仕事」がなかった。

一応マクシミリアンに手伝いを申し出てみたのだが、「お気持ちは大変に有り難いですが」と前置きされたあとで、「ルカ様にはお部屋で静かにお過ごしいただけるととても助かります」

とやんわり断られてしまった。

暗に邪魔《じゃま》するなと言われたようでちょっとむっとしたが、実のところみんなの役に立てるようなスキルは何ひとつ持っていないので、それ以上は食い下がることもできず……すごすごと部屋に引き上げるしかなかった。

同じく身の置き場がなくて逃げてきたファーゴを足許《あしもと》にはべらせ、読書をしたり、テレビを観《み》たりして過ごしているうちに陽《ひ》が暮れる。

夕食は食堂でみんなで取ったが、ディナーが終わるとサロンに流れることもなくお開きになった。レオナルドを筆頭に、瑛、マクシミリアン、ダンテに加え、エドゥアールと成宮まで何やら忙しそうにしていて声をかけづらい。

せめてみんなの邪魔にならないようにと、ルカはまたもやひとりで部屋に戻った。

バスを使い、髪《かみ》を乾《かわ》かしてしまえば、最早《もはや》やることがない。書棚《しょだな》の本の中で読み返したい本は読んでしまったし、もともとテレビはニュース以外は観ない。

時間を持て余したルカは、持参のノートを開いてレポートのレジュメに取りかかった。

しばらくライティングデスクで集中していて、ふと手を止める。時計を見たら十一時過ぎだった。

持っていたペンを置き、ぱたんとノートを閉じる。

マクシミリアンは一度も顔を見せに来ない。

（まだ忙しいのかな？）

下に降りて様子を窺《うかが》いたかったけれど、うろちょろして煩《うるさ》く思われるのも嫌《いや》だった。

ちょっと早いけど、今夜はもうベッドに入ろうか。

できれば明日は父様を万全《ばんぜん》の体調で迎《むか》えたい。

そう決めて、「おまえも自分の寝床《ねどこ》にお帰り」とファーゴを廊下《ろうか》に出した。自分は寝室《しんしつ》に行き、天蓋《てんがい》付きの寝台によじ登る。枕元《まくらもと》のライトを絞《しぼ》り、誰《だれ》にともなく「お休みなさい」とひとりごちて目を閉じた。

「………」

だけど寝つけない。

昨日の夜と同じだ。このところ寝不足《ねぶそく》だからすぐに眠れてもいいはずなのに……眠れない。

眠ろう、眠らなきゃ、そう思えば思うほどに眠りの精が遠ざかっていく。

まだ神経が昂ぶっているんだろうか。

（眠くなれ……眠くなれ）

自分に暗示をかけながらぎゅっと瞑《つぶ》った目蓋《まぶた》の裏に、マクシミリアンの顔が浮かんだ。

マクシミリアン。

こんなに近くにいるのに、今日はほとんど話せなかった。

シチリアに来てから、滅多《めった》にふたりきりになれない。

なれたとしても周囲の目が気になって、心からリラックスして甘えることができない。マクシミリアンも気を張り詰《つ》めているのがわかるから、余計に甘えづらくて……。こんなに側《そば》に居るのに……ううん……側に居るからこそ触《ふ》れ合えないのがもどかしい。近くにいて、その顔を間近に見ても、心が満たされない。……寂《さび》しい。マクシミリアンのことを考えていると、じわじわと哀《かな》しい気分になってきた。こうなることはわかっていたし、覚悟《かくご》もしていたけど……。

(でもやっぱり寂しいよ)

ため息を吐《つ》きつつ何度か寝返《ねがえ》りを打ったが、眠《ねむ》りの精が訪《おとず》れるどころかどんどん頭が冴《さ》えてくる。ついにルカは被《かぶ》っていたデュべを剝《は》ぎ、むっくりと起き上がった。寝台から下りてルームシューズに足を入れる。

寝間着《ねまき》の上にカーディガンを羽織り、部屋から出た。

人気《ひとけ》のない廊下をパタパタと歩いて、大階段のある吹《ふ》き抜《ぬ》けの小ホールに辿《たど》り着く。階下からはまだかすかに物音が聞こえていた。明日の準備が続いているのだろう。

足を忍《しの》ばせて大階段の前を通過したルカは、ゲストルームのドアの前を幾《いく》つか行き過ぎ、マクシミリアンの居室の前に立った。部屋に戻っているのかどうかはわからなかったけれど、とりあえずドアをノックしてみる。

しばらくして、ドアの向こうから「どなた?」といらえがあった。

マクシミリアン、いた！

声を耳にしただけでテンションが上がって「ぼく」と答えると、「ルカ様？」というつぶやきが聞こえ、ドアが開く。三《み》つ揃《ぞろ》いのスーツ姿のマクシミリアンが、廊下に立つルカを見て、レンズの奥の双眸《そうぼう》を細めた。

「いかがなさいましたか？」

「マクシミリアン、忙しいの終わった？」

「今、下から引き上げてきたところです」

「そうなんだ。……部屋に寄ってくれればよかったのに」

つい恨《うら》めしげな声が出てしまったが、マクシミリアンは悪びれるでもなく「ルカ様はもうベッドに入られたかと思い、お部屋にはお邪魔しませんでした」と返してくる。

ちょっとショックだった。

こっちはマクシミリアンのことを考えて眠れなかったのに、マクシミリアンはぼくの顔を見なくても全然平気なんだ。

今、マクシミリアンの心を占《し》めているのは、明日ここに来る父様のこと。

父様のことで頭がいっぱいで、ぼくのことを考える余裕《よゆう》なんかないんだ。

そう思ったら、ちりっと灼《や》けるみたいな痛みが胸に走った。

ことマクシミリアンに対して、ルカは実の父に一方的なライバル意識を抱《いだ》いている。

父は孤児《こじ》だったマクシミリアンを引き取り、仕事を与《あた》え、教育を施《ほどこ》し、グループの中枢《ちゅうすう》を担《にな》うまでに育て上げた。マクシミリアンにとって父は特別な存在。今はリタイアしてしまった父ではなく、レオナルドに仕えているけれど、心の忠誠はいまだ父のもとにあるに違《ちが》いない。

ぼくと父様のどっちが大切？　なんて質問はさすがにできないけれど。

「ベッドに入って一時間くらいがんばってみたけど……」

「眠れなかったのですか？」

「うん」

マクシミリアンが眉《まゆ》をひそめた。

「困りましたね」

マクシミリアンが本当に困っているとわかって、気持ちが沈《しず》む。

迷惑《めいわく》をかけたいわけじゃないんだけど……。

「……ごめんね」

謝ると、マクシミリアンは小さくため息を吐いた。

「わかりました。ルカ様のお部屋に参りましょう」

「え？　ほんと？」

「眠りにつくまで私がお側におりますから」

「うん！」

思わず大きな声を出してしまい、「しっ」と窘《たしな》められる。

「お静かに」

「……はい」

首を縮めて両手で口許《くちもと》を押さえた。叱《しか》られても嬉《うれ》しかった。

さっきとは打って変わって浮《う》き浮きとした足取りで、マクシミリアンと一緒《いっしょ》に廊下を引き返して自分の部屋まで戻《もど》る。

寝室のベッドに潜《もぐ》り込むと、マクシミリアンがデュベを肩《かた》までかけてくれた。

「本当に寝《ね》つくまで側にいてくれる？」

「おりますよ」

「本当に？」

「お側におります」

ほっと安心すると同時に「もっと」という欲《よく》が出てきて、ルカは自分を見下ろす青灰色《ブルーグレー》の双眸をじっと見上げた。

「……ねぇ……マクシミリアン」

ねだるような甘え声に、マクシミリアンが眉根《まゆね》を寄せる。口に出さずとも、ルカのおねだりの内容がわかったようだ。

「いけません。ルカ様」

「ちょっとだけ……」

「駄目《だめ》です」

「お願い。そうしたら眠れるから」

祈《いの》りの形に両手を組み合わせると、葛藤《かっとう》するようなしばしの沈黙《ちんもく》のあとで、ふぅ……と大きな嘆息《たんそく》が落ちた。

「本当に少しだけですよ？」

「やった！」

ぱーっと顔を輝《かがや》かせ、ルカは体を起こした。前屈《まえかが》みになったマクシミリアンの首に両腕《りょううで》を巻きつけ、ぎゅっと抱きつく。

ぴったりと隙《すき》なく合わさった広くて硬《かた》い胸から、トクン、トクンと、規則正しい心音が伝わってきた。

愛するひとが、生きている証《あかし》。

そう思うと、鼓動《こどう》の一拍《いっぱく》一拍がたまらなく愛《いと》おしい。

「マクシミリアンの心臓の音……聞いていると落ち着く」

「……ルカ様」

溢《あふ》れ出しそうな想《おも》いを無理矢理《むりやり》抑《おさ》えつけているような、切なげな低音が耳殻《じかく》を震《ふる》わせる。

マクシミリアンだって自分と同じ気持ちのはずだ。

それなのに抱《だ》き締《し》め返してくれない恋人《こいびと》に、なんだか胸がぎゅーっと苦しくなった。

本当はもっとちゃんと抱き合いたい。

いつもみたいに強く抱き締めて欲しいし、キスして欲しい。

この不安な気持ちを熱くて情熱的なキスで溶《と》かして欲しい。

けれどその切なる願いにマクシミリアンが応《こた》えることはなく、ほどなくしてルカの体を離《はな》そうとした。

(もう?)

まだ足りない。全然足りない。

離れたくなくて、腕《うで》の力を強める。

「やだ」

「ルカ様……少しというお約束のはずです。お聞き分けください」

「やだ、やだ!」

「お離しください!」

「………っ」

かつて聞いたことがないような厳しい声にびくっと体が震える。

(なんで?)

ショックを受けるのと同時に、悲しい気分がどっと押し寄せてきて、ルカは涙目《なみだめ》でマクシミリアンを睨《にら》みつけた。険しい表情のマクシミリアンの首にもう一度しがみつき、唇《くちびる》に唇をぶつける。

押しつけた唇で、マクシミリアンの唇を必死に吸った。

けれどマクシミリアンは応えない。

何かに耐《た》えるような厳しい顔つきで、唇を横に引き結んでいる。

こちらが諦《あきら》めて離れるのを待っているのを感じ取り、ルカの負けん気に火が点《つ》いた。

(絶対その気にさせてみせる！)

マクシミリアンの後頭部と首筋に手を回して、何度も何度も繰《く》り返し吸う。吸って、舐《な》めて、擦《す》りつけて……。

それでも反応のない恋人に焦《じ》れていると、背後でガタッと音がした。

密着した体がぴくりと身じろぎ、異変を感じて薄目《うすめ》を開けたルカは、至近のマクシミリアンの目がみるみると開かれていくのを見た。おそるおそる首を後ろに捻《ひね》る。

視界に飛び込んできたのは、主室と寝室《しんしつ》の境目に立つ長身。

カッと瞠目《どうもく》して立ち尽《つ》くす長兄《ちょうけい》の姿を認めた刹那《せつな》、首の後ろがざっと粟立《あわだ》った。

「レ……レオナルド兄さん!?」

悲鳴のようなルカの叫《さけ》びに、フリーズしていたレオナルドが肩を揺《ゆ》らす。

その表情が見る間に驚愕《きょうがく》のそれから憤怒《ふんぬ》のそれに塗《ぬ》り替《か》えられた。

柳眉《りゅうび》を逆立て、眦《まなじり》を決したレオナルドが爆発《ばくはつ》する。

「おまえたち……一体どういうことだ⁉」

老執事と領主館と三人の息子

その日、【パラッツォ・ロッセリーニ】は、近年稀《まれ》にみる慌《あわ》ただしい朝を迎《むか》えた。

正確にはその数日前から、一大イベントを前に、屋敷《やしき》の使用人たちは落ち着かない日常を送っていた。

何年ぶりかに、新年に家族が集結するのだ。

昨年の暮れに現当主であるレオナルドにその話を聞いた時、ダンテは、ひさしぶりの家族の顔合わせを心から嬉《うれ》しく思うのと同時に、本邸《ほんてい》の使用人たちを統括《とうかつ》する身として、気持ちが引き締《し》まるのを感じた。

かつては当たり前だった家族の笑い声が、屋敷から失われて久しい。

ドン・カルロの三番目の奥方だったミカが病に倒《たお》れ、亡《な》くなられて以降、櫛《くし》の歯が欠けるように、ひとり、ふたりと家族が去っていった。ついにはレオナルドひとりが残された本邸は、在りし日の賑《にぎ》やかさを封印《ふういん》したかのようにひっそりと沈黙《ちんもく》した。

現状から目を逸《そ》らすように、レオナルドは仕事に打ち込んで留守がちになり、屋敷は一年のほとんどを主《あるじ》不在で過ごすこととなった。

以前は週末ごとに訪《おとず》れていた客人を迎えることもなくなり、料理長が腕《うで》をふるう機会も激減した。

使用人たちはそれでも、ヴィスコンティのフィルムの中に紛《まぎ》れ込んだようだと訪れる者を感《かん》嘆《たん》させる本邸の美しさを維持《いじ》するために、最大限の努力を惜《お》しまなかった。

彼らにとって、【パラッツォ・ロッセリーニ】に従事することは誇《ほこ》りであり、使用人の誰《だれ》もが心からこの美しい領主館を愛していたからだ。

その思いは、三代前からロッセリーニ家に仕え、この館《やかた》で人生のほぼすべての時間を過ごし、幸せだった時代も、悲しい時代も知っているダンテとて同じだった。

いつかまた、屋敷がかつての賑やかさを取り戻《もど》す日がきっと来る。そう信じて、自分たちの職務を粛々《しゅくしゅく》と全《まっと》うする日々が続いた。

長らく停滞《ていたい》の時期が続いていた【パラッツォ・ロッセリーニ】に新しい住人がやってきたのは、一年半ほど前のことだ。

当主が日本から連れ帰った『彼』を初めて見た時の驚《おどろ》きは、いまもなお鮮明《せんめい》だ。

十年前に亡くなられたはずの奥様が生き返ったのかと思った。

詳《くわ》しい事情を聞かずとも、『彼』がミカの息子《むすこ》であることは一目瞭然《りょうぜん》だった。

ダンテはレオナルドから『彼』――ハヤセアキラの世話役を申しつかった。

新しい環境《かんきょう》に戸《と》惑《まど》うアキラの身の回りの世話をして、言葉を交わすうちに、彼が外見だけでなく内面に於《お》いても、母親の美点をしっかりと受け継《つ》いでいると感じた。

芯《しん》が強く、聡明《そうめい》で、他人を思いやる気持ちを持っている。

使用人たちにまで気遣《きづか》いを絶やさないところは、ミカにそっくりだ。

アキラが【パラッツォ・ロッセリーニ】に住まうようになってから、レオナルドは目に見えて明るくなった。

屋敷にまめに帰ってくるようになり、休みの日も邸内《ていない》で過ごすようになった。

ふたたび主人を得た【パラッツォ・ロッセリーニ】は、往年の明るさを取り戻した。

隠《かく》してはいたが、レオナルドがアキラを愛しているのは、傍目《はため》にも明白だった。おそらく気がついていないのは、当事者のアキラだけだっただろう。

使用人たちは皆、心の中で、主人の想《おも》いが実ることを願っていた。

だからアキラの帰国が決まった時は、使用人たちも悲しみに暮れた。アキラとの別れも辛《つら》かったが、主人の傷心を思ってひっそりと泣いた。

またふたたび暗黒の時代がやってくるのか。

暗澹《あんたん》たる予感を前に、ダンテも気分が重く沈《しず》み込むのを感じた。

しかしその後の急展開により、アキラは帰国することなく【パラッツォ・ロッセリーニ】に戻って来た。レオナルドの負傷という試練を伴《ともな》いはしたが、使用人たちはその帰館を心から喜んだ。

そしてどうやら、最大の危機を乗り越《こ》えたふたりは、想いを通じ合わせたらしい。

男同士であるからには社交界に公表できる関係ではないが、そんなことは使用人たちにとってはどうでもよかった。レオナルドが幸せになり、ミカの息子と、生涯《しょうがい》【パラッツォ・ロッセリーニ】で共に暮らすのだ。

これ以上、何を望むと言うのか。

それからの日々、主人とミカの息子の言動の端々《はしばし》から、ふたりが深く愛し合っているのが伝わってきて、使用人たちも自然と笑顔《えがお》で過ごすことが多くなった。

もちろん、仕える主人がふたりに増えたダンテも、それまで以上に張り切って邸内を取り仕切った。

幸せは幸せを呼び込む。

このたびの家族の集結は紛れもなく吉報《きっぽう》だ。

ひさしぶりの家族団欒《だんらん》に水を差すような粗相《そそう》があってはならない。

ゲストの皆様《みなさま》に【パラッツォ・ロッセリーニ】での滞在《たいざい》を快適に過ごしていただかなくては。

ずらりと並んだ使用人たちを前にしたダンテは、興奮と緊張《きんちょう》を滲《にじ》ませる彼らひとりずつと目を合わせたのちに、おもむろに口を開いた。

「おはようございます。本日は二組のお客様が来館されます。ルカ様とシニョーレ・マクシミリアン・コンティ、そしてエドゥアール様とお連れ様のシニョーレ・ナルミヤです。気持ちよくご滞在いただけるよう、誠心誠意お仕えいたしましょう」

まずは午前中に、ロッセリーニ家三男のルカとマクシミリアンが到着《とうちゃく》した。

到着の報を受け、使用人一同で迎えに出る。車寄せに停まったリムジンの後部座席から、先にルカが降り立ち、マクシミリアンが続いた。

ダンテは石造りの階段を下りて一礼した。

「ルカ様、お帰りなさいませ」

敢《あ》えてその言葉を選んだのは、本邸を離《はな》れて久しいものの、今でもルカにとって【パラッツォ・ロッセリーニ】が生まれ育った「我が家」であるのは変わりがないとの想いからだ。

「ただいま、ダンテ」

ルカがにこにことあいさつを返してくる。相変わらず愛らしく、見る者を幸せな気分にさせる不思議な魅力《みりょく》を身に帯びているが、心なしか表情が大人びたようだ。

ロッセリーニ家の三兄弟の中で、ひとり年が離れている上に、父と兄に溺愛《できあい》されて育ったルカは、性格的にいささか引っ込み思案なところがあった。ダンテの知っているルカは、いつも世話役であるマクシミリアンの上着の裾《すそ》を摑《つか》み、脚《あし》の後ろに隠れていた。

だが今、目の前に立つ青年の褐色《かっしょく》の瞳《ひとみ》には、そこはかとない自信が宿っている。

「長旅、お疲《つか》れ様でございました」

末っ子の成長を心強く感じつつ言葉をかけ、次にその後ろに立つ長身の男性に微笑《ほほえ》みかけた。

「ようこそお越しくださいました、マクシミリアン様」

「ご無沙汰《ぶさた》しております。このたびはお世話になります」

マクシミリアンがダンテに対して敬語を使うのは、その昔、ダンテの下についていたからだ。

初めて彼と会った日のことを、今でもよく覚えている。

子供たちの遊び相手として施設《しせつ》から引き取られた時、彼は十歳だった。

だが両親を早くに亡くし、天涯孤独《てんがいこどく》の身の上で施設で暮らしてきた生い立ち故《ゆえ》か、青灰色《ブルーグレイ》の目にはどこか人生を達観したような諦念《ていねん》が透《す》けて見えた。

彼が賢《かしこ》い子供であることは、的確な受け答えと物覚えのよさからすぐにわかった。一度注意を受けたことは二度と繰《く》り返さない。それどころか、指示の一歩先を読んで動く。

ドン・カルロも、彼の並外れた聡明さに気がついたらしい。三年後、家庭教師に雇《やと》われたミカのもとで、子供たちと一緒《いっしょ》に日本語を学ぶことを許した。

ドン・カルロの寛大《かんだい》な配慮《はいりょ》に感謝したマクシミリアンは、よりいっそう献身《けんしん》的に働いた。目《め》端《はし》が利《き》いて機敏《きびん》な彼は、下手《へた》な大人よりもよほど役に立った。

しかしあまりにもそつがなく、子供らしい感情を表に出さない彼は、周囲の人間から距離《きょり》を置かれてもいた。

彼が変わったのは、ドン・カルロがミカと結婚《けっこん》し、ふたりの間に子供が生まれてからだ。主《あるじ》とその奥方から見込まれたマクシミリアンは、生まれた子供の守り役という大役を仰《おお》せつかった。

赤ん坊《ぼう》を育てるうちに、マクシミリアンは変わったように思う。以前は自分がなんでもできるがために、物覚えが悪い人間に苛立《いらだ》つことがあったが、そういった素振《そぶ》りを見せなくなった。ルカは上のふたりと違《ちが》って、発育が遅《おそ》く、体も弱く、手の掛《か》かる子供だった。そういった子供の面倒《めんどう》を根気強くみたことによって、マクシミリアンは人間的に成長したのではないかとダンテは考えている。

そのマクシミリアンは、長じてドン・カルロの片腕《かたうで》となり、現在はロッセリーニ・グループの中枢《ちゅうすう》で働く。

自分とはもはや立場が違うが、それでも彼の活躍《かつやく》を伝え聞くたびに、かつての同僚《どうりょう》として晴れがましい気分になった。

それほどまでに立派になったマクシミリアンだが、いまだルカに対しては保護者気分が抜《ぬ》けないようだ。今回もわざわざローマで待ち合わせてシチリアまで同行したと聞き、相変わらず過保護だと微笑ましく思っていた。

マクシミリアンも、ひさしぶりの【パラッツォ・ロッセリーニ】を満喫《まんきつ》できるといいのだが。

そう願いながら、トランクをそれぞれの部屋に運ぶようにスタッフに指示を出したダンテは、ふたりを振《ふ》り返った。

「レオナルド様とアキラ様は応接室でお待ちです」


午後になって、今度はエドゥアールと部下の成宮が到着した。

この同伴《どうはん》をレオナルドから知らされた際、実はとても驚《おどろ》いた。ダンテの記憶《きおく》では、シチリアを離れて以降、エドゥアールが親族以外の誰《だれ》かを【パラッツォ・ロッセリーニ】に連れてくるのは初めてだったからだ。

エドゥアールは、ロッセリーニ・ファミリーと故郷であるシチリアに長く背を向けてきた。滅多《めった》に帰省することはなく、稀《まれ》に帰って来ても、所用が終わるやいなやミラノに帰ってしまう。

そのエドゥアールが数日滞在するだけでもめずらしいのに……。

人間関係にクールなエドゥアールが帯同する部下とは、どのような人物なのだろうかと興味が湧《わ》いた。

そうして実際に相見《あいまみ》えた成宮礼人は、同じ日本人でもアキラとはタイプが違った。共に整った顔立ちの持ち主だが、成宮のほうがアキラより少しだけ線が細く、奥ゆかしい。

エドゥアールの後ろにひっそりと控《ひか》えて、自己主張をあまりしない。それは彼の職業がホテルマンであることが関係しているのかもしれなかった。

成宮の現在のポジションは、この若さで東京にあるホテル『カーサホテル東京』の総支配人《ジェネラルマネジャー》。エドゥアールは、ことビジネスに関しては徹底的《てってい》にドライだと聞いている。そのエドゥアールに見込まれて、トップを任されているのだから、おそらく相当に有能なのに違いない。

「成宮だ。東京にある『カーサホテル東京』の総支配人で、私の大切なブレーンでもある」

同行者を紹介《しょうかい》したエドゥアールの顔は、どこか誇《ほこ》らしげですらあった。目をかけている有能な部下を故郷の人間に見せびらかしたいという内心の想いが、隠《かく》しようもなく滲み出ていた。

そのようなエドゥアールを初めて見たダンテは、この日本の方はエドゥアールにとって、とても大切な存在なのだと直感で覚った。

その成宮と、運よく個人的に話をする機会を得た。

散策の途中《とちゅう》で中庭を眺《なが》めている彼と偶然《ぐうぜん》に遭遇《そうぐう》したのだ。

「おひとりでいらっしゃいますか？　エドゥアール様は？」

そんな声掛《か》けから始まった立ち話だったが、非常に有意義な時間となった。

成宮は、【パラッツォ・ロッセリーニ】を維持《いじ》する裏方の仕事に興味がある様子だった。そういった面に注視するのは、やはり同じようにホスピタリティを第一義とする仕事に従事しているが故だろう。

親密感を覚えたダンテは、つい、普段《ふだん》ならば客人に対して口にしない言葉を発していた。

「成宮様、差し出口は重々承知の上でお願いでございます。どうかこれからも末長く、エドゥアール様のよき理解者として、お側《そば》においでくださいませ」

それは、【パラッツォ・ロッセリーニ】に従事する使用人を代表した思いだった。レオナルドもエドゥアールも、カリスマ性から精神力の強さばかりがクローズアップされがちだが、子供の頃《ころ》からよく知っているダンテの目には、彼らの繊細《せんさい》な面も映っている。

レオナルドは、アキラという伴侶《はんりょ》を得た。ルカにはマクシミリアンという守護者がいる。できればエドゥアールの側にも、よき理解者がついていてくれると心強い。

差し出がましい懇願を、成宮は疎《うと》むことなく、しっかりと受けとめてくれた。

「今はまだエドゥアールの役に立てる機会は少ないのですが、今後は私なりに成長して、できるだけ彼の力になりたいと思っています。側にいることを許される限りは、誠心誠意お仕えするつもりです」

誠実な返答に、ダンテの口許《くちもと》に笑みが浮《う》かぶ。

「ありがとうございます」

心からの感謝を込めて、ダンテは深々と頭《こうべ》を垂れた。

成宮と別れたダンテは、清々《すがすが》しい心持ちで執事室《しつじ》へ向かった。今夜の夕食で使う銀器を磨《みが》くためだ。

二組のゲストを無事に迎《むか》えたが、明日にはドン・カルロ一行が到着《とうちゃく》する。

前当主を迎える明日こそが、ある意味正念場だ。

ひさしぶりに来てみたら使用人の質が落ちていた……などと思われてはいけない。それでは現当主の教育を疑われる。

レオナルドのためにも、今まで以上のおもてなしをしなければ。

気持ちを引き締《し》めていると、「ダンテさん」と呼ばれる。振り返ると、クラリッサが立っていた。長年屋敷《やしき》に仕え、ハウスメイドを束ねている家政婦長が尋《たず》ねてくる。

「ゲストルームのターンダウンですが、何時にいたしましょうか」

「そうですね。皆様《みなさま》、それぞれのご都合もありますから」

一考ののち、ダンテはうなずいた。

「執事室で打ち合わせいたしましょう。銀器を磨きながらになりますがよろしいですね」

〈初出〉
「ロッセリーニ家の息子　継承者　上」
単行本『ロッセリーニ家の息子　継承者　上・下』（角川書店／２０１１年５月刊行）
「老執事と領主館と三人の息子」書き下ろし

ロッセリーニ家《け》の息子《むすこ》
継承者《けいしょうしゃ》　上
岩本《いわもと》　薫《かおる》

KADOKAWA RUBY BUNKO

角川ルビー文庫　R122-15　　18842

平成26年11月1日　初版発行

発行者――堀内大示
発行所――株式会社KADOKAWA
東京都千代田区富士見2-13-3
電話(03)3238-8521(営業)
〒102-8177
http://www.kadokawa.co.jp/
編　集――角川書店
東京都千代田区富士見1-8-19
電話(03)3238-8697(編集部)
〒102-8078
印刷所――旭印刷　製本所――BBC
装幀者――鈴木洋介

ISBN978-4-04-101880-4　C0193　定価はカバーに明記してあります。

KADOKAWA RUBY BUNKO

角川ルビー文庫

いつも「ルビー文庫」を
ご愛読いただきありがとうございます。
今回の作品はいかがでしたか?
ぜひ、ご感想をお寄せください。

〈ファンレターのあて先〉

〒102-8078 東京都千代田区富士見 1-8-19
株式会社KADOKAWA
ルビー文庫編集部気付
「岩本 薫先生」係

独裁者の恋
何よりも
甘い命令口調の唇で
囁く、この恋——。
身寄りのない祐のもとに舞い込んだ通訳の仕事。ところが仕事相手であるサイモン・ロイドは傲慢で横暴な男で…？
著／岩本 薫
イラスト／蓮川 愛
岩本薫×蓮川愛で贈る
スペシャル・ラブ・ロマンス！

ルビー文庫

誘惑者の恋
身を焦がすほどの熱砂が誘惑する、この恋――。
著／岩本 薫
イラスト／蓮川 愛
兄の桂一を連れ戻すため、アラブへ旅立った和輝。2人の理解者で桂一の恋人の兄・アシュラフは警告しつつも紳士的に接してきて…？
岩本薫×蓮川愛で贈るスペシャル・ラブ・ロマンス！
ルビー文庫

オペラ座の花嫁
~パーフェクト・ウエディング~ perfect wedding
Bride of the opera
水上ルイ
イラスト/おおや和美
「これが君の幸運の星……。
ここが、そんなに感じる?」

NOVEL 鴇《とき》 六《む》連《つら》
ILLUST 沖《おき》 麻《ま》実《み》也《や》
騎士の体液は銀獣をも惑わす。
伝説の神獣×見習い騎士――
それぞれの"血"が魅かれあう宿命の絆物語！
銀獣と碧の守護者《ぎんじゅうとみどりのしゅごしゃ》
神獣隊に入るため、伝説の神獣・タナトスとの
契約を望む見習い騎士のシュペリ。
その代償に求められたのは体液で…!?